Harmattan

María J. Rivera

Harmattan

Alianza Editorial

El X Premio Unicaja de Novela Fernando Quiñones
está patrocinado por la Fundación Unicaja.

Harmattan resultó finalista del X Premio Unicaja de Novela
Fernando Quiñones. El jurado estuvo formado por
Nadia Consolani, Amaya Zulueta, Mariano Antolín Rato,
Camilo José Cela Conde, Horacio Vázquez-Rial,
Ramón Buenaventura, Miguel Naveros,
Juana Salabert, Joaquín Pérez Azaústre y Valeria Ciompi.

Diseño de cubierta: Ángel Uriarte
Fotografía: Workbook Stock / COVER-Jupiter images

Calle Juan Ignacio Luca de Tena, 15; 28027 Madrid; teléf. 91 393 88 88
www.alianzaeditorial.es
ISBN: 978-84-206-4921-4
Depósito legal: M. 5.341-2009
Composición: Grupo Anaya
Impreso en Fernández Ciudad, S. L.
Printed in Spain

A Dino y Pedro, todo amor y estímulo

¿Cómo puede una novelista alcanzar la expiación cuando, con su poder absoluto de decidir desenlaces, ella es también Dios? No hay nadie, ningún ser ni forma superior a la que pueda apelar, con la que pueda reconciliarse o que pueda perdonarla. No hay nada aparte de ella misma. Ha fijado en la imaginación los límites y los términos. No hay expiación para Dios, ni para los novelistas, aunque sean ateos. Esta tarea ha sido siempre imposible, y en eso ha residido el quid de la cuestión.

IAN MCEWAN. *Expiación*

Pasa,
pasa sin miedo, *harmattan.*
¿No ves que estoy muerta?

«Unos pájaros son máquinas de volar y otros cajas de música», decía mi abuelo Absussaham cada mañana camino del bazar. Nos movíamos dentro de un círculo reducido de calles estrechas, pero para él siempre había algún sonido distinto. Y no me refiero a las bombas. Beirut amanecía a diario con la amenaza de algún desastre. Por los alrededores de la *corniche,* el ejército vigilaba los lugares donde se alojaban los personajes importantes del gobierno y los periodistas extranjeros; sus blindados ocupaban también los cruces de las calles en la elegante zona cristiana de Hamra. Pero en nuestro barrio en ruinas no entraban los soldados: era territorio exclusivo de Hezbolá. Eso, salvo los días aciagos, apenas se notaba. De tarde en tarde, mi abuelo y yo nos cruzábamos con grupos de jóvenes armados que, al verme, bajaban la cabeza y saludaban con un casi inaudible «*Salaam*». Cuando se alejaban no hacíamos comentarios, sino que procurábamos esconder «la situación» tras la evasiva de la palabra nacional por excelencia: *«¡miqdiyya!»,* ni hablar de ese tema. En todo lo demás, aquel barrio de Beirut ganado a la causa del Partido de Dios era el paraíso de ellos, los pájaros cantores.

Cada mañana nos separábamos en la esquina Narab, justo donde el señor Zayeb, su mejor amigo, tenía el taller de lampistería. De allí el abuelo, vestido con su eterno *abeye,* se iba al comercio de tejidos de nuestra familia y yo hacia la escuela de muchachas de la señora Imah. Cuando llegábamos a ese punto, el de la diáspora, llevábamos ya el alimento de trinos que necesitábamos para pasar el día. Hablo en plural, porque de niña yo oía el canto de los pájaros a través de las orejas casi blancas de mi abuelo Absussaham. ¡Los he echado tanto de menos! Incluso ahora mismo, enterrada como estoy entre los muros derruidos de Mahabarat Zidu, me duele el no escucharlos.

Si tuviera que hacer un recuento, empezaría por las jaulas de canarios que tenía el rechoncho vendedor de alfombras del barrio. Como la muerte ha conservado en mí la capacidad de imaginar, podría describir con detalle el panal de celdillas individuales que cubría la pared del señor Fuad. Mi abuelo aseguraba que los canarios eran como yo, eternos estudiantes. Más aún, estaba convencido de que el cerebro de los canarios no envejecía nunca, porque estaba siempre aprendiendo nuevas canciones. «Tú tienes que hacer lo mismo, Legazal», me decía mientras caminábamos hacia la esquina Narab. Claro que esa misma característica era la que más alababa el señor Iskandar, el criador de gusanos de seda, de sus estilizados colibríes; y el señor Tabik, de su vieja cotorra verde; y el señor Ibrahim, el más religioso de nuestros vecinos, de los jilgueros con manchas rojas y amarillas que adornaban su ventana. Mientras los oíamos cantar, a menudo se abría una ventana y por ella asomaba el sonido metálico de alguna banda de rock o la voz dulce de nuestra Uma Awad Alla. Yo disimulaba para que no lo notara mi abuelo y seguía absorta mirando los pájaros. A veces nos parábamos a escuchar. «¿Te das cuenta? —a mi abuelo le gustaba poner a prueba mi fe en él—, es la primera vez que oigo cantar a *Gassa* esa melodía.» Mi memoria daba vueltas inútilmente. Se refería al canario más destacado del señor Fuad, el rey indiscutido de aquella pared. Pero el verdadero divo del barrio no era el vanidoso *Gassa* sino *Buba,* el ruiseñor persa del señor Yassim, el taxista más flaco de Beirut. Su canto sonaba agudo como un silbido, claro, metálico; y de vez en cuando, el aria final se convertía en redoble de agilísimo percusionista. Mi hermano Said, que también lo escuchaba, decía que le recordaba al batería de La Habana Pérez Band, y nuestro abuelo se enfadaba: «¿Eso es lo que te enseñan en la universidad?». Él y yo, cada mañana, nos parábamos un rato frente a la ventana del señor Yassim para escuchar el recital de *Buba.* El taxista, si aún estaba en casa, se asomaba para comentar la actuación del día. «¿Te has fijado, Absussaham?». Mi abuelo contestaba que sí, que ahí estaban las notas introductorias, muy suaves; y aquel silbido agudo seguido de un par de tonos bajos que daba paso a una parte alta, brillante; y para terminar, si había suerte, la inverosímil percusión de la pandereta. Todo eso salía de aquel ruiseñor de quien se comentaba que su canto llamaba al rezo mejor que la voz del muecín, porque era la esencia misma de la oración. Escuché decir a mi abuelo que, años atrás, *Buba* había tenido un compañero con el que mantenía un duelo diario de preguntas y respuestas. Yo lo recuerdo siempre solo en la ventana del señor Yassim, esforzándose por dejarnos satisfechos. «Pero no creas que le resulta fácil, Legazal. Sufre mucho cada vez que canta», advertía su dueño. Ése era el punto flaco de *Buba*, el que hacía que la admiración no se le subiera a la cabeza. A mí hasta me daba lástima.

Y en todo este universo de sonidos, ¿dónde se situaba mi abuelo Absussaham? A él le gustaba decir que en el mismo lado que Mozart: en el de los estorninos. Las razones había que buscarlas en la filosofía de ese viejo calvo y blanco que me puso en el camino de Mahabarat Zidu. «El estornino no es nada egoísta, le gusta la compañía y encima se divierte cantando.» ¿Qué mejor carta de presentación? Aun después de escuchar los esfuerzos del ruiseñor del señor Yassim, pensaba que no había nada mejor que las bandadas de estorninos que vivían hacinados en el magnolio de la plaza Darmann, nuestra plaza. Las noches tranquilas sacábamos las sillas y nos sentábamos a escuchar. Esa algarabía desarticulada fue la que tuve que cambiar poco después por el más absoluto de los silencios.

A mi abuelo le gustaba hablar de las diferencias que existen entre los pájaros voladores y los cantores. Todas las aves que nos encontrábamos cada mañana estaban más o menos cautivas por culpa de sus habilidades musicales; ese confinamiento, a menudo en espacios tan estrechos, no disminuía un ápice su capacidad musical. Los pájaros cantores eran la excusa para la alegría de un barrio en guerra, de una ciudad en guerra que no acababa nunca de salir de las ruinas. Pero que nadie se llame a engaños: yo era una chica normal que, además de a los pájaros cantores del barrio, escuchaba a los otros, a Jalid, a los discos en francés y desde luego a Uma Awad Alla. El contraste no era una anécdota: vivía en medio de dos mundos, el del rock y el de los matrimonios concertados, el de Internet y el *hiyab,* el de la materia y el espíritu. Los francotiradores se mostraban incapaces de ahogar el afán seductor de todas esas gargantas privilegiadas. Y yo era un pájaro más del barrio, un pájaro cantor e inconsciente que no salía de las cuatro paredes de su jaula. Un pájaro al que mi abuelo Absussaham escuchaba cantar cada día camino del bazar. Un estornino que pronto tendría que olvidarse de la música para aprender a volar.

Desde el punto de vista musical aquella mañana fue bastante corriente. Por esa época, aún creía que los sucesos extraordinarios llegaban con el anuncio previo de determinadas señales. Así me lo había enseñado mi abuelo Absussaham, él se encargaba de adornar las anécdotas de las efemérides familiares con toques casi mágicos. Lo escuché el día de mi último cumpleaños, 10 de junio, una fecha bien marcada en los anales de los El Murr. Por lo visto, una semana antes de mi nacimiento apareció en la playa una ballena suicida. En nuestro mar eso era un milagro. Según la versión de mi abuelo, mi madre se empeñó en curiosear y no hubo forma de disuadirla. Ella lo contó de otro modo: dijo que acompañó a la tía Salma a resolver un problema que tenía con el recibo del agua y que después, como estaban cerca del mar, dieron un paseo hasta el lugar donde agonizaba la ballena. Nuera y suegro se enzarzaron en una discusión. «¿Lo sabré yo?», preguntó ella con los brazos en jarras. Era bastante más corpulenta que su suegro. «¡Qué mala memoria!», respondió el abuelo. La cara redonda de mi madre no se molestó en disimular su ironía. Murmuró a media voz que el abuelo Absussaham, que desde que se quedó viudo vivía rodeado de tíos, hermanos, hijos y nietos varones, no tenía ni idea de cómo eran las mujeres y que los antojos sólo se daban en las embarazadas caprichosas. El frágil abuelo rebatió tales argumentos a través de mi fe ciega en él. «Tú me crees, ¿verdad Legazal?». Todos sabían que yo era su nieta predilecta, algo lógico, porque no había otra y porque era su fotocopia. La familia El Murr producía varones con una gran facilidad, pero yo fui la única hembra en cuatro generaciones. Ése es un dato que tiene mucho que ver con lo que ha sido mi destino: con alguna mujer delante de mí, me hubiera quedado en Beirut, quizás en nuestro barrio, cerca de la plaza Darmann, toda la vida, yendo y viniendo de casa al bazar, escuchando a los pájaros cantores.

¿Qué pasó con la pobre ballena? No estoy segura. El abuelo Absussaham contó que, tras curarse de la nostalgia, volvió al mar. Mi madre dio un salto pequeño pero muy elocuente. «Ni hablar, la pobre murió de pena. Los servicios de limpieza del litoral tuvieron que emplearse a fondo, a pesar de que estaban desbordados.» «Mañana mismo buscaré en Internet», terció Said, que empezaba a dejarse bigote de hombre serio. «Y si no, iré a la hemeroteca de la Universidad Americana, a ver qué contaron los periódicos sobre ese suceso. Tengo curiosidad por saber cuál de los dos tiene razón.» Se le debió de olvidar.

El guión de esa mañana parecía estar escrito por mi madre, no por mi abuelo Absussaham. Estuve un buen rato decidiendo qué blusa ponerme, *Gassa* apenas cantó y *Buba* se resistió a darnos el último redoble de tambor. En el libro de predicciones de mi abuelo tales signos indicaban que iba a ser un día sin magia. Recordé las recomendaciones de mi madre. «Cuando vuelvas, pasa por el taller de reparación del calzado del señor Karim y recoge los zapatos de tu padre.» Un día cualquiera, medias suelas, costura, peleas de mis hermanos, aviones sobrevolando la ciudad, sirenas de ambulancia y los gritos del bazar. «¿Cómo que es caro?»

La escuela de la señora Imah completaba el ciclo de mi instrucción para el futuro. Estuve dos años, desde que acabé la enseñanza estatal obligatoria hasta que llegó la carta. Aprendía de todo: coser, planchar, servir el té, puericultura, cocina, buenos modales y cualquier conocimiento que cabía esperar de una buena esposa y madre musulmana. Y también, sin que nadie se diera cuenta, ese lugar lleno de libros satisfizo mi ansia secreta por conocer. Una de las cosas que más le tengo que agradecer a la microscópica señora Imah es el haberme inculcado el amor por la lectura. Tenía una biblioteca no extensa, aunque sí notable, en la que predominaban los libros en francés, pero que cubría, al menos de forma simbólica, los aspectos más significativos de la literatura universal. Leer no sólo estaba permitido en la escuela, sino que era obligatorio, y la escritura también. El dibujo fue mi pasión y la lectura estaba sólo un peldaño más abajo. La señora Imah decía que la mujer musulmana debía ser culta, porque la cultura era el mayor de los dones que Dios había dado al género humano. El concepto de cultura de la señora Imah, en lo que a los libros se refiere, era más literario que otra cosa. De hecho, como me hizo notar Said, evitaba los libros de ensayo, porque, suponía él, podían ser peligrosos para la fe. A mi hermano mayor no se le escapaba ni una. Me alimentaba de las historias que encontraba en los estantes de la biblioteca de la señora Imah, a la que teníamos acceso libre antes y después de las horas lectivas. La señora Imah exigía que cosiéramos en silencio. Tras el escondite de la aguja, me recreaba recordando cualquier lectura que me hubiera conmovido.

Iba a la escuela de la señora Imah con mis mejores amigas. Ibtisam, tan alegre que hasta su nombre significa risa, un colibrí arco iris, menudo, de gorjeos rápidos; Warda, verde ave selvática de hermosura salvaje que vivía atormentada por una multitud de sueños inquietantes; y la inteligente Aisha, la garza amarilla que estaba enamorada hasta los tuétanos de mi hermano mayor, a pesar de que sólo sabía de él que estudiaba Economía en la Universidad Americana. Aisha, muy a su pesar, tendría que casarse en breve con el señor Ussama Mahmud, un tratante de ganado del valle de la Bekaa. Éramos casi felices en aquel lugar de Beirut donde, no obstante, el mundo discurría a base de reglas y preceptos. Teníamos mucho en común y algún que otro desacuerdo que ahora me hace reír. Discutíamos de política y de religión. Ahí la intransigencia de Warda ponía veneno de ortigas en la piel de Aisha, que siempre desafiaba la validez de sus argumentos de fe. Ibtisam y yo las escuchábamos, ella para acabar poniendo paz y yo porque no tenía opiniones propias. Era así, no las tuve hasta que dejé de pensar en Beirut como fuente de ideas. Ahora sé que ha sido la muerte la que me ha dado la lucidez que ya entonces tenía mi querida Aisha; la muerte me ha regalado dones inesperados, como la seguridad de Leila, su valor, su... No, no puedo hablar de Leila todavía. Tengo que volver a Beirut, con mis amigas de la escuela de la señora Imah. Para que la muerte me deje seguir recordando, debo convencerla de que una vez tuve sólo quince años. Y de que las conversaciones serias con mis tres amigas, pocas en proporción, se alternaban con otras, la mayoría, por donde desfilaban actores de cine, cantantes, belleza, peluquería y moda, proyectos, amores y muchos, muchos, jóvenes prohibidos del barrio.

Cuando llegó la carta las cuatro teníamos quince años de promedio, una edad que, ahora que estoy muerta, me parece tan insuficiente como lo era el cúmulo de enseñanzas que estaba recibiendo en la escuela de la señora Imah. Y aunque haya hablado sólo del futuro de Aisha, lo cierto es que todas teníamos uno bien marcado. Bueno, a decir verdad, por aquella época el mío era todavía muy difuso, a pesar de que debía actuar como si no lo fuera. ¿Qué puedo añadir? Hasta ese día yo era sólo un estornino cantor en brazos del azar. No podía llamarse de otro modo a que el juramento de hermandad entre mi bisabuelo Nijad El Murr y aquel hombre del desierto se fuera a hacer realidad, más de medio siglo después, en nosotros dos. Es extraño cómo suceden las cosas en el mundo de los vivos.

Salíamos juntas de la escuela de la señora Imah y volvíamos a casa despacio, charlando de nuestras cosas. Los contenedores de basura estaban volcados sobre las aceras, pero apenas los veíamos, estábamos tristemente acostumbradas. Los que fueron mis ojos recuerdan bien que llevábamos *hiyab* y falda vaquera hasta los pies o pantalones, ése era nuestro uniforme, tanto en verano como en invierno. Pero los colores de la blusa y el tipo de chaqueta nos hacían tan distintas como lo éramos en realidad, verde, amarillo, arco iris..., blanco; diversas como los pájaros que mi abuelo Abssussaham y yo escuchábamos cada mañana en el sector árabe del viejo Beirut.

Ese día tenía que ir al taller del señor Karim. «¿Me acompañáis?», sugerí a mis amigas al salir de la escuela. Nos cogimos del brazo y allá fuimos. Los zapatos de mi padre aún no estaban arreglados y tuvimos que esperar. No importaba. Éramos cuatro faldas vaqueras, cuatro *hiyabs*, cuatro colores, cuatro pájaros cantores, cuatro...

«¿Cómo he llegado hasta aquí?», me pregunto a menudo desde la frialdad nocturna de la arena que nos sirve de tumba. En algún lugar de esta planicie inmensa debe de estar enterrado el cuaderno de dibujos que traje desde el Líbano, el que seguí alimentando hasta que llegó la muerte. Búscalo *harmattan,* es parte de mí, sin él me siento incompleta. Entre sus páginas guardé también algunas fotos, muy pocas pero muy queridas. Como aquella cuya copia aún debe de estar en el salón de nuestra casa de Beirut. En esa vieja imagen, Mahabarat Zidu no era un pueblo ni un poblado, ni tan siquiera aparecía como una mancha en medio del desierto. Nacía de la arena como un suspiro del Sahara, tan soñado como Utopía, tan añorado como Ítaca. Esa foto amarillenta era un imán para mí, me atrapaba. Hice varios dibujos e intenté ir más allá de lo que veían mis ojos. Pero a Mahabarat Zidu no le hacía falta que nadie lo sacara del hoyo donde se enterraba durante las tormentas. Estaba bien allí, oculto y lejano, porque en caso contrario, tú y yo lo sabemos ahora, *harmattan*, el lugar corría el peligro de desvanecerse.

De niña me perdía a menudo en esa foto marrón que envió la familia Ag Hamadida mucho antes de mi nacimiento. Traté muchas veces de imaginar un espacio similar a las afueras de un Beirut sin ruinas, pero ¿qué era Beirut sin ruinas?; una música con sonido ausente, pero ¿cómo podría construir en la memoria un Beirut sin bombas ni pájaros?; un territorio sin mar, pero ¿había vida lejos del agua? Ibtisam se reía de mí. «Legazal nos engaña. Es mentira: Mahabarat Zidu no existe.» Viví con el pensamiento de que un día iría a Mahabarat Zidu, en el caso improbable de que ese lugar tuviera un sitio en el mapa. Porque el tiempo transcurría entre la escuela de la señora Imah, los guisos de la madre y el canto de los pájaros del barrio, y Ahmed no era ni tan siquiera un rostro con el que soñar a la hora de cerrar los ojos.

Hasta que llegó la carta que torció definitivamente mi destino. En su interior vi otra fotografía, la suya. Búscala también, *harmattan*, ¡qué poderosa es la imagen! Por encima de los tejados de Mahabarat Zidu, y no a su lado como verían los demás, sobresalía la silueta de Ahmed, el príncipe sin rostro de mi cuento. Porque alguien que venía de un sitio llamado de ese modo no podía ser como los demás muchachos de Beirut que paseaban junto a la orilla del mar.

La historia comenzó en el desierto de Libia a principios de los años cuarenta, en el territorio remoto e inhóspito donde se desarrollaba una guerra secreta de estrategias entre británicos y franceses por un lado, italianos y alemanes por otro. Mi bisabuelo Nijab ejercía de intérprete a las órdenes del Octavo Ejército británico en Egipto, que hacía incursiones en el territorio libio hasta entonces bajo el control de los italianos. Allí, al sur de Tobruk, en las proximidades del mítico reducto francés de Bir Hakeim, se encontró un día con el señor Naher Ag Hamadida, un guía-explorador que prestaba sus servicios en la Legión Extranjera al mando del general Amilakvari. Los dos tenían ya hijos crecidos, aunque no tanto como para ir a la guerra. Mi bisabuelo, a quien yo no llegué a conocer, apenas hablaba de las atrocidades de aquel embrollo a cuatro bandas, pero la experiencia de las veladas en el campamento no la olvidó jamás. De ahí surgió la hermandad entre los dos hombres, su compromiso. Y no podía hacerse de otro modo: el papel de hombres y mujeres Ag Hamadida y El Murr sólo permitía que una de las nuestras se moviera hacia uno de los suyos.

Una semana después de mi nacimiento, en plena guerra civil, con miles de muertos a las espaldas, el abuelo Absussaham escribió a Naher Ag Hamadida para informarle de que por fin nuestra familia había sido bendecida por Alá con la llegada de una niña. Un año largo tardó en llegar la respuesta de la señora Kauthar Ag Hamadida diciendo que al otro lado del mundo había un muchacho, su hijo, que esperaría lo que hiciera falta. La guerra nos castigaba a diario, mientras Beirut y nosotros, con tenacidad inconsciente, procurábamos vivir como si toda aquella destrucción no existiera. Mi abuelo Absussaham, como cabeza del clan El Murr, volvió a contestar dando su aprobación; ni siquiera mencionó que ese día una bomba acababa de sembrar nuestra calle de sangre y de restos de un minibús del ejército libanés recién abatido. ¿Para qué?, nos avergonzaba la incapacidad de nuestro país para resolver sus problemas. Cualquier destino parecía entonces mejor para una niña que aquel campo de minas.

Y después, trece largos años de silencio, con el Acuerdo de Taif de por medio y la precaria paz que trajo consigo. Ellos eran frugales dando noticias, hasta escribir resultaba un gasto que había que manejar con mesura. Los que estamos muertos sabemos mucho de silencios y de frugalidad, ¿verdad *harmattan?* Mucho, mucho…

El día que llegó la carta ya hacía tiempo que no la esperábamos. La trajo mi hermano Said, que había ido a la oficina de correos a recoger el recibo de la matrícula que enviaba cada semestre la Universidad Americana. Estábamos en la cocina a punto de cenar. Era casi de noche. Apenas podía ver desde la ventana cómo se tambaleaban las ramas del árbol de los estorninos. En Beirut a veces soplaba la brisa que venía de occidente cargada de sal, y otras, en sentido opuesto, llegaba el aire fresco de las montañas; esos eran los vientos reales que yo conocía por entonces, *harmattan,* tus hermanos en aquel lugar del mundo. No sé si sabes que en Beirut aparecían a menudo otros vientos envueltos en papel de periódico: de guerra, de paz, de odio, de pánico… Periódicos… ¡Cuánto tiempo hace que no he leído ninguno!

En el centro de la mesa había un plato grande de *taboule* con mucho tomate, una olla de *baba ganouch* y croquetas de garbanzos, ¡qué bien lo recuerdo! Si estuviera viva, cerraría los ojos y podría hasta olerlos. ¡Eran unos manjares deliciosos, *harmattan!* Hice croquetas de garbanzos en Mahabarat Zidu muchas veces como me enseñó mi madre y sé que gustaban. Cuando llegó Said, ella y yo estábamos poniendo la mesa mientras los hombres charlaban. La carta iba a nombre del abuelo Absussaham, pero la señora Naher, la jefa de la oficina de correos, nos conocía de sobra y se la dio a mi hermano sin pedirle la correspondiente autorización.

No era una misiva tan breve como las que le habían precedido y llevaba dentro una fotografía. Tampoco, como es lógico, recuerdo cada una de las palabras del mensaje escrito con letra grande e insegura, pero algunas sí: «En nombre de Dios, yo te saludo Absussaham, que la paz sea contigo y con tu familia. La hora se acercó y la luna se partió en dos, dice el libro sagrado. Así es, hermano, todo lo que hay en el cielo pertenece a Dios. Él ha decidido que juntemos nuestras sangres. Él conoce lo visible y lo invisible. Él es el Clemente, el Misericordioso, en sus manos estamos». La firmaba Kauthar Ag Hamadida, y lo hacía no sólo como madre del novio, sino sobre todo como matriarca de mi futura familia.

«Habrá que acelerar el ajuar», dijo mi madre para matar el silencio. Mi padre tuvo que sujetar la pequeña montaña de platos que ella llevaba en esos momentos de la alacena a la mesa. «Ten cuidado, Safiya», le advirtió. Él, al contrario de mi madre, vestía casi siempre a la europea. Su enorme bigote, negrísimo antaño, estaba ya casi blanco. Las manos de ella temblaban y mis piernas también. Las dos estábamos aturdidas. Debían de ser los nervios de la sorpresa, porque mi madre sabía mejor que nadie que no quedaba nada por hacer; era impensable que en la escuela de la señora Imah hubiera una alumna que llegara a los quince años sin tener las sábanas bordadas, y las fundas de almohadón, y un camisón de seda para la noche de bodas, y… ¿Cómo lo conseguíamos a pesar de las bombas? No sé, supongo que somos un pueblo de supervivientes. Todo estaba listo en el baúl que había en mi habitación. Mis amigas guardaban además otro tipo de instrumentos como vajillas, cuberterías, pequeños electrodomésticos y objetos de adorno, pero mi caso era muy especial. «Allí se vive de otra manera —recordó el abuelo Absussaham—. Ni siquiera hay luz eléctrica.» Pensé en el secador que me había regalado la tía Salma por mi cumpleaños y en que tendría que acostumbrarme a la idea de estar sin televisión, frigorífico y casi todo lo que en casa parecía imprescindible… menos cuando fallaba. En Beirut vivíamos sobre un tobogán. A veces tocábamos el cielo y había luz durante todo el día; en otras, el infierno de los apagones nos dejaba a oscuras horas y horas. Nosotros no éramos ricos, pero nos defendíamos bastante bien o al menos lo intentábamos, a pesar de la «situación». Y el tío Ibrahim, el hermano mayor de mi madre, era muy mañoso con la electrónica, algo utilísimo en una ciudad donde casi nada se mantenía en pie.

«¿Es preciso que se vaya?», sólo mi hermano Said pensaba que lo más razonable era volverse atrás. «¡Qué disparate!» «No lo creas», al abuelo Absussaham le dolían las críticas de Said al compromiso contraído por su padre. Él pensaba que la Universidad Americana estaba resultando muy perjudicial para la formación de Said y que cualquier escuela islámica hubiera sido más conveniente. «Tu bisabuelo Nijab conocía muy bien a las personas. Cuando hizo el juramento, por algo sería.»

Mi madre bajó la cabeza y se puso a llorar. Mi padre la cogió por los hombros y lloró también. Y a los tres pequeños, por simpatía, les cayeron gruesos lagrimones. ¡Vaya drama, *harmattan!* Cuando nos levantamos de la mesa, el plato de *taboule* seguía intacto, y el de las croquetas de garbanzos y la olla de *baba ganouch*.

En Beirut dormía sola, mientras que mis cuatro hermanos varones compartían habitación para disgusto de Said, que de vez en cuando reclamaba un espacio propio. Cerré los ojos en la oscuridad de mi cuarto. Apareció la foto, y en ella la imagen de Ahmed. Azul sobre amarillo. Hice votos de fidelidad hacia él: «Juro por el sol y su claridad, juro por la noche cuando extiende su velo, juro por la mañana, juro por la higuera y el olivo, juro por la hora de la tarde». Busqué la imagen de mi futuro marido dentro del sobre. Sólo entonces me di cuenta del desastre: ¡no podía ver su rostro!

Por aquella época me gustaban los dibujos de cómic que coleccionaba Said y, por encima de todos ellos, la cara de M-Maybe. Me seducía el misterio de un rostro hermoso de ojos azules sorprendido por la incertidumbre de una espera inexplicable, tan inexplicable como la mía. Aprendí a imitar la técnica del póster con cierta pericia y, de vez en cuando, hacía bocetos de la gente del barrio y de los pájaros cantores. Al día siguiente, después de la escuela, con la foto de Ahmed pasando de mano en mano, mis amigas y yo fuimos a casa e inventamos la cara oculta de él. Copiamos la técnica de puntos para que pareciera que su figura era de arena.

Los meses de espera fueron una tortura. Dejé la escuela y salía de casa solo para ir de ventanilla en ventanilla saltando obstáculos. Cumplimos el ritual de las bodas por poderes: intercambio de anillos, bendiciones, declaración de matrimonio… La parte espiritual fue la más fácil. La otra, la burocrática, una pesadilla. Papeles y más papeles, permisos, consentimientos, formularios, más formularios, ventanillas, despachos, colas y más colas… Eso en lo que se refería a la mitad libanesa del problema, la mayoría por ser mujer, porque todo lo relacionado con mi futuro esposo lo llevaba un abogado griego demasiado listo. No sé cuántas veces tuvimos que firmar mis padres y yo, ni me acuerdo del fuego cruzado de cartas que iban creyendo que ya estaba todo conforme y volvían para comprobar que eso no era así. A veces, al amanecer, el abuelo Absussaham se compadecía de mí y me despertaba para que recorriéramos juntos el camino de los pájaros cantores. «¿Habrá pájaros en Mahabarat Zidu?», le pregunté un día bajo el magnolio de los estorninos. El ruido que hacían nuestros amigos era ensordecedor, pero aun así, a lo lejos, en dirección sur, escuchamos un disparo de mortero. «¡Que Alá te perdone, hija mía! —contestó él—. No seas injusta y cree en su providencia. No existe lugar sobre la tierra adonde no puedan llegar las aves.»

Cada noche, antes de dormir, me desahogaba con el diario. Se quedó en Beirut, pero el esfuerzo que hice entonces está resultando muy útil en estos momentos. Eran preguntas y más preguntas, temores y más temores, que formaron parte de mí hasta que llegué a Mahabarat Zidu. Luego…, ya sabes. Pasé bastante tiempo dependiendo de las ideas que me hice durante esas largas horas de espera.

Adquirí, con la ayuda de mi madre, cierta pericia en las tareas domésticas, sin saber si en ese lugar remoto las horas tendrían la misma distribución rígida que en Beirut. Con quince años, adulta de repente, hasta las amigas se convirtieron en un lujo. Me aislaron tanto del mundo exterior que recé al cielo para que Ahmed se cansara de esperar y viniera a buscarme cuanto antes. Pero él estaba preso en Mahabarat Zidu y el desierto se lo había tragado.

Hasta que llegó el momento de partir…

Hasta que llegó…

Hasta…

¿Qué pasa? ¿Te has ido, *harmattan?* ¿Me has dejado sola otra vez con mis pensamientos?

Informe de la conversación telefónica del puesto de Immara, Ciudad Anónima, con la patrulla 47 15 de octubre, 5.22 de la tarde

Al habla el Responsable del puesto de Immara.

Responsable: Le escucho, patrulla 47.

Patrullero: Vamos por la ruta señalada, ninguna novedad a destacar.

Responsable: ¿Vehículo? ¿Gasolina? ¿Víveres? ¿Agua?

Patrullero: Bien, bien. Tenemos «combustible» suficiente para una semana.

Responsable: ¿Coordenadas?

Patrullero: J-17.

Responsable: Parte de incidencias.

Patrullero: Nada que merezca la pena, esto es soporífero.

Responsable: Le recuerdo que tiene la obligación de informar, aunque sea pura rutina. Hacer valoraciones es cosa mía.

Patrullero: Bueno, avistamos una caravana al amanecer. Suponemos que acababa de dejar el oasis de Al-Haasi.

Responsable: ¿Número?

Patrullero: Haciendo un cálculo rápido, alrededor de treinta dromedarios.

Responsable: ¿Algo más?

Patrullero: No. Como verá, un aburrimiento.

Responsable: ¿Y qué hay de los rebeldes de los que me hablaron en el informe anterior? ¿Han tenido alguna noticia?

Patrullero: Ni rastro.

Responsable: Bien. Si no hay nada más, hasta pasado mañana.

Patrullero: Cambio y corto.

Nunca había viajado en avión. A decir verdad, sólo una vez estuve a más de veinte kilómetros de Beirut antes de ese día. Tenía diez años y fue por la boda de mi prima Marien, que se celebró en Aanjar, una ciudad de las montañas situada en la carretera de Damasco. Las mujeres nos las arreglamos con el taxi del señor Yassim y el de un compañero suyo; los hombres, con el autobús de línea, incluido mi abuelo Absussaham. Pero no había comparación posible.

Me acompañó al aeropuerto la familia completa, mis tres amigas y un equipaje de pesadilla por el que mi padre tuvo que pagar un extra abusivo. Recibí muchos regalos. El abuelo me dio su viejo Corán de tapas blandas y una fotografía enmarcada de todos, ¿para qué más?; la tía Salma se presentó con una bolsa de aseo, las amigas trajeron una mochila... Confieso que el regalo que más me gustó fue el de mis hermanos: ¡un discman con su correspondiente estuche portacedés lleno! Said conocía bien mi debilidad por la sección de música francesa de los almacenes Tiflisi. Confieso que me hubiera gustado permitirme la frivolidad de comprar una de esas revistas de amor y lujo que veía a lo lejos en la librería del aeropuerto; por supuesto, no lo hice. Y luego estaba el «gran paquete», o «la gran vanidad» como decía mi abuelo Absussaham, muy bien embalado, al que mi padre se opuso como un león, profetizando a voces que iba a llegar hecho añicos; hasta que se tuvo que rendir.

—¿Y si no hay en Mahabarat Zidu? —le dije mil veces.

La tía Salma me dio la razón.

—Es algo imprescindible.

Me empeñé en cargar con el espejo y también con los libros y con los útiles de dibujo, porque supuse que uno y otros iban a ser necesarios. Y no recuerdo más de esa mañana…, excepto que Beirut olía, como siempre, a pólvora.

La salida al área central del aeropuerto de Tamanrasset fue decepcionante: no había nadie de la familia Ag Hamadida esperándome. Mi tutela momentánea fue a parar a las manos de un viejo que, a voces, dijo llamarse Yamal. Blandía en su mano derecha un cartón que llevaba escrito mi nombre en letras grandes y llevaba un *derrah* deshilachado de color marrón que apenas cubría sus piernas esqueléticas. Mientras yo esperaba la rueda del equipaje al otro lado de una barrera de policías, no paraba de hacerme señas moviéndose y dando vueltas en torno a sí mismo. Estaba incluso más nervioso que yo; y eso, junto al hecho de saber que no estaba sola, el aspecto cómico del viejo y que uno a uno los bultos iban saliendo sanos y salvos por la cinta, me hizo sentir mucho mejor. La inseguridad de Yamal se convirtió de pronto en mi mejor aliado. Noté que podía confiar en él, que formábamos un par de desconocidos muy equilibrado.

Cuando salí acompañada de un mozo de equipajes, Yamal me recibió con una reverencia respetuosa:

—*Al salaam aleikum.*

Despidió al muchacho con un gesto de enfado, como diciendo «ahora es mi turno». Respecto a mí su actitud fue bien distinta: apenas se atrevía a mirarme a los ojos. Era a lo que yo estaba acostumbrada. Me pareció que había dado con un caballero andante sin armadura.

—Espera aquí —dijo.

Con los músculos bien tensados, Yamal cogió un par de bolsas gigantescas y salió a la calle. Luego volvió a por otras dos. Así, poco a poco, fue transportando mi equipaje, el armatoste de «la gran vanidad» incluido. Permanecí muy quieta en el vestíbulo y, cuando ya no quedaba nada, dio la orden.

—Vamos.

Le seguí, esperando encontrar un humilde borrico cargado hasta los topes y, a su lado, algún ayudante de barriga redonda y rostro ingenuo. Me equivoqué. En el aparcamiento había un moderno Toyota 4 × 4 Land Cruisier, similar a los que utilizaban las excursiones de turistas, y un conductor que nada tenía que ver con los libros de caballería.

Desde el aire que me había llevado a Tamanrasset, las líneas rectas del mapa que separaban los territorios eran sólo un dibujo fallido, mientras que, en la parte trasera del coche, cada montículo parecía una frontera. De la mano de Yamal, camino del sur, crucé el Trópico de Cáncer escondida en un 4 × 4.

El primer contacto con el desierto me produjo una alegría tan inmensa como él. Por los alrededores de Tamanrasset el Sahara se rompía a pedazos en pequeños cantos desprendidos a causa de la erosión. El movimiento hacía tambalear el collar de cuentas negras que el chófer llevaba colgado en el espejo retrovisor. Vi un tipo de desierto que no esperaba, árido, seco y pedregoso. La cadena montañosa del Hoggar era lo opuesto a los mares de dunas que había imaginado.

La forma oscura de hablar de Yamal tenía mucho que ver con los huecos de su dentadura. Le observé charlar con el conductor del 4 × 4, Mohamed, un hombre robusto de sonrisa fácil, barba prieta y edad indefinida, que parecía encantado de haber salido de las rutas turísticas por unos días. A él le entendía a la perfección. Dijo que procedía del norte, del Gran Erg Occidental; que era de origen berebere, pero que sólo se manejaba bien en lengua árabe. Yamal sonrió como podría haberlo hecho un niño al descubrir a un cómplice que estaba escondido. A duras penas, me enteré de que el viejo había nacido en un valle situado más al este, entre el Erg de Mohamed y el Gran Erg Oriental. Mientras hablaba, dibujaba el territorio sobre el cristal del 4 × 4 con un dedo largo de belleza extraña. Ellos iban en la parte delantera del coche y yo disponía de todo el asiento de atrás que me dejaba el equipaje. Ninguno de los dos hombres se dirigió a mí de manera directa, pero yo notaba por sus gestos que me incluían en la conversación.

Nunca supe si íbamos hacia el sureste o hacia el suroeste y tampoco me atreví a preguntarlo. A veces creía adivinar que la sombra del coche se proyectaba como si fuéramos hacia el Teneré; pero al encontrarnos con una patrulla de soldados negros, me pareció que uno de ellos, al identificarse, dijo la palabra Mali. Me di cuenta de que los militares de uniforme asustaban a Mohamed y aterraban a Yamal, y de que ese miedo era lo único en lo que yo les llevaba ventaja a los dos. Ése fue mi primer contacto con los soldados. Cómo podía imaginar entonces lo que iban a ser para mí. Supuse, por la presencia de los hombres armados en la zona, que estábamos traspasando alguna frontera. Cuando la patrulla se alejó, Mohamed dijo que ya lo habíamos hecho muchos kilómetros antes, sin controles, sin alambradas, sin papeles, sin un simple cartel de «Bienvenido a...», sin banderas, sin gente. Imaginé que mi pasaporte volaba hacia el cielo para convertirse en la más inútil de todas las nubes. Sentí que estaba entrando en un territorio remotísimo, donde las leyes que regían el comportamiento de los pueblos me eran desconocidas. Cierto día, cuando ya llevaba casi medio año en Mahabarat Zidu, le pregunté a mi suegra en qué país estábamos y ella dijo lo mismo que mi abuelo Absussaham: en el de los tuareg. Me rendí ante ese saber no saber tan lleno de sentido y esa vez ya para siempre.

Pasamos el día entero rodando cada vez más lejos del mundo. Ni siquiera los sobresaltos del motor eran capaces de esconder el silencio más aterrador que pueda imaginarse; aun así me pareció descortés ponerme los auriculares para escuchar música. Nunca lograré acostumbrarme a ese vacío tan absoluto. Recuerdo que las pilas que traje de Beirut se gastaron pronto; hasta que conseguí otras, por la noche, la nada sonora pesaba tanto que más de una vez tuve que cantar para hacerme compañía. Tampoco pude hacer semejante cosa ese día de viaje por la presencia de hombres extraños. Cuando el chófer apagó el motor, me dediqué a rascar la tapicería con las uñas para sentir la calidez de algún ruido.

Acampamos bien protegidos del frío y del viento por un montículo de arena. Yamal sacó de una bolsa de lona hojaldres rellenos de carne con cebolla y ciruelas secas. Mohamed hizo una fogata para el té con una facilidad pasmosa. Durante la cena vimos pasar a lo lejos un par de camiones enormes con los faros encendidos. Era todo tan extraño que hasta llegué a pensar que me había convertido en otra. Ellos pasaron la noche fuera, yo en el asiento trasero del coche. Sé que estuvieron charlando un buen rato, porque me dormí sin el temido silencio.

Volvimos a emprender el viaje de madrugada; íbamos despacio, al 4 × 4 le costaba avanzar. Las piedras se hacían cada vez más menudas hasta que desaparecieron convertidas en arena. Ése era el desierto imaginado, el del vacío de todo excepto de sol…, el verdadero autor de los puntos que dibujaban la cara oculta de Ahmed.

A medida que el vehículo se adentraba en el reino de la sed, los vientos abatían el 4 × 4 con más furia. Confieso que tuve pánico a que no saliéramos nunca de allí. Las dunas, según Mohamed, se asentaban sobre una llanura gigantesca de lecho pedregoso. Y de cuando en cuando emergía el espejismo de alguna colina de guijarros que parecía cercana y a la que jamás dábamos alcance.

Parecía que nos habíamos perdido cuando surgió a lo lejos, en el horizonte, una caravana enorme de dromedarios y caballos que subía para descender después en una onda del terreno. Yamal, muy contento, sacó la cabeza por la ventanilla y empezó a mover los brazos y a gritar:

—¡Son ellos, son ellos!

Dominé el impulso de hacer preguntas que se iban a contestar solas cuando llegara el momento. Luego, el desierto se los tragó tras un montículo y nos quedamos solos otra vez.

—No sé si eran ellos —dudó Yamal para mi desesperación.

Estaba a punto de caer en el desánimo, cuando, por capricho de algún río subterráneo, surgió un pequeño bosque de palmeras. Con el oasis de Al-Haasi a lo lejos, Yamal y yo nos despedimos de Mohamed. Dejamos el 4 × 4 para pasar la noche en el campamento de unos nómadas que iban hacia… Aún no sé hacia qué lugar iban los pastores beduinos que nos acogieron con extrema generosidad. A derecha e izquierda escuché el sonido acariciador de una lengua…

—¿Qué lengua? —pregunté. Yamal tampoco lo sabía. Y «ellos» seguían sin aparecer.

Al día siguiente, los nómadas nos dejaron al cuidado de unos comerciantes negros llegados de la sabana, los *diulas*. Recuerdo que los borricos transportaban un cargamento inútil de abalorios que me dejó desconcertada. En todo momento se nos mostraron frugales como el viento, organizados como una pirámide. Cargamos nuestros bultos y emprendimos la marcha con mucha dificultad. Al atardecer, surgió la segunda ciudad que veíamos desde que dejamos Tamanrasset, un amasijo lejano de construcciones de arcilla rodeado de palmeras. Acampada en sus inmediaciones estaba la caravana de camellos que habíamos visto el día anterior. De ella salió un hombre a caballo que se acercaba al galope vestido de azul: era Ahmed.

Entre lo poco que sabía de mi marido se encontraban algunos datos sobre su indumentaria, así que la única sorpresa fue descubrir el modo en que se hacían realidad. Había pasado dieciséis años esperando a Ahmed y otra vez, como sucedió cuando llegó su foto en la carta que cambió mi vida, su cara de arena permanecía fuera de mi alcance. Y no era culpa de mi pudor. Eso tenía remedio, me había acostumbrado a mirar de soslayo todo lo que el decoro impedía observar de forma abierta. Pero ni la muchacha más descarada de Beirut hubiera podido ver lo que estaba tan oculto.

Se cubría la cara con un paño largo de color añil similar al del resto de la ropa, del que sólo se libraban sus ojos pintados con sombras en azul; unos ojos enormes que se empeñaban en permanecer irónicos y fijos en mí. ¿O acaso esos ojos también eran azules? ¿O eran de color negro azulado por el efecto de su oscuro arco ciliar? Imposible averiguarlo sin mirarle de frente, algo que estaba descartado en ese momento.

Ahmed me pareció alto y delgado. No sabía su edad y, lo que yo no podía imaginar entonces, ¡él tampoco! Calculé que debía de tener veinticinco o así; veinticinco años que a mí me parecían muchísimos.

Él sí podía ver mi rostro y lo primero que hizo, después de un brevísimo «*Salaam*», fue desatar el nudo del pañuelo con el que envolvía mi cabello y dejarme así, a la vista de todos los extraños, expuesta a sus miradas. Juro que tuve que tragar las lágrimas. Juro que de haber tenido la determinación de Leila hubiera tirado de la tela que cubría su cabeza y su rostro para violentarle como había hecho él conmigo. Juro que me sentí humillada. ¿Era esa la forma de tratar a una esposa? Me coloqué el *hiyab* otra vez sin atreverme a apartar los ojos del suelo. Juro que no sé por qué me pareció que, mientras lo hacía, él se estaba riendo de mí.

Dos personas más se acercaron muy despacio en sendos *mehara*, los dromedarios silenciosos y resistentes que con el tiempo llegarían a serme tan familiares. Entre los tres, ayudados por Yamal, cargaron los animales con mis pertenencias ajenos por completo a que yo estaba delante. Luego Ahmed me cogió al vuelo para situarme a la grupa de su caballo árabe y lo hizo sin ningún miramiento, sin importarle que estuviéramos rodeados de gente. Al contacto con las manos de mi marido, me quedé rígida. Sentí que, de algún modo, aquel ascenso de metro y medio al lomo del caballo era en realidad un descenso de muchos kilómetros a los infiernos.

El brazo de él se soltó con rapidez. Cada paso que daba el animal era un riesgo, creí que no iba a tardar en caer. Notaba en la espalda el roce del tahalí donde mi invisible marido guardaba el machete y tras él lo inquietante de sus ropas azules. No llevaríamos ni diez metros de camino cuando Ahmed volvió a quitarme el *hiyab*. Dos pasos más adelante, yo ya me lo había puesto de nuevo: sin él me sentía desnuda; tarea inútil, pues Ahmed se empeñaba en ser de los dos el único con derecho a ir cubierto. Insistió. Casi de forma automática, me lo coloqué de nuevo y él se rindió por fin. Detrás, los dromedarios avanzaban con parsimonia. Y Yamal, que no tenía sitio en ninguno, iba a pie dando tumbos.

Nos unimos al resto de la caravana. No se veían otros animales que no fueran los de carga, y éstos iban al completo, balanceándose de derecha a izquierda. Éramos muy pocos los que teníamos la suerte de ir montados en alguno. La mayoría de los hombres azules viajaban a pie, aprovechaban todo el espacio de las elevadas sillas de montar para que cupiera más carga. Yo era la única mujer.

Anduvimos una hora larga en la oscuridad para llegar al lugar previsto. Yamal y yo habíamos hecho que el ritmo de la caravana fuera algo más lento. Hasta que de pronto la hilera de caballos y dromedarios detuvo su marcha. Vi acercarse a un hombre más viejo: era mi suegro, el señor Hussein. Venía acompañado de sus dos hijos mayores, mis cuñados

Ayman y Nabil, los tres altos y delgados como mi marido. Me pareció que ninguno de ellos era tan peligroso como mi hombre de arena, que se situó tras ellos para observar.

Las palabras del señor Hussein fueron dulces, porque su voz lo era.

—Que Dios te bendiga, Legazal, hija mía. Bienvenida seas a nuestra casa.

Sus hijos, Ahmed incluido, guardaron un respetuoso silencio. Ayman y Nabil se parecían entre sí, o al menos eso creí a pesar de la cantidad de ropa tras la que se ocultaban todos. También tuve la impresión de que ese parecido no alcanzaba a Ahmed, y que mi marido era como su padre.

—Muchas gracias, señor. Transmito los saludos que le envían mis padres y desde luego mi abuelo Absussaham El Murr como representante de nuestra casa…

Quise morderme la lengua. ¿Qué era yo, una mujer El Murr o Ag Hamadida? Mi suegro no cambió la expresión bondadosa de sus ojos, sino que yo diría que los suavizó aún más.

—¿Has tenido buen viaje?

—Ha sido largo pero sin contratiempos, por voluntad de Dios.

—¿Estás cómoda?

—Todos me han tratado con gran hospitalidad y respeto —me hubiera gustado añadir «todos menos mi propio esposo, que se empeña una y otra vez en olvidar que no estamos solos».

—Tu llegada nos ha llenado de felicidad.

—Haré todo lo posible para no defraudar.

—Se ha cumplido la voluntad de Dios, alabado sea. Que tengas buena noche, Legazal.

Se retiraron los tres con el andar pausado de los príncipes, dejándome a solas con mi esposo y Yamal. Aunque me dolía todo el cuerpo, tenía que rezar antes del descanso. Ahmed me dejó hacer sin dedicarme ni una sola mirada. Intenté concentrarme en la oración con muy poco éxito. El caballo de mi marido, a pesar de ser un animal muy fuerte, jadeaba inquieto, mientras que los dromedarios no parecían notar la fatiga. Vi entre sombras cómo Ahmed mimaba a su caballo, le quitaba la silla con delicadeza, paseaba las manos por su larga crin y lo dejaba en libertad para que pudiera jugar. Mientras tanto, Yamal preparaba el fuego.

El viejo, Ahmed y yo cenamos pan untado en miel, dátiles y unas bolitas hechas de lentejas con sabor picante. La mezcla de gustos era extraña para mí, pero resultaba un acierto y además tenía hambre. Y bebimos un té único, demasiado dulce me dije al principio, aunque pronto rectifiqué. Era imposible mostrarse indiferente ante la exquisitez de los dátiles, el pan, las bolas de lentejas o el mismo té.

Ni tan siquiera para comer Ahmed destapó su rostro. Yamal, que no era targui, observaba la escena con una pizca de ironía en su cara descubierta. La forma de comportarse mi marido durante la cena contestó a una de las preguntas que yo me había hecho en Beirut sobre el velo masculino. Me pareció que, lo mismo que sucedía con el *hiyab* en el caso de las mujeres, el turbante targui era una forma de preservar el decoro de los hombres, incluso su pudor. Ahmed escondía así sus emociones, aquellas que podrían salir reflejadas en el rostro de manera inoportuna. Era imposible descubrir en él la sed o el hambre, debilidades que los viajeros del desierto no podían permitirse.

Las pocas palabras que Ahmed intercambió con Yamal giraron en torno a los animales que nos acompañaban, sobre todo los caballos, que según descubrí ese día eran su pasión. La primera vez que oí la lengua *talmasheq* pensé que nunca podría aprenderla. Me enteré entonces, con gran sorpresa, de que ellos no se llaman a sí mismos tuareg, sino *Kel Talmasheq*, los que hablan la lengua talmasheq y también *Kel Talgimus*, los del velo. Supe, a través de esas extrañas palabras, la importancia que tenían la lengua y la indumentaria en el pueblo de mi familia política. Según Yamal, en las caravanas los hombres se expresaban en el idioma targui, mientras que en el mundo femenino el árabe era dominante a causa de los criados extranjeros. Fui casi feliz al escucharle y recordé que mi abuelo Absussaham solía decir que preocuparse antes de tiempo era un grave error. Todos se manejaban bien en árabe. Aun así, aquella noche, oyendo hablar a mi marido con los demás hombres azules en el dialecto de Mahabarat Zidu, sentí una gran desazón. Marido, ¡qué fácil me resulta ahora esa palabra! Entonces no, entonces él sólo era mi hombre de arena.

Ahmed extendió la manta de piel de camello para que yo pudiera dormir y él se tumbó a una cierta distancia dándome la espalda. Ésa fue la primera noche que pasamos juntos y también la más fría. Si los sueños que traía en el equipaje pudieran hablar, dirían que me sentí casi bien. Interpreté su desdén como el modo más cortés de tratar a una esposa en presencia de extraños. En Beirut, había escuchado leyendas del desierto que hablaban de locas mujeres que acompañaban a las caravanas que cruzaban el Sahara; de cómo los hombres las tomaban cada noche uno tras otro hasta el amanecer, sin importar si eran jóvenes o viejas, de piel blanca o negra, extranjeras o prostitutas. En el silencio total, podía escucharlas gemir junto a él como si estuvieran presentes esa noche.

Ahmed tampoco dormía. Le vi moverse y supuse que estaba escrutando el cielo con sus ojos azules. Me pregunté qué estaría pensando.

—Tu marido puede hacer lo que quiera, siempre que guarde ante ti el debido respeto —me dijo mi madre la víspera de partir a Mahabarat Zidu—, y tú debes honrarle en todo momento.

¿Qué podía hacer sino ser obediente y esperar?

De forma contradictoria, el aparente desinterés de Ahmed me llenó de tristeza, como si el futuro se empeñara en dar la espalda a los sueños que traía. El caballo relinchó un par de veces y mi marido se levantó para apaciguar su miedo. Quise llorar como el caballo y lo hice en silencio. No tenía un motivo específico, sólo era el producto final de un gran vacío. «A lo mejor —pensé con envidia—, las locas mujeres que acompañan a las caravanas que cruzan el desierto se sienten menos solas durante las noches de viaje.»

No sé cuánto tiempo estuve dormida, sólo recuerdo que me despertaron ruidos de pisadas. Entre Ahmed y Yamal cargaron los dromedarios a la luz de la luna y después mi marido me puso encima de uno de ellos. Ahmed tenía sujeta la brida del animal con una mano, mientras que en la otra llevaba la del caballo en el que el viejo Yamal cabalgaba con el placer de un niño.

Y así anduvimos dos o tres horas hasta que, con el crepúsculo, divisamos a lo lejos unos montículos de arena. Resultaba difícil adivinar si eran parte de la duna o si, como sucedió, debajo de ellos se protegía del desierto un lugar llamado Mahabarat Zidu. Cuando ya estábamos cerca, el cielo del amanecer se volvió violeta. Me pareció que la duna reptaba hacia el noreste, hacia la orilla izquierda del Nilo, la de los faraones muertos. Pero Mahabarat Zidu se quedó atado al punto invisible que sostenía las estrellas fijas; y todo el Sahara quedó concentrado en los ojos de mi marido, toda el agua perdida en sus ropas azules, la noche entera en el color escondido de su cara de arena.

Del cuaderno de notas y reflexiones del doctor Aldo Mangino Médicos sin Fronteras

Hoy he vivido una de las experiencias más duras de toda mi carrera. Ya no sé lo que soy: médico, misionero, albañil, fontanero o canalla. Esta vez ha tocado el papel de Santa Claus. Sandra y yo hemos ido con el camión de primeros auxilios a un campamento beduino de pastores nómadas de la tribu de los Kunta. Según nos habían informado los cascos azules de Naciones Unidas, lo estaban pasando muy mal por culpa de la sequía. ¡Qué razón tenían!

A nadie le puede extrañar que exista algo tan horrible como este engendro hecho de petróleo, minas y desechos de todo tipo llamado, valga la ironía, Ciudad Anónima. Sólo falta la guerra, y si Dios no lo remedia, por poco tiempo. Se ven cada vez más grupos de jóvenes armados que quieren hacer la revolución por su cuenta. Vamos, que si esto no se hunde... Dicen que soy pesimista, «Aldo Catástrofes» me llaman. ¡Si hasta hay quien quiere recetarme antidepresivos! Vamos a ver, cuando ingresé en MSF, hace ya muchos años, lo hice por un anuncio en el periódico que decía: «Buscamos profesionales capaces de indignarse». ¡Que no me vengan con cuentos!

¿Es esto progreso? Un día recojo los trastos y me vuelvo a Roma. ¿Por qué tengo que cargar con las culpas de otros? ¿Qué hacemos aquí cuatro locos de atar? Sandra Kaltenhausen es de las enfermeras que tienen fe, de las que dicen que no hay que pensar en salvar a la humanidad entera, sino ayudar a los que tenemos cerca. ¿Cerca de qué? Como me entere de que hay algún listillo que se sirve de las organizaciones humanitarias que operan en la zona para hacer negocios, me lo cargo. ¡Hombre, por Dios, que estamos hablando de niños con hambre!

Esta noche ceno con el doctor Delacroix: necesito una buena borrachera.

Todas salieron a recibirnos. *Burka, niqab, chador, hiyab*... nada, ¡ellas no llevaban nada! Podría pensarse que sentí un gran alivio al ver sus cabezas descubiertas y no fue así. De pronto, una buena parte de mis miedos se echó a un lado y, sin apenas dar tiempo, en su lugar se instalaron otros que hasta cierto punto explicaban el comportamiento de mi marido. Vi sus cabellos libres como una amenaza para mis creencias, aquellas que yo pensé compartía con los pueblos del desierto. No tenía ante mí a una mujer que hubiera decidido ir con la cabeza descubierta, sino que la ausencia de tal indumentaria era el denominador común de todas. Sus ropas, holgadas hasta los pies, armonizaban bien con el sentido del decoro que yo llevaba grabado en la conciencia; la ausencia del velo no.

Estaba desconcertada por tal síntoma de relajación religiosa. ¿Cómo era posible que un pueblo que exigía tanto a sus hombres dejara las cabezas de las mujeres desprotegidas? ¿Dónde estaba el mandato divino de que el marido debía ser intransigente con la virtud de su esposa? *Burka, niqab, chador, hiyab*…, me sentí estafada. Ellas no, ellos sí, ¿qué reglas eran ésas? «Abandonados de Dios», decía la hoja de Internet que había impreso mi hermano Said: «renegados de Alá»; tuareg.

El matriarcado sin velo de Mahabarat Zidu, al que pertenecían resignados y apenas sin voz los hombres de edad avanzada, estaba solo la mayor parte del año. Presa de pánico, cuando estuve al alcance de sus manos, me dejé llevar. Desde el primer momento fui consciente de su poder. Las muestras de afecto de las mujeres hacia mí se veían controladas por Kauthar, mi suegra, quien controlaba aquella algarabía como si fuera la abeja reina. Era voluminosa como mi madre y, aunque no se parecía en nada a ella, me la recordaba muchísimo, incluso con la cabeza descubierta. Llevaba una amplia túnica de color coca cola. Mi madre iba vestida de forma similar cuando me despidió en el aeropuerto de Beirut.

—¡Dejad paso!, ¡vamos, vamos! ¡Hija querida, qué contenta estoy, ven a mis brazos! Creí que no ibas a llegar nunca. ¡Yamal, ve metiendo el equipaje en el patio! Este hijo mío, ¿qué hace con el caballo? ¡Ahmed, llévalo a la cuadra y vuelve enseguida!

Dijo más cosas en la lengua *talmasheq* que no entendí y debo confesar que no me sentí mal por ello: cuando hay una preocupación grave, las más pequeñas se quedan a un lado. A esas alturas yo ya tenía en la cabeza un baile de nombres,

Imán, Houria, Amina, Zahara, Lamia... Trataba de guardarlos en la memoria junto con otros datos. Imán y Houria eran mis cuñadas, las esposas de Ayman y Nabil, respectivamente, una era gorda, la otra flaca. Amina, la hermana de Ahmed, me pareció una muchacha autoritaria a pesar de su juventud. Estaba casada, según contó mi suegra, con un tal Hemssa, que iba con Ahmed en la caravana.

—¿No le has visto?

Creo que Amina sufrió una pequeña decepción cuando contesté que no.

Todos los hombres habían continuado en ruta menos Ahmed, que, según entendí, se iba a quedar unos días en Mahabarat Zidu; y por supuesto, Yamal. Wala, la criada negra de la casa Ag Hamadida, permaneció en todo momento junto a mi suegra, lo mismo que otra sirvienta, una vieja llamada Muma. Kauthar llevaba de la mano a Jazmín, la hija de Wala, una niña de unos cinco o seis años que tocaba mi ropa como si yo fuera una reliquia sagrada. Había muchos niños alrededor, pero Jazmín parecía tener un puesto muy especial en el esquema de mi suegra; incluso más especial que sus propios nietos, de quienes no guardé ningún recuerdo ese primer día.

—¿Te llamas Legazal? —preguntó Jazmín. Se había metido el dedo en la nariz y mi suegra le dio un manotazo cariñoso.

—Así es, como si fuera una gacela —Kauthar contestaba por mí a casi todas las preguntas. Me pareció en esos momentos que llamarse «gacela» era una forma de marcar el destino—. ¿Te gusta?

—¡No sé!

—¡No sé, no sé!, ¡claro que te gusta, faltaría más!

Kauthar me cogió el brazo y subió la manga de mi blusa hasta el codo. Jazmín miraba la operación con sus ojos redondos. Mi suegra, como el resto de los habitantes del desierto, soñaba con la piel blanca, la que yo había heredado de mi abuelo Absussaham. Las mujeres se acercaron y asintieron como diciendo «muy bien».

—Anda, vamos a casa —susurró Wala impaciente.

Sin que apenas me diera cuenta, Kauthar dio un tirón a la parte del *hiyab* que caía sobre mi espalda y el pañuelo cedió. Yo era tímida y obediente, me costó un gran esfuerzo responder. Con mucha calma, volví a ponerme el *hiyab* mirando a mi suegra. Ella sonreía; yo no.

El matriarcado se puso en marcha con las manos vacías. Yo no hice más que dejarme llevar. Entre todas hubiéramos podido evitar a Yamal muchos viajes, pero ni se me ocurrió entrometerme en la organización de Kauthar.

Por el flanco en que estábamos, Mahabarat Zidu no era más que un muro bajo de color marrón. Los alisios le azotaban con tal persistencia que, a fuerza de ir y venir, esos vientos continuos habían borrado el dibujo de sus almenas. La única puerta que existía por el oeste tenía la madera muy gastada y allí se detenía la arena de forma milagrosa. Lo que vi alrededor parecía frágil, ésa fue la impresión que tuve del conjunto; me pregunté «¿cómo no se lo ha tragado el desierto?».

Nada más traspasar el adarve, entramos en un corredor porticado muy fresco que dejaba las viviendas a un lado, en la parte de la muralla, y que se abría por el otro a una gran plaza. Estaba acostumbrada a la opacidad de mi barrio en el sur de Beirut. Paseando por sus calles, era imposible penetrar ni siquiera un milímetro en la intimidad de los hogares. La obsesión por permanecer ocultos había hecho que las ventanas fueran estrechas y estuvieran protegidas por celosías. Desde el exterior no se vislumbraba ni el menor síntoma de actividad. Era una forma de entender la vida. Todos esos mensajes de mi lejana ciudad del Líbano los descubrí también en ese pasillo cubierto, por el que avanzaba el matriarcado y al que no asomaban más que puertas cerradas.

—Ésta es mi casa —noté cierto orgullo en la voz de Amina—. Cuando me casé, mis padres tuvieron que mudarse —continuó diciendo sin que yo llegara a entender una ley que proclamaba el poder del matriarcado, la que hizo que Amina, desde su nacimiento, fuera la propietaria de la casa familiar.

—Ahmed y tú viviréis con nosotros —Kauthar cayó en la cuenta de que yo no conocía casi nada—. Mis hijos mayores también tienen la suya propia, así que la nuestra será para vosotros el día de mañana. Hay muchas casas vacías en Mahabarat Zidu —remató mi suegra—. Por suerte o por desgracia.

Tampoco me sorprendí cuando Kauthar abrió la puerta de esa casa que ya era la mía. Nosotros en Beirut teníamos demasiados trastos y esperaba, como así sucedió, que allí cada metro cuadrado pareciera medir el doble. Entramos a un patio grande, en cuyo centro Yamal iba colocando mi equipaje. Las componentes del matriarcado se agruparon en torno a esa montaña de bultos formando círculos concéntricos. No me extrañó: en mi lejana ciudad las novias y las recién casadas también recibían visitas de mujeres para ver el ajuar de la boda.

Entre todas, capa a capa, descubrieron la cebolla del ajuar que con tanto esfuerzo traía el pobre Yamal. Las hermosas piezas de tela que había conseguido mi padre de los proveedores del bazar pasaban de mano en mano con sonidos de admiración y Kauthar no dejaba ni un momento de mirarme. Mi madre había vaticinado que esas telas serían mejor recibidas por ella que cualquier otro componente de la dote y acertó: en los ojos del ama bailaba una media sonrisa de gozo. Wala pasó sus manos negras por encima de los bordados de las sábanas de hilo que yo había cosido en Beirut, tarde tras tarde, bajo la supervisión de mi madre o de la señora Imah. La vieja Muma iba detrás haciendo lo mismo; entonces yo aún no sabía que estaba loca.

Mis ropas personales sufrieron también el examen del matriarcado, que resultaba, eso sí, muy selectivo. No les interesaban nada ni faldas vaqueras, ni pantalones, ni cazadoras, ni blusas, ni pañuelos, ni medias, ni zapatos, ni…, pero la ropa interior sí, las provocaba. Sus insinuaciones picantes fueron una tortura. Lo encontré desproporcionado: para mi gusto, la ropa interior elegida por mi madre era bastante anodina; y para el de la tía Salma también. Levantaban al aire bragas y sujetadores y se reían de forma maliciosa haciendo chistes, igual que en Beirut. Una de ellas, menuda y regordeta, se puso un sujetador rosa encima de su blusa de color pardo; otra, bastante más vieja, se colocó de sombrero unas bragas blancas de encaje. Pensé que el matrimonio no merecía la pena si había que pasar por ese suplicio.

Las mujeres casadas de Mahabarat Zidu tenían el mismo descaro que las de cualquier otro lugar del mundo; y las solteras mostraban idéntico tipo de curiosidad allí que en Beirut... con una sola excepción. Mientras el matriarcado ponía a prueba lo acertado o desacertado de mi ajuar, descubrí que una chica de mi edad se había fijado en lo más querido de lo que llevaba en el equipaje: los libros. Era poderosa esa manera suya de marcar distancias con el resto del matriarcado. Iba vestida de verde, llevaba trenzas y sus manos se paseaban por las páginas de los libros con devoción, con total abandono. No le había llamado la atención ni la mochila, ni las cremas de tía Salma, ni el discman, ni la música francesa, sólo los libros. Me hubiera gustado acercarme a ella, acurrucarme a su lado y decirle que compartíamos un secreto, pero no me atreví. «Tiempo habrá», me dije con pena.

Estaba a punto de desfallecer cuando escuché una voz llena de calma.

—Ama, ¿preparo té? —Wala se había acercado sin hacer ruido. Al tenerla tan cerca me fijé bien en su cara: no debía de tener más de treinta y cinco años y nadie llevaba una ropa tan llena de color como ella.

—¡Pues claro! —Kauthar pasó su brazo por mis hombros. No sé por qué me pareció que su objetivo era volver a quitarme el *hiyab* como por accidente; me llevé la mano derecha a la cabeza y lo sujeté con fuerza—. Debes de estar cansada, ¿verdad pequeña? ¡Un viaje tan largo! —miró alrededor para asegurarse de que todas la escuchaban—. ¡Y ella sola! Mi nuera es una mujer muy valiente.

Era una declaración que no admitía dudas. ¡Valiente yo! Pienso que cada cual ve lo que quiere ver, y mi suegra, por alguna razón desconocida, estaba dispuesta a sacar a la luz todo lo positivo que yo tenía... y algo más que ella iría inventando cuando hiciera falta. Más adelante supe que Kauthar se movía siempre por instinto y que para ella la primera impresión se convertía en definitiva de forma inexorable. Me lo dijo Wala cuando apareció Leila.

Mi suegra sugirió que podíamos sentarnos y yo miré alrededor: no vi ni una sola silla. El matriarcado se fue acomodando en el suelo con la espalda apoyada en los muros del patio; entonces me di cuenta de la tragedia: sus amplios ropajes hacían de esa postura algo cómodo, la estrechez de mi falda vaquera no. Wala, siempre atenta, trajo una silla de anea alta, con respaldo vertical. Si me sentaba, pensé, sería la gallina que vigilaba desde el palo más elevado del gallinero. Estaba cansada; me corría un reguero de hormigas por las piernas y tenía las plantas de los pies doloridas; estar en el palo del gallinero no me pareció tan grave como para decir que no a la silla que me ofreció Wala.

Recuerdo que aún quedaban horas de sol cuando me condujeron a una habitación, a la que había que acceder mediante ocho escalones de piedra blanca. Allí no había más que un colchón grande y mullido de lana de oveja apoyado en un viejo somier de muelles y un armario muy simple tapado con una tela de colores vivos muy parecida a la del vestido de Wala. Entre ella y Kauthar hicieron la cama. La chica del vestido verde trajo la pesada maleta de los libros y la dejó apoyada en la pared. Luego, sin más, desaparecieron todas.

Me encontré sola en un cuarto austero que con el tiempo llegaría a ser mi fortaleza. Aquella habitación situada en el fin del mundo tuvo desde el principio la virtud de ser mía. Cambié la falda vaquera que llevaba por otra más cómoda, una de color crudo que me solía poner en Beirut para estar por casa cuando había visitas, y me quité el *hiyab*. En medio del desierto, entre cuatro paredes que olían a cal, me sentí segura. Ningún objeto extraño perturbaba la paz de aquel espacio protector. Sería mi territorio en exclusiva, sólo mío. Creí que mi cuarto de Beirut había llegado conmigo sin darme cuenta y que en ese momento salía de su escondite. «Sólo me falta una mesa para poder dibujar y...» Me acordé de la silla de anea alta, con respaldo vertical. Salí al patio. Permanecía allí, solitaria, nadie la necesitaba en Mahabarat Zidu menos yo. La llevé a mi cuarto sin hacer ruido.

En lo alto, justo encima de la cabecera de la cama, había una ventana cuadrada de buhardilla sellada con un par de hierros en forma de cruz. Vi que la cerradura de ambos barrotes era muy simple y no precisaba llave. Sin pensarlo dos veces, me subí a la cama, estiré los brazos todo lo que pude y los quité. De pronto el cielo emergió del techo con todo su esplendor. Me tumbé en la cama y cerré los ojos: ese cielo de color crema era el mismo que soportaba los disparos de metralla en Beirut. Allí ya tenía que estar anocheciendo. Los estorninos de la plaza Darmann irían ocupando su sitio por todas las ramas para pasar la noche y a lo mejor mi madre los estaba mirando; o mi padre, porque ella estaría preparando la cena; o mi abuelo, si mi padre aún permanecía en el bazar; o mis hermanos pequeños que jugaban al fútbol, tal vez con la desesperación de ver cómo el equipo contrario preparaba el lanzamiento de un penalti; o Said desde su cuarto, si hacía un alto en el estudio. Aquella ventana abierta hizo que me sintiera cerca de todos ellos.

Cuando mis ojos estaban otra vez fijos en lo alto, un gran pájaro blanco cruzó el trozo de cielo que cabía en los límites de la ventana. Salté hasta quedar de pie encima de la cama: inútil, mi cabeza quedaba un metro por debajo del techo. Puse encima del colchón la silla de anea alta, con respaldo vertical, e intenté subirme en ella. La silla se desequilibró y caímos las dos con el correspondiente estruendo; temí que el ruido se hubiera oído por toda la casa. Quedé paralizada. Oí que alguien se acercaba, que subía los ocho peldaños de la escalera, que accionaba el sencillo mecanismo de madera que hacía de cerradura…; y yo seguía en la misma posición, aquella ridícula posición que no tenía tiempo de enmendar. Cuando se abrió la puerta sufrí mucho menos por el dolor que por el ridículo.

Era Ahmed.

Me miró asombrado y yo traté de explicar que aquello no era tan absurdo como parecía.

—Intentaba asomarme por la ventana y...

Es curioso cómo se ven las sonrisas de las personas a través de los ojos nada más. Yo sabía que, a pesar de que sólo veía sus ojos, la cara entera de Ahmed se estaba riendo de mí, de mi pelo sin *hiyab,* de que estuviera en el suelo de esa manera. Me fijé en ellos y pensé otra vez, «son azules». Y vi que el contorno que asomaba apenas junto a ellos también tenía tonalidades de añil. «Es el reflejo del turbante.» Pero no, me dije enseguida, aquel color que se colaba alrededor de los ojos de Ahmed parecía más ambicioso. Deduje que el tinte de su ropa dejaba rastros en toda la piel de mi marido y que en consecuencia mi hombre de arena tenía que ser azul por fuera y por dentro. Y entonces yo también tuve ganas de reír, quizás por venganza, ¡quién sabe!, necesitaba reír aunque sólo fuera para sacar la tensión acumulada. Recordé los personajes azules de las películas de dibujos animados. «Me he casado con uno», fue el resultado inevitable de tal descubrimiento. Seguía sentada en el suelo y ya no me sentía nada ridícula. Temí que se me escapara una carcajada. «Igual cree que me estoy burlando de él.» Ese miedo fue la fuerza que me impulsó a aceptar su mano y ponerme en pie; y al tenerle tan cerca se me acabaron de golpe las ganas de reír. Entonces me di cuenta de que no llevaba el *hiyab* puesto.

Ahmed se quitó las leves sandalias de cuero que calzaba, apartó la silla de la cama y se puso en pie sobre el colchón.

Con un gesto hizo que yo me subiera también. Luego, sin más, me vi alzada al vuelo hasta que pude sentarme a horcajadas sobre sus hombros. Mi cabeza, libre del *hiyab,* asomaba por encima de los tejados planos de Mahabarat Zidu. Eran tan iguales a la arena que a unos metros parecerían un trozo de duna más, pero de vez en cuando asomaba una chimenea, un saliente de adobe, un trozo de poste... Y en cada una de esas torres pequeñas anidaba al menos una cigüeña.

Nunca imaginé que cupieran tantas en un espacio tan reducido. En Beirut las cigüeñas habían huido hacía años a causa de la guerra. A la ciudad de mis recuerdos no viajaban ya esas grandes aves que antaño, según contaba mi abuelo, anunciaban la primavera. En el resto del mundo, me dije, era invierno, pero en el Sahara no, porque para eso estaban las cigüeñas. Fue el primer contacto que tuve con el otro grupo de pájaros, el de los que no eran cajas de música sino máquinas de volar.

—Ya puedes bajarme —le dije a mi marido; me parecía un abuso que él tuviera que cargar con el peso de mi cuerpo. De no haber sido por eso, me hubiera quedado un buen rato contemplando el paisaje con cigüeñas de los tejados de Mahabarat Zidu.

Ahmed obedeció y me bajó de lo alto con mucho cuidado. Noté tal sabiduría en aquellos movimientos que me quedé desconcertada. Hay cosas que no se le pasan por alto a ninguna mujer y una de ellas es la naturaleza de los contactos. En la forma en que él me agarró primero de las piernas y luego por la cintura percibí un algo muy distinto a lo que sentí cuando él me cargó en lo alto del dromedario. Sus dedos no tenían prisa. En ningún momento, mientras estábamos los dos encima de la cama, dejé de percibir el cuerpo de mi marido; y eso que yo no había dado pie a tal cercanía, sino más bien todo lo contrario. Me asusté de esa proximidad y a la par el cosquilleo que subía y bajaba por mi cuerpo pedía a voces que Ahmed no se apartara. Él ya no se parecía nada a los simpáticos dibujos de la televisión. Tampoco era la primera vez que vivía algo parecido, ni mucho menos. A veces, paseando por las calles de Beirut, sin poderlo evitar, me encontraba presa del mismo calor. Rogué al cielo que fuera un buen presagio y las cigüeñas también.

—La riqueza de un hombre son sus hijos —decía mi abuelo Absussaham.

Bajé de la cama y Ahmed también. Y de pronto, cuando los dos ya pisábamos el suelo, la atmósfera de roces y miradas se rompió. Él salió de la habitación dejándome con la cabeza llena de preguntas. Entonces me di cuenta de que no había dicho ni una sola palabra.

Escribí dos cartas muy distintas: una a mi familia, hablándoles del viaje, del matriarcado, del recibimiento, de la casa, de mi cuarto, de las cigüeñas...; la otra, a mis amigas con un solo protagonista: Ahmed. Les dije que era silencioso y delicado, y que me estaba enamorando de él a marchas forzadas. Lo hice con tanta convicción que hasta yo misma llegué a creérmelo.

Estaba arreglando la ropa cuando oí que alguien llamaba a la puerta. Wala, negra y misteriosa, entró en mi cuarto.

—Si quieres, puedes ayudarnos a preparar la fiesta.

Ésa iba a ser mi primera fiesta en Mahabarat Zidu. Mi familia de Beirut también era muy dada a las celebraciones, sobre todo mi madre, a la que no le daba pereza tener que cocinar para tanta gente. Nuestra casa se convertía a menudo en el centro de la reunión familiar, algo que aburría sobremanera a Said, divertía muchísimo al abuelo y a los pequeños y que a mi padre y a mí a veces nos venía bien y otras mal. En esa ocasión yo estaba llena de curiosidad.

Los pocos hombres que permanecían en el poblado con las mujeres, viejos todos, charlaban con un tono de voz suave que me recordó al de mi abuelo Absussaham. Estaban sentados sobre grandes esteras, muy parecidas a las que había visto en el suelo de las jaimas bereberes. Entre ellos no se encontraba Ahmed.

Las mujeres iluminaron el patio con varias bombillas de colores que me dejaron muy sorprendida. Luego supe que en casa de mi suegra tenían un grupo electrógeno que se usaba en ocasiones como esa. Entre instrumentos artesanales de barro, hierro y cuero, mezclados con ellos de forma anacrónica, vi algunos objetos que de pronto acercaban a Mahabarat Zidu si no al siglo XXI, al menos sí al XX. Notaba por todas partes una prosperidad extraña, como si el contacto entre el antes de ayer y el hoy se hubiera producido a raíz de algún accidente brusco. ¿Qué terremoto podía traer al centro mismo del Sahara una botella de detergente, un sacacorchos, un embudo y varias fiambreras de plástico, una fuente de cristal o un grupo electrógeno con bombillas de colores? Me pregunté cómo casaban esos objetos con cuencos de madera para ordeñar en los que se veían las huellas del cuchillo o estuches pequeños de plata o de piel de camello para guardar los versículos del Corán.

Las palabras de mi suegra eran chispeantes, atrevidas, algo que tampoco me resultaba ajeno. En Beirut, las conversaciones entre mujeres solían ser mucho más picantes de lo que nadie podría imaginar al verlas por la calle. Resultaba molesto, eso sí, que el blanco de las insinuaciones de Kauthar fuera yo, o mejor dicho, la afortunada que tendría el honor de compartir el lecho con su hijo favorito.

—La flor de *ehad ayyor* crece en la sabana y su raíz sirve para obtener la infusión de la recién casada —su guiño fue inequívoco—. Nubla la vista y hace perder el sentido, ¿verdad Wala?

—Tú sabrás, ama.

—¡Claro que lo sé!, lo que pasa es que ya no me acuerdo. Y este pastel de harina y miel tiene polvos de la planta del *izwagh,* lo rojo en nuestra lengua, ya sabes por qué, ¿no? Buena sangre para hacer más grande la familia. Todos estos remedios los traemos de Belhadi. Algún día irás a la explanada de Belhadi.

—¿Belhadi?

—Te recomiendo que no le preguntes a Yamal. A ese viejo loco no le gusta la fiesta de primavera, pero a nosotras sí, ¿no es cierto?

Un coro de «¡claro!», «¡vaya que sí!», «no me lo perdería por nada del mundo», salió por todos los rincones de la cocina acompañado de carcajadas y codazos. Me temí lo peor, así que no me atreví a preguntar.

Pero el equivalente a mi madre en la cocina de Mahabarat Zidu no era mi suegra sino Wala, ella era la que organizaba las comidas. Las demás fuimos sacando al patio las escudillas con todo tipo de manjares desconocidos, en los que adiviné algunos ingredientes como sémola de trigo, arroz, mijo, harina de garbanzos, almendras, plátanos, carne de cordero y dulces de dátiles con miel y leche. Con la falda de color crudo estaba mejor preparada que unas horas antes para sentarme en el suelo, apoyando la espalda en la pared, como el resto del matriarcado. En el centro del patio sólo había un círculo vacío, sobre el que incidían las luces de colores de las bombillas.

La fiesta empezó sin que Ahmed hubiera aparecido. Anochecer en el desierto era como un apagón en Beirut. La oscuridad cayó de golpe, para hacer más difícil reconocer aquello que mis dedos se veían obligados a coger de las escudillas que pasaban de mano en mano. Él llegó con Yamal como un plato más de la rueda, hizo una leve inclinación de cabeza y se sentó entre mi suegra y yo.

—¡Por fin! —suspiró Kauthar y luego se dirigió a mí—. Los hombres se pasan la mayor parte del tiempo en el establo.

—Yamal no puede con todo —contestó mi marido, y yo escuché por primera vez su voz con el pulso acelerado. Hablaba despacio, casi susurrando, como si cada palabra tuviera un valor incalculable. El viejo Yamal se había sentado junto al resto de los hombres y parecía preocupado.

—¡Yamal, Yamal! Si haces caso de ese viejo loco, no te dejará vivir. Hoy no es día para estar en el establo, a no ser que pase algo grave, que no creo.

—Siempre pasa algo, madre.

Ahmed parecía incómodo entre tantas mujeres. Lo había comprobado muchas veces: se necesitaban años para que un hombre empezara a sentirse bien entre el matriarcado, pero cuando ese bienestar llegaba, ya no se iba nunca. Por ejemplo, eso fue lo que sucedió en Beirut con mi abuelo Absussaham.

Poco a poco iba sintiendo frío y como los demás no parecían notarlo, tuve que aguantarme. Pensé que aquellas ropas excesivas, tanto las de los hombres como las de las mujeres, debían de tener el don de hacer soportables todas las temperaturas del desierto. En el Sahara hay que acostumbrarse a escuchar sin palabras y en pocos minutos, pobre ilusa, creí adivinar que mi marido se había dado cuenta de que estaba tiritando. Él se fue acercando. Estaba muy satisfecha con su delicadeza, hasta que me percaté del verdadero sentido de esa aproximación. El frío desapareció y mientras tanto los platos de la rueda llegaban a mis manos temblorosas cada vez más vacíos.

Noté movimiento en un sector del patio. Varias mujeres se habían levantado para ir a buscar algo, me pareció, y acerté. En pocos minutos se hizo el silencio. En el centro, donde sólo horas antes había descansado mi ajuar, apareció la muchacha vestida de verde con un instrumento de cuerda en la mano. Ésa fue la primera vez que escuché cantar a Nadia y no se me olvidará jamás. Salió acompañada, o más bien protegida, por una señora que podría ser su madre y que se quedó en pie tras ella. Las risas de las mujeres, el hablar monótono de los viejos, las maniobras de mi marido, toda actividad quedó interrumpida para escuchar a Nadia. Era un canto extraño, diferente a todo lo que yo había oído jamás. No entendía las palabras, puesto que estaban dichas en lengua *talmasheq,* pero podía seguir, al menos a través de sus entonaciones, cuándo había tristeza, rabia o felicidad en ellas.

La artista tenía los ojos fijos en la porción de cielo que abarcaba el patio de mi suegra y estaba sentada sobre un taburete. La voz de Nadia era de soprano, clara, vibrante, casi solemne. La luz roja iluminaba sus pies descalzos y la azul su cara alargada. Tenía el pelo trenzado en cuadro, un peinado distinto al de las otras dos muchachas de su edad que había en el patio, que lo llevaban suelto y ondulado.

Dirigí la vista alrededor y sólo vi reverencia hasta que descubrí entre los hombres a un viejo que se limpiaba los ojos con un pañuelo grande. Era algo más joven que Yamal y bastante menos delgado, a pesar de que parecía frágil y jadeaba como si le costara respirar.

—Es Esan, el abuelo de Nadia —dijo mi suegra—. Ni se sabe de los sacrificios que hace ese hombre para que su nieta aprenda. Ella es lo más importante que tenemos en Mahabarat Zidu, nuestra Elegida.

Sí, dijo «nuestra Elegida», a mí también me sorprendió escucharla. Poco a poco, por indicación de la mujer que permanecía detrás de Nadia haciendo de maestro de ceremonias, las niñas del poblado se fueron acercando a la joven artista y se sentaron a sus pies.

—Y esa otra es Sabah, la tía de Nadia —la que hablaba era Wala—. Hasta hace dos años era nuestra artista principal.

Me fijé en el orgullo con que Wala pronunciaba «nuestra», como si ella no tuviera la piel tan negra. Yamal me había dicho poco antes que Wala y él eran esclavos, él procedente del norte, Wala del sur, de la sabana, del Sahel. La palabra «esclavos» me pareció una exageración de Yamal.

Jazmín, ensimismada, tenía la boca abierta que dejaba ver un par de huecos entre sus dientes blanquísimos. Nadia hizo una seña y las niñas, Jazmín también, comenzaron a cantar formando un coro tímido que servía de acompañamiento a la solista. No interpretaron una, sino varias canciones apenas separadas unas de otras por una leve pausa. Se notaba que era un repertorio aprendido y mil veces ensayado, letras y músicas inamovibles que Mahabarat Zidu veneraba. Percibí en la actitud del poblado una dimensión espiritual que se me escapaba. Ahmed se había quedado quieto tras la irrupción de la niña artista. De ese modo mi atención tuvo que repartirse entre el centro del patio y él.

En la última de las canciones, para mi sorpresa, Ahmed se levantó, cogió una guitarra pequeña que había sacado no sé de dónde y acompañó a Nadia en un dúo casi místico. Vi lágrimas en los ojos de casi todos; supe enseguida que aquella música tenía dentro nostalgia y rabia, aunque no entendiera las palabras. Cuando terminaron, se hizo un silencio que duró hasta que mi marido, todo parsimonia, dejó la guitarra y volvió a sentarse a mi lado. Si recuerdo pasajes como ése, me reafirmo en la idea de que nunca llegué a conocer al verdadero Ahmed.

Después de los cánticos llegó el turno de las narraciones, siempre por boca de la Elegida. No entendía nada, aunque a partir de los gestos de la muchacha artista, con mucha imaginación, hilé una serie de historias complicadísimas que, como supe después, nada tenían que ver con la realidad. ¿Qué sabía yo del cebú, la hiena, el halcón, el pura sangre, el dromedario, el marabú, el galgo del desierto o el áspid? Luego me dejé llevar por las luces de colores, por el misterio de aquel patio en medio del desierto y me dije, «ésta no soy yo, me lo estoy inventando». Hasta que sentí que Ahmed deslizaba su brazo para rozar el mío. Esa vez me atreví a mirarle de frente. Si se dio cuenta, lo disimuló muy bien.

Al acabar la fiesta, subí los ocho escalones de mi cuarto intentando escuchar si alguien venía detrás. No fue así. Volví la vista atrás para ver a la chica vestida de verde recoger el *anzad* y marcharse a su casa. Las luces del grupo electrógeno se apagaron. Cerré la puerta de mi habitación y caí en la cama como un leño. «Que sea lo que Dios quiera», me dije, y así fue. Quise creer que el cortejo de Ahmed no tenía prisa y di gracias al Clemente, al Misericordioso, por haberme regalado una noche de calma. Sólo al cabo de un rato caí en la cuenta de que estaba sumida otra vez en el más aterrador de los silencios. Abrí la ventana del tejado a pesar de que hacía un frío cruel y me dormí pensando que los pájaros de Beirut eran como Nadia; y sabiendo que allí fuera estaban ellas, las cigüeñas.

Del cuaderno de viajes de Victoria Söerensen
Sahara Tours
10 de febrero

Echo de menos a Cox. Él no debería estar en estos momentos pisando nieve por las calles de Växjö, sino aquí, en Ciudad Anónima, conmigo. No sé si habré acertado viniendo sola, espero que sí, pero Cox… Me siento confusa.

Basta de lamentaciones, al fin y al cabo ya he vivido mi primera aventura en el Sahara. Cuando salimos del mercado africano, que es lo único que merece la pena en Ciudad Anónima, me despisté del resto del grupo para quedarme un rato por allí. En una de las herrerías se me acercó el típico hombre vestido de azul de los pies a la cabeza y me invitó a tomar té en su tienda, una caseta de adobe oscura y repleta de trastos. Le dije que no pensaba comprar nada: inútil, ellos siempre creen que pueden más que nosotros. Era un tipo joven, delgado, no muy alto y de piel oscura, que hablaba francés bastante mejor que yo. El té era exquisito, la negociación terrorífica. Me enseñó de todo, cerámica, espadas, puñales, cruces, colgantes, collares… Al final seleccionó lo que le pareció, con buen tino, que me había llamado la atención: una pulsera de plata adornada con piedras de coral para mí, una cruz de Agadez también de plata para Cox fabricada con la técnica de cera perdida y un par de colgantes, uno con forma de trébol, el otro era una piedra de color miel con engarce metálico. A la hora de fijar el precio yo no sabía ni por dónde empezar. Me pidió trescientos euros y yo a ciegas ofrecí cien. Lamentaciones, más té; él bajó veinticinco, yo subí diez, hasta que nos enrocamos en un 250-150, imposible de superar. Así estábamos cuando me preguntó qué llevaba en la mochila y yo le contesté algo asustada que la bolsa de aseo y poco más. Abrí la cremallera y él literalmente me la esquilmó. Se quedó con un bote de Clinique noche y otro de Clinique día, carmín, rimel, polvos compactos, maquillaje, Eau de Rochas, sombra de ojos, varias cremas de supermercado, protector solar, quizás algo más que no me acuerdo y ¡el rizador de pestañas!, que no sé qué hacía allí. Estuve a punto de preguntarle para qué quería ese rizador de pestañas, o mejor dicho, para quién, pero no me atreví.

Con eso y cien euros me he quedado con el lote completo más un anillo que llevaba una inscripción en lengua tuareg que, según él, decía «sombra de luna» y un pequeño trofeo: el turbante azul oscuro que llevaba en la cabeza.

Al volver al campamento le pregunté a Markus, el guía, y me hizo unas cuantas apreciaciones interesantes. Las joyas están bien, excepto que la cruz de Agadez se considera un adorno de mujeres; espero que Cox no se entere, porque con lo que es…

Un detalle curioso: según nuestro guía, el vendedor era un falso tuareg. No resulta fácil distinguirlos por su aspecto o color de piel; me ha contado Markus que la identidad tuareg es sobre todo cultural, histórica y lingüística, no racial. Es posible que se trate de un berebere que ha dejado la trashumancia por culpa de la sequía o del gobierno; Markus dice que se les está obligando a la sedentarización por las buenas o por las malas. La mayor parte de los vendedores de Ciudad Anónima lo son, eso dice el guía, aunque también hay algún tuareg pastor venido a menos. Markus ha hecho tal deducción nada más ver el turbante: por lo visto no está teñido con índigo.

Al día siguiente me levanté tarde y estuve colocando las ropas en el armario. La luz que entraba por la ventana del techo tenía el color amarillento de la arena; las superficies lisas del cuarto estaban cubiertas por una fina capa de tierra que no había visto la tarde anterior. Salí al patio a buscar una escoba. En el suelo encontré aún la gran estera que había colocado el matriarcado para sentarse a cenar y a escuchar a Nadia, nada más.

Todas las habitaciones de la casa daban al patio. Allí estaban sus puertas y ventanas, ojos que podían servir para observar. Me pregunté en cuál de esos cuartos habría pasado la noche mi marido y cuántas noches más iba a durar ese cortejo silencioso que le mantenía apartado de mi refugio. Las habitaciones tenían dos niveles, unas estaban a ras de suelo y a otras, como la mía, había que acceder subiendo unas cuantas escaleras. Sólo una de ellas, en el nivel más bajo, era grande. Se trataba de la cocina.

No había nadie. Mi madre decía que el bienestar de una familia se tenía que medir en la cocina. Una nevera bien repleta y buena despensa representaban para ella los dos pilares de la felicidad. La cocina de Kauthar hubiera complacido de veras a mi madre; era de todo a la vez, cocina, nevera y despensa.

Las paredes estaban cubiertas de estantes de madera que hacían el papel de anaqueles de una alacena que lo ocupaba todo. Habían dispuesto víveres y enseres en perfecto orden. A ambos lados de la puerta de entrada, las baldas se convertían en almacén de arroz, trigo, mijo, lentejas, garbanzos, especies, aceite, manteca, carne seca, conservas, pescado ahumado... Al fondo estaba el hogar. Me dije que esa chimenea siempre encendida no podría ser el paraíso de ninguna cigüeña, pero quizás la cúspide del respiradero de la sala sí. Existía también una especie de hornillo de carbón que no había visto nunca antes. En ese momento vi sobre el fuego un par de recipientes de barro, nada más. La mesa central era redonda y servía de mueble auxiliar para hacer tareas, pero no para comer; alrededor sólo había unos taburetes tan bajos que no se llegaba a la mesa con ninguno de ellos. Supuse que las comidas en Mahabarat Zidu se hacían en el patio como el día de la fiesta, todos sentados sobre la estera. Me dije que las faldas vaqueras que había traído en la maleta iban a ser de muy poca utilidad. En un cuarto adjunto, fresco y bastante oscuro, vi dos depósitos de agua, muchos cántaros, tinajas de diversos tamaños y varios sacos de carbón.

Entretenida como estaba husmeando, me había olvidado de la escoba y también de que podía no estar sola en la casa, como parecía. Oí un «¡uhhhhhh!», y acto seguido noté una mano que tiraba del *hiyab:* era la vieja Muma.

—¡Qué susto me ha dado! —dije, volviéndome a cubrir la cabeza. Podía haber añadido: «¡Y qué manía tienen todos con mi pañuelo!»—. ¿Y las demás?

—Kauthar y Wala están tendiendo o algo así. Los hombres, como siempre, con los animales —la vieja loca cambió de tono de repente—. ¿Y tu marido, qué tal?

Se acercó a mí y yo pensé que venía otra vez a descubrir mi cabeza, pero no. Sin que yo lo pudiera evitar, me dio un pellizco en el brazo mientras gritaba, «¡uhhhhh!». Cogí la escoba y un recogedor de metal y me fui de allí horrorizada. Por aquella época me asustaba de casi todo, ¡pobre Muma!

En vez de ir a barrer la habitación, dejé la escoba y el recogedor en el patio y salí a la calle porticada. El matriarcado de Mahabarat Zidu debía de tener costumbres gregarias, porque por allí tampoco vi a nadie. Eso era bueno para mí, necesitaba estar sola. Fui recorriendo el camino inverso que me había llevado el día anterior a la casa de Kauthar, hasta que di con la puerta de la muralla, que estaba entornada. Salí al desierto para comprobar que, si algún día quería irme, podía hacerlo. Busqué el refugio de las dunas y me senté en medio de ellas recordando a la vieja loca. De vez en cuando, el viento traía sonidos de voces y luego se los llevaba. Hacía un calor espantoso que yo estaba dispuesta a soportar, porque necesitaba poner en orden mis pensamientos. Aún quedaba por resolver el enigma de mi marido. No sé cuánto tiempo estuve allí, sólo que, cuando volví a la cocina, Wala me estaba buscando.

—¿Dónde te habías metido? —llevaba un vestido de flores moradas y amarillas aún más vistoso que el del día anterior.

—He ido a ver las dunas.

—Ahmed ha preguntado por ti —sentí pánico—. Está en el establo, si quieres te acompaño.

—¿Es algo urgente?

—No, se trata del arcón. Lo ha dejado en tu cuarto.

—¿El arcón?

—Sí, el suyo. Ya sabes, cosas de hombres.

No, yo no sabía nada. Cogí la escoba y el recogedor y subí los ocho escalones de mi cuarto de dos en dos. Nada más entrar lo vi: se trataba de un mueble grande, bellísimo, de madera tallada con remaches y cerradura de plata. Intenté abrirlo, pero estaba cerrado. Pensé en manipular la cerradura, aunque desistí pronto porque no quise tentar a la suerte; el hecho de que dentro de aquel baúl tan poco corriente pudiera haber ropa me pareció poco probable. «¿Entonces?»

Tuve que esperar hasta la noche para averiguar qué había dentro del arcón de Ahmed. Me lo dijo él mismo durante la cena.

—Son mis armas.

«¿Armas?» Busqué en el Corán de mi abuelo un verso del sura 34 y lo leí despacio. El Profeta hablaba de la preferencia de Alá por los hombres y del precepto divino por el que las mujeres debemos someternos a su autoridad. No me atreví a pedir a mi marido que se explicara, pero me quejé al cielo. ¿Acaso el sonido de las armas iba a perseguirme tanto en Beirut como en Mahabarat Zidu? No me pareció justo. Ni tan siquiera pensé en los soldados negros, ni en que, de vez en cuando, los hombres hablaban de ellos por lo bajo.

Lo que vino después de la cena fue una sucesión de acontecimientos premonitorios.

—Quieres irte a dormir, ¿verdad? —preguntó mi suegra.

—Sí, estoy muy cansada —contesté con sencillez.

No esperaba que me siguieran. Las tres, mi suegra, Wala y yo subimos los ocho escalones del cuarto. Entre la criada y el ama me despojaron de las ropas que había llevado durante el día sin que yo pusiera resistencia, y lavaron mi cuerpo con un paño húmedo y perfumado. Kauthar trajo una copa llena de un líquido de color naranja.

—Bebe —ordenó.

Yo obedecí, ¿qué otra cosa podía hacer? Aquel preparado tenía un sabor amargo. Al lado de la cama descubrí una bandeja llena de deliciosos dulces de alajú que ellas habían puesto allí antes o durante la cena. Cuando se fueron empecé a temblar. El breve cortejo se daba por finalizado.

La noche entraba por una abertura del tejado. En Beirut, desde que era niña, en ocasiones muy especiales, podía sentir que el espíritu salía de mi cuerpo y que tenía la capacidad de observarme a mí misma desde lejos. Quien se mostraba inquieto era ese cuerpo que entonces creía imprescindible, inquieto de que el mecanismo de la puerta se abriera, de que saliera del baúl un arma mortífera, de no poder escapar con las cigüeñas.

Estaba nerviosa, pero a la vez expectante. En mi boca seguía notando un gusto amargo del bebedizo de color naranja y tuve la seguridad de que los exquisitos pasteles que tenía a mis pies contenían también alguna sustancia secreta. Sólo había una vela, nada más que una vela, pero bastaba para que la transparencia del camisón de gasa se me hiciera incómoda. «Así debe ser», advirtió el espíritu flotante que observaba en la distancia; y el cuerpo sabía que sí, que tenía razón.

Escuché cómo Ahmed subía los ocho escalones de piedra blanca, uno, dos, tres…, estaba cada vez más cerca, más, más… Los recuerdos que guardo son tan nítidos que, a medida que vuelvo a ellos, resucita en mí la muchacha que había soñado desde niña con ese instante. Pensé en Warda y sus teorías sobre el «amor total» y en aquellos que caminaban juntos por las calles de París, con los ojos en los ojos, con las manos en las manos, y en todos los amantes de todas las películas que había visto y… También me sentía excitada.

Ahmed se detuvo un momento en el descansillo. Me pareció que vacilaba, que él también debía de estar inquieto, y esa presunta inseguridad suya hizo que le sintiera más próximo. Luego oí el chirrido apenas perceptible de las bisagras y detrás apareció su silueta ocupando el marco completo de la puerta. «Ahora —me dije—, llegarán las disculpas, las explicaciones a medias, las miradas largas, las sonrisas; y poco a poco las caricias y los besos y…»

Entonces llamé a mi madre, ¡tenía tantos interrogantes! Quise preguntar cómo debía recibirle y la voz de ella, en la penumbra, me respondió con unas palabras que le había escuchado decir una vez, algo muy distinto a lo que yo necesitaba en esos momentos. «Tu marido puede hacer contigo lo que quiera. Eres su mujer.» Intenté preguntarle, «¿todo lo que quiera?». No hubo respuesta.

Él cerró la puerta y sin apenas mirarme, se sentó en una esquina de la cama para quitarse las sandalias. De forma brusca, se volvió hacia mí, retiró la manta de pelo de camello que me cubría y metió su mano derecha por debajo de mi camisón. Se me acabó la sonrisa.

No podía entender aquella forma tan violenta que tenían sus dedos de ir y venir por todo mi cuerpo, sin ningún preámbulo, sin voz alguna que lo suavizara, desde el cuello, bajando, alrededor de los pechos, bajando, por la cintura, bajando, a lo largo de los muslos..., subiendo, hasta llegar allí, y detenerse..., «tu marido puede hacer contigo lo que quiera». Pedí ayuda, «*m'aidez, m'aidez, m'aidez...*». No obtuve respuesta. Hubo un forcejeo, yo cerrando las piernas, él abriéndolas, yo intentando retirar sus dedos de mi sexo, él siempre adelante, más, más, «¿todo lo que quiera?», hasta que no tuve otro remedio que ceder. ¿Dónde estaban las palabras suaves y las caricias suaves y...? «Sí, todo», ésa era la respuesta que mi madre no se había atrevido a dar.

Tampoco pude resistir sus ojos, de un modo u otro nunca he podido; volví la cara hacia un lado y casi de inmediato noté su lengua alrededor de mis senos. Sus manos estaban ya intentando quitarme el camisón, con torpeza, a trompicones, «tu marido puede hacer contigo lo que quiera». Le oí jadear. Su olor a cuero y arena se metía por todos los poros de mi piel, «eres su mujer»; cuando me besó de ese modo tan brutal, sus labios tenían el tacto de lo salado y yo seguía escuchando la misma voz, «eres su mujer». Me resultaba difícil respirar con esos aromas y esos sabores alrededor de mi boca. Sentí náuseas. Para poder soportar todo aquello, cerré los ojos antes de que él se tumbara encima. «Todo lo que quiera, sí, todo.»

Permanecí quieta mientras se metía en mí sin ningún esfuerzo. Mi yo incorpóreo, desde lo alto, siguió el avance de Ahmed con curiosidad, mi cuerpo horrorizado no podía hacer lo mismo. Tal era la impotencia, que le dejé hacer sin que se me escapara ninguna queja. Llegó un dolor molesto; luego, llena de asco y de miedo, sentí un calor suave que subía por mis caderas y vi unos ojos clavados en los míos; después él se separó tanto que apenas me rozaban los pliegues de sus ropas. Ni siquiera entonces pude ver su rostro completo.

Sucedieron tres encuentros casi sucesivos, hasta que el cansancio se apoderó de Ahmed. Él no había dicho ni una sola palabra. Dios había dibujado un falso misterio en su cara de arena. ¿Qué podía hacer sino llorar?

Fuera de la habitación era un día como otro cualquiera y apenas se oía un rumor de conversaciones que llegaba de la cocina. Creí distinguir la voz paciente de Kauthar, las letanías de Muma que sonaban a protesta, y más lejos, más apagado, el cántico alegre y rítmico de Wala. Olía a cacahuetes fritos, algo que, como supe después, era junto a los dátiles secos y la leche, el complemento diario del desayuno.

Sentí pánico de salir y encontrarme con mi suegra, con Wala, con la vieja Muma o con cualquier vecina que hubiera llegado a curiosear sobre nuestra noche de bodas. La imagen del espejo me resultaba desconocida, como si la madrugada se hubiera llevado unos cuantos años de golpe. «¡Si estuviera mi madre!», recé. Después de varios intentos, conseguí, al menos eso me pareció, que desaparecieran del espejo los efectos del terremoto.

Puse la mano en el picaporte, pero cuando ya estaba decidida a salir, me acordé del olor a cuero y a arena... ¿Cómo podía lavarme? No tuve más remedio que retroceder. Utilicé para la ocasión un perfume de violetas de los que había comprado con la tía Salma; era tan intenso, que con una sola gota en la muñeca izquierda creí dejar en suspenso el pasado reciente. De ese modo ya fui capaz de enfrentarme a ellas.

Todo el cuidado había sido inútil. Sentí los ojos de Kauthar, los de Wala y los de la loca Muma, vi en ellos la sonrisa irónica que tanto temía. Mi rostro se llenó de rubor mientras mi suegra me ofrecía el desayuno.

—¿Qué haces ahí mirando? —Kauthar se dirigía a Wala—. ¡Hale, a trabajar! —y luego a Muma—. Y tú cuida de Jazmín, ya sabes que no me gusta que la niña esté mucho rato bajo el sol.

Me pareció raro que Kauthar diera órdenes sobre Jazmín que sólo, en mi opinión, correspondían a su madre, pero había tantas cosas que no entendía que aquélla se me olvidó enseguida.

—¿Dónde podría lavarme? —pregunté cuando nos quedamos solas.

Ella, sin pensarlo ni un segundo, salió de casa llamando a gritos:

—¡Yamal, Yamal!

El viejo llegó corriendo:

—Pon un balde de agua en la habitación de Legazal.

El sirviente se me quedó mirando con asombro. Para él «desperdiciar» el agua de ese modo era una ofensa a Dios.

Temía que llegara la hora de comer, y cuando Ahmed entró en el patio, supe que mis miedos no eran infundados. Muma hizo una mueca acompañada de su ya característico «¡uhhhhh!» y él se sentó a mi lado. Bajé los ojos e intenté pasar desapercibida. Kauthar y Wala llevaban el peso de la conversación y poco a poco me fui sintiendo a salvo. Sólo en un instante, cuando el grupo se deshizo tras una sobremesa prolongada, se cruzaron los ojos de Ahmed y los míos; duró apenas un segundo, pero fue suficiente.

La noche llegó de nuevo y con ella la visita de Ahmed. Estaba menos fogoso en esa segunda ocasión. Me tomó una vez sin más y luego se quedó dormido de manera profunda. Pero cuando llegó el alba, cerró la ventana y acto seguido sentí de nuevo la prisa de unas manos que palpaban mis senos con violencia. En la oscuridad completa, volví a carecer del valor necesario para hablar, ni siquiera para protestar. Él se las arregló para que su sexo se introdujera en el mío con suavidad, como si ése fuera el sitio para el que estaba destinado. Tal pensamiento hizo que yo cerrara los ojos asustada por el futuro.

Fueron cinco o seis jornadas, no sabría precisar su número exacto, en los que viví con la zozobra de la espera, una tortura que se repitió y que me impedía rezar. Fueron cinco o seis días de angustia, fueron cinco o seis noches de tempestad. Hasta que una mañana descubrí que Ahmed ya no estaba y que se había ido a reencontrarse con el resto de la caravana.

En casa de Kauthar no tenía ninguna misión concreta, y menos desde que se supo que estaba embarazada. De vez en cuando ayudaba a mi suegra o a Wala en la cocina, pero hasta mucho más adelante me mantuvieron alejada de tareas duras como distribuir el agua, lavar la ropa, encalar las paredes y ayudar a Yamal con los animales. Tras unas semanas de desconcierto tomé la firme decisión de sobrevivir. Hice el propósito de que el tiempo libre de que disponía lo iba a dedicar a informarme bien acerca de las posibilidades que tenía de huir de Mahabarat Zidu, en caso de que la situación empeorara tanto que tuviera que hacerlo.

Recuerdo que un día me levanté muy pronto, con la salida del sol, y salí de casa dispuesta a hacer un reconocimiento del terreno. La calle porticada recorría el poblado de occidente a oriente y esa vez, en lugar de torcer a la izquierda como cada día para tumbarme en la arena, fui hacia la derecha. La puerta oriental de Mahabarat Zidu era la trasera, aquella por la que no entraban los forasteros. Nada más salir al exterior, me encontré con una amplia llanura embaldosada con piedras blancas como las de los ocho escalones de mi cuarto, que se extendía hacia el desierto. Sobre ella había media docena de agujeros tapados con grandes cubiertas de madera. Al fondo, junto a la muralla de adobe, descubrí lo que parecía ser un tendedero gigante. Creí que había dado con el lavadero comunitario, pero luego Kauthar me dijo que eran los pozos de índigo.

No me detuve allí. Un poco más lejos, a la izquierda, estaban los establos... y Yamal. El viejo criado intentaba conducir hacia fuera a las ovejas y a las cabras a base de ruidos «Rrrrrrr, pruuu, pruuuuu», pero los animales tenían poca prisa y Yamal perdía la paciencia. En un momento dado, se puso a dar saltitos detrás del rebaño junto a un perro flaco que corría desesperado de derecha a izquierda. Al ver las piernas del viejo haciendo cabriolas estuve a punto de descubrirme. Ahogué la risa como pude y seguí oculta hasta que la comitiva desapareció. Supuse que a Yamal le duraría un buen rato el entretenimiento y que por tanto podía husmear sin peligro a ser descubierta.

Mi abuelo Absussaham me había enseñado casi todo acerca de los pájaros cantores, pero lo que sé hoy de las aves rapaces lo aprendí en Mahabarat Zidu. Ese conocimiento tardío me serviría ahora para describir lo que había en la halconera, pero entonces ¿cómo podía distinguir si eran halcones peregrinos, garceros o gerifaltes de gran tamaño? Nadie sabe lo que eché de menos a mi abuelo Absussaham en esos momentos. Él hubiera disfrutado viendo la quietud de esos animales magníficos. Estoy convencida de que me hubiera dicho: «Ven, Legazal, observa lo mucho que significa el sentido de la vista para las aves de presa». Miré hacia los tejados y allí seguían las cigüeñas. Las aves de cetrería y las cigüeñas representaban dos tipos diferentes de máquinas de volar, igual que el rifle y la espada eran dos maneras distintas de entender la lucha.

Un poco más lejos había un montón de burros y junto a ellos estaba la cuadra de los purasangre. Se trataba de una yeguada muy nutrida. Me fue imposible reconocer el caballo de mi marido, aquel en el que le había visto por primera vez, el mismo que se veía a su lado en la fotografía que mandó a Beirut poco antes de la boda y que yo guardaba aún entre mis dibujos. La belleza de la raza árabe era tan evidente que me sentí privilegiada por poder admirarlos. Sus largas crines y sus colas de tacto suave dispersaban los insectos que viajaban con los granos de arena.

Se oyó un ruido que venía de lo alto y yo salí del establo. La gente empezó a aparecer por la explanada de los pozos.

—¡Un avión, un avión! —gritaban los niños saltando de felicidad.

Las mujeres levantaron los ojos al cielo, los caballos relincharon. Yamal, que llegó corriendo a mi lado, se alegró de que los halcones tuvieran la caperuza puesta mientras recitaba pasajes del libro sagrado para alejar a los malos espíritus. Los adultos parecían muy inquietos.

—¿Y si fueran los soldados? —preguntó el viejo esclavo.

—No, no lo parece —contestó Wala después de una larga pausa—. ¡Gracias a Dios!

Supe que era la primera vez en muchos años que un avión volaba por encima de Mahabarat Zidu. Ese aparato representaba una forma de escapar que estaba fuera de mi alcance.

Ahmed volvió con el resto de la caravana cuando llevaba seis meses de embarazo. Llegó esa vez por la noche, sin que apenas nos diéramos cuenta. Me avergüenza decir que ya no le esperaba.

En concepto de acidaque por el casamiento, trajo una pulsera de oro tan exquisita que no alcancé a adivinar cómo la había conseguido. Él la dejó sobre la mesa y se fue con el resto de los hombres a descargar los bultos que traían en los dromedarios. El matriarcado se había reunido en la cocina para verla, era lo único de entre las mercancías que traían los hombres que no formaba parte de lo habitual. El orgullo de Kauthar se escapaba por todos los rincones de su cuerpo voluminoso vestido, como casi siempre, de color coca cola.

—¡Cómo pesa! —exclamó el ama.

Wala miraba la joya desde un fondo de ojos blanquísimo. Cada vez me parecía más hermosa. Tenía una elegancia extraña, con ese vestido amarillo de flores color violeta, y su cuello era perfecto para llevar el pelo recogido en lo alto. Aquella mañana la vi más arreglada de lo habitual.

—A ver, déjame —protestó Muma; sus ojos cansados, tras el hombro de Kauthar, sólo percibían parte del objeto.

—¡Quita, quita! —gritó el ama al ver las manos de la vieja loca dispuestas a todo—. ¡Ponte la pulsera, hija!

Cuando estaba a punto de cumplir la orden, Kauthar cambió de parecer.

—Mejor déjame a mí, que conozco bien este tipo de cierre —se hizo el silencio—. ¿Lo veis? —preguntó el ama cuando la pulsera rodó segura por mi muñeca—. ¡Es preciosa!

El ama volvió a quitar la joya de mi brazo y la puso encima de la mesa. La superficie era lisa como de brazalete y los bordes se adornaban con sendas grecas grabadas a mano. En el centro había una filigrana de cordón, cuyos relieves parecían bordados en hilo fino; y a ambos lados se colocaban dos hileras de piedras semipreciosas de distintos colores, jade, lapislázuli, ágata coralina, amatista, cuarzo rosa, turquesa y zafiro. Los pendientes y la gargantilla que yo guardaba en mi habitación parecían insignificantes a su lado. Mi suegra estaba pletórica. Kauthar salió de la cocina con la cabeza bien alta y volvió con un cofre de madera de ébano con incrustaciones de nácar para guardar la pulsera.

No tuve más que esperar a que llegara la noche para comprobar qué esperaba mi esposo a cambio de la pulsera. Aquel encuentro nocturno me asustaba todavía más que los anteriores, porque pensaba que el peso del cuerpo de mi marido podía dañar al hijo que llevaba dentro. Ahmed se dio cuenta y me colocó encima de él, como si fuera un jinete. Intenté resistir a tales embates temiendo que con cada movimiento de su sexo hacia mi interior pusiera en peligro a nuestro hijo.

Hubiera querido decirle «¡detente!, ¿no te das cuenta de lo que estás haciendo?», y apenas me salió un gemido.

No entendía por qué mi marido no respetaba a una mujer encinta. Me preguntaba si no sabía que la mujer embarazada era impura, igual que la que menstrúa, porque ambas llevaban dentro el peso de la sangre. Cuando Ahmed se quedó dormido, lloré por mí y por el supuesto daño que él había causado al niño; maldije el egoísmo y la falta de tacto de su padre con él y conmigo.

La idea de huir que me había rondado todo ese tiempo se volvió firme esa noche. Hice las maletas, la de los libros y la de la ropa. Tomé la decisión de irme de allí, pero tendría que ser después del nacimiento del niño. El problema seguía siendo cómo.

Durante todos los días que Ahmed estuvo en Mahabarat Zidu pensé tanto en esa noche que, el día en que la caravana se fue, ya había acumulado un odio inmenso hacia mi marido. Sobre la cama encontré su verdadero regalo, el que no tenía detrás ninguna intención aviesa, sino todo lo contrario: una carta de Beirut. ¿Por qué Ahmed me la había ocultado hasta el último momento? ¿Tenía miedo de descubrir lo mucho que echaba de menos a mi familia? La escribía mi hermano Said, pero noté detrás al abuelo Absussaham en las preguntas sobre los pájaros del desierto. Mi hermano Mustafá se había roto una pierna jugando al fútbol, ésa era la novedad más destacada. No decían nada de la guerra, así que supuse que «la situación» no había mejorado. «No importa —me dije—, pronto voy a volver a Beirut.»

Mucho más tranquila, ese día trabajé un buen rato con Jazmín, que necesitaba ayuda con las tareas de la escuela, y al atardecer fui a los pozos de índigo. Allí encontré a Nadia tocando el *anzad*. Le hablé de mi abuelo Absussaham, de mis hermanos, de la tienda de tejidos El Murr, de la escuela de la señora Imah, de los pájaros de Beirut y sobre todo de lo mucho que le gustaría a mi hermano Said charlar con ella. Le hablé de la guerra y ella me escuchó. Me dijo también que después de Geeda estaba el oasis de Al Haasi y más lejos Ciudad Anónima, el punto de salida del desierto. Nadia iba a ser mi amiga hasta cierto punto. No pude contarle, por ejemplo, que tenía pensado irme de Mahabarat Zidu, ni mis problemas con Ahmed. Ella, lo he sabido después, también tenía un secreto que no compartió conmigo.

Transcripción del testimonio de los señores Conrad Bristol

Edward Conrad: Nos acercamos a este lugar por primera vez por culpa del conde Almásy. Inolvidable. Todo ha cambiado mucho desde entonces, ¡en fin, qué le vamos a hacer! Pero no quiero entretenerle. Usted no ha venido desde Mongolia para perder el tiempo.

Amelia Conrad: No tenemos hijos, ¿sabe? El señor Conrad trabaja en una fábrica de tejidos, en la sección de tintes, y yo en una oficina de correos.

Edward Conrad: Lo que sucede es que a nosotros no nos gustan los viajes organizados. La primera vez que llegamos contactamos con Air Ícaro y...

Amelia Conrad: No, Ed, eso fue la segunda vez.

Edward Conrad: Tienes razón, querida, fíjese en el tiempo que hace, sería a mediados de los ochenta poco más o me-

nos. ¡Éramos tan jóvenes! Hemos visto surgir de la nada a Ciudad Anónima y no ha sido un espectáculo agradable, se lo aseguro.

Amelia Conrad: Desde que llegamos al Sahara por primera vez, hemos asistido a numerosos rifirrafes entre los tuareg y la población negra. ¿Te acuerdas, Ed? No se me olvidará nunca. Entonces Ciudad Anónima no existía, ni los campos petroleros del norte tampoco; minas sí había, poca cosa, algo casi artesanal. Y la trashumancia era mucho más común.

Edward Conrad: Las caravanas tuareg se dedicaban al transporte de sal, habrá oído hablar de Bilma, Taghaza, Taudeni, Kumbi, Saleh, Dienné, Gao…, ¿no?

Amelia Conrad: Naturalmente que no, Ed, Mongolia está muy lejos del Sahara.

Edward Conrad: Bueno, no importa, el caso es que una de ellas fue atacada brutalmente camino de Bilma.

Amelia Conrad: Nunca se supo la verdad: la versión oficial decía que los culpables eran ladrones de caravanas. Imposible: no se llevaron nada. Extraoficialmente se habló de exterminio de un grupo de «rebeldes» por parte del «gobierno». En esta parte del mundo a veces no sabe uno qué significa ser rebelde y dónde están los gobiernos.

Edward Conrad: Por eso nos mantenemos al margen. Nosotros alquilamos una avioneta con conductor en Air Ícaro y vamos a nuestro ritmo. Me hubiera gustado saber pilotar aviones como el conde Almásy, pero en Bristol eso no es fácil. Tengo un horario de trabajo absorbente. Además allí está Dawud.

Amelia Conrad: Dawud Ag Hassanein, nuestro conductor, es un hombre muy competente. Llevamos con él más de seis años, ¿verdad Ed?

Edward Conrad: Eso no quiere decir que comparta nuestras opiniones, ni mucho menos, Dawud echa la culpa de todo a la colonización europea. Aun así, tenemos una buena relación con él.

Amelia Conrad: Dawud sabe nuestros gustos. Su familia dejó el pastoreo nómada para ir a Ciudad Anónima. La verdad es que nosotros sólo conocemos a Dawud.

Edward Conrad: Para qué le vamos a mentir, nos interesa el desierto, no sus habitantes. La gente se debe de aburrir muchísimo en esos pueblos tan aislados.

Amelia Conrad: Y en los campamentos de jaimas, Ed. Un día, otro día, siempre lo mismo, ¡hasta Bristol parece divertido en comparación!

Edward Conrad: Créame, ¡en esos lugares nunca pasa nada! Bueno, casi nada, que por eso está usted aquí.

El día en que nació mi hijo tú estabas en Mahabarat Zidu, *harmattan,* ¿lo recuerdas? Me alegro mucho de que hayas venido a hacerme compañía otra vez. Estoy triste, ¿sabes?, aquí ya no hay más que silencio.

Llegaste de madrugada. Las cigüeñas habían vuelto al poblado y no cesaron de avisar desde la tarde anterior, ¡extraño sonido el que producen con esos picos gigantes!, ta-ta-ta-ta..., ¿no te parecen aplausos hechos con manos de madera? Había bandadas de pájaros emigrantes más pequeños que trataban de escapar, no sé si al final lo consiguieron. Los animales del establo también estaban inquietos, ¡pobres borricos!, no nos dejaron dormir, y las cabras lo mismo, ¿qué les das a las cabras para asustarlas tanto? Pero sobre todo recuerdo que los caballos no cesaban de ir y venir dando saltos cortos, haciendo cabriolas; y cuando llegaban a la barrera, se volvían locos de desesperación mientras movían el cuello de arriba abajo, relinchando. Yamal lo había dicho a mediodía:

—Dentro de unas horas empieza la fiesta.

Era una noche sin estrellas, tú te las habías llevado. Tú nos dejaste sin estrellas, sin luna y sin sosiego.

Al amanecer del día siguiente, cuando me levanté, ya llevaba varias horas despierta. Estaba más asustada aún que las cabras y los caballos y ni siquiera podía abrir la ventana para buscar la compañía de las cigüeñas. Al primer signo de actividad que llegó a mis oídos, me fui a la cocina para no estar sola. Cuando entré, el ama decía a la esclava negra:

—Wala, vete a ver qué le pasa a ese viejo loco.

Ella seguía entretenida en la cocina, mientras se oían los lamentos de Yamal. Con una taza de té en la mano, se movía de un lado a otro molesta por el ir y venir de los duendes traviesos que cruzaban la atmósfera vestidos de arena. Fuera no había clemencia para los animales y menos aún para las frágiles lonas que cubrían los pozos de índigo.

Wala se afanaba en preparar el *mechmar*, una especie de infiernillo que se nutría de carbón en el que preparaba el desayuno. No resultaba una tarea fácil los días de viento; nadie era mejor que Wala para dominar su mecanismo y hacer que no se apagara el fuego, ni para sacar provecho del insulso acemite de cada mañana. Tú, *harmattan*, también eras el culpable de que la lámpara de aceite parpadeara como si fuera un *djinn* asustado. Y de que el humo que salía del *mechmar* me hiciera toser.

Salí de la cocina para poder respirar mejor. Recorrí el patio porticado hasta llegar a la muralla sin atreverme a salir. A pesar de las lonas y de las tapas de madera, los pozos de índigo estaban llenos de viento. El viejo Yamal, convertido en fantasma, bailaba alrededor con una rama de eucalipto en la mano. Era su manera *mzabita* de ahuyentar los malos espíritus y se dirigía a ti llamándote «vendaval seco del sureste». Si entraba arena en los pozos o si se secaban, le esperaba a Yamal un largo ir y venir para llenarlos de nuevo. Eso era lo que el viejo trataba de evitar sobre todas las cosas, porque el agua era nuestro tesoro. Y por si fuera poco, la planta añil salvaje del oasis ya no era tan abundante como cuando el esclavo llegó por vez primera a Mahabarat Zidu; el índigo también se había convertido en oro.

Yo le observaba a través de una grieta que había en la puerta. El anciano se agachó con el fin de situar de nuevo las piedras que sujetaban las telas y a punto estuvo de caer de bruces. Se incorporó como pudo y la raída túnica de color blanco almendra abombó el perfil del viejo para adherirse segundos después a su flaco esqueleto. Tú cambiaste de rumbo y dejaste al descubierto unas piernas fuertes de color chocolate, que el viejo esclavo cubrió de nuevo. Lo hacía para evitar heridas por abrasión sobre la piel de los materiales arrastrados por el viento. Era tanta la sequedad que desprendías, que cualquier vegetal desaparecía en tu presencia, excepto esa vara de eucalipto que Yamal blandía como si fuera una espada.

Se cubría la cara con un pañuelo *siroquero* blanco que sólo dejaba sin tapar unas gafas de buceo inmensas. Todo, cuello incluido, permanecía oculto, menos las gafas que le trajo Ahmed en uno de sus viajes. ¿De dónde las sacaría mi marido? Ningún regalo podía agradecer más el viejo esclavo. Bailaba sin descanso ajeno a cualquier consideración sobre su aspecto, y gritaba que, por desgracia, una vara flexible de eucalipto era demasiado blanda para doblegar el espíritu rebelde de esos diablos invisibles. Extramuros, los pozos de índigo parecían tan indefensos como Yamal.

Tu cambio de dirección trajo a los oídos tapados del viejo esclavo y a los míos los gemidos de las cabras. El miedo se había apoderado del establo, donde los animales domésticos también padecían tus excesos, *harmattan.* A causa de mi estado, no podía ayudarle. El viejo miró alrededor. Nada era más terrible para Yamal que el sufrimiento de ovejas, cabras, dromedarios o caballos. Ajustó su *derrah* de lana de camello y se marchó para estar con ellos. Yo volví a la cocina. Los pozos de índigo se quedaron solos contigo.

Mi suegra estaba mucho más tranquila que las cabras. La encontré como cada mañana, sentada sobre la alfombra de pelo de camello, cantando por lo bajo. Nadie tenía la potestad de hacer cambiar su estado de ánimo, ni siquiera tú, *harmattan,* ni el siroco, ni el gemido de los animales. Eran muchos años de hacer frente al desierto. El ama se dedicaba a las tareas cotidianas como si tú no llevaras ya varias horas de actividad frenética. Se había acostumbrado tanto a ti, al siroco y al resto de los vientos, que ni siquiera se preocupaba por el crujido de las vigas del tejado, hechas de tronco de palmera, que resistían como podían la gruesa capa de tierra que protegía la vivienda.

Kauthar se ocupaba de distribuir los granos de especias, el azúcar y la sal en extraños recipientes de madera. De vez en cuando, como aquello le aburría, se levantaba y daba unas cuantas vueltas en torno a la mesa. Se sentaba de nuevo para alternar esa actividad con la limpieza de los cuchillos de la cocina y todo tipo de objetos metálicos o repasaba las bridas y monturas que había mandado traer a Yamal del establo con una especie de aceite que sacaba de la alcuza; mientras tanto, yo empecé a amasar la harina para hacer pan. Kauthar me miró con condescendencia.

—Déjame, estás fatigada.

—No te preocupes, es el viento, que no me ha dejado dormir en toda la noche.

—Vete a descansar —insistió.

Pensé en mi habitación solitaria y no tuve más remedio que rehusar la propuesta de mi suegra.

—¿Y qué pasa con las cigüeñas en un día como éste?

—Hija mía, ¡olvídate de las cigüeñas! Quédate aquí, conmigo, ¿te canto una canción? Me la enseñó mi madre, es lo mejor que existe para calmar el llanto de los niños.

Esa mañana conocí otro de los no secretos del poblado que explicaba ciertos comportamientos de mi familia política: Wala era la amante de mi suegro, el señor Hussein, Jazmín la hija de ambos y mi suegra la hacedora de aquel entuerto. Wala tenía además otro hijo mayor de trece años, Omar, que había venido con ella de la sabana y que acompañaba a Hussein en sus viajes como un hijo más. Me escandalicé, por supuesto. Tanto Wala como Yamal se consideraban esclavos de mis suegros, los amos, como les llamaban a veces. A decir verdad, Kauthar era consciente de que ya no existía la esclavitud en el país de los tuareg y eso la llenaba de dudas.

—¿Qué harían sin el apoyo de la familia? —me dijo—. Omar es un chico muy fuerte, pero los otros...

Según mi suegra, Yamal, Wala y la pequeña Jazmín necesitaban de la protección del ama, por mucho que las leyes dijeran que no eran esclavos. Kauthar sentía que debía velar por los tres. No supe qué contestar.

A los dos falsos esclavos les resultó difícil acostumbrarse a Mahabarat Zidu, explicó mi suegra. Tanto Yamal como Wala, añadió, venían de un mundo de sumisión, donde había normas por todas partes, para nacer, para rezar, para casarse, para comer, para beber, para vestirse, para satisfacerse, para vivir y para morir.

—Como tú —dijo Kauthar, inspeccionando los pliegues de mi *hiyab*.

Me puse colorada, no sabía hacia dónde mirar, pero ella no pareció darse cuenta. El pensamiento cada vez más frecuente de que un día iba a huir de allí hizo que me sintiera segura. Ese control constante, continuó mi suegra tras reanudar el hilo de la conversación en la cocina, afectaba más a Wala por ser mujer, lo que no dejaba de extrañar a Kauthar.

—¿Cómo un hombre va a organizar la casa si no está nunca? —preguntó mi suegra esa mañana. Se me quedó mirando y yo contesté casi por obligación.

—No sé.

Kauthar no podía ni siquiera imaginar a un hombre *targui* ocupándose de esas cosas en lugar de ir y venir como tú, *harmattan*, por los caminos del desierto.

Llegaron las horas sin luna, las de máxima oscuridad al otro lado de la ventana cerrada, y de súbito sentí los primeros avisos del parto.

Para calmar la angustia, imaginé que volvía a Beirut y allí dije a mis padres que no quería abandonar el hospital hasta que se produjera el alumbramiento. El dolor se hacía cada vez más grande y más frecuente. Me sentí náufrago en un mar de arena, pedí socorro, «¡ayudadme!». Inútil. Resistí no sé cuánto tiempo mordiendo las sábanas, hasta que, en una de esas contracciones, debí de gritar. Escuché agradecida que se abría la puerta de la habitación, pero no era la comadrona del hospital de Beirut, ni siquiera mi madre la que voló a socorrerme; reconocí a Kauthar, que acudió acompañada por Wala. Y a los pocos minutos la esclava negra ya hervía agua en el *mechmar*.

Yamal, que había permanecido hasta ese momento en el establo, interrumpió el cuidado de los animales y también la búsqueda de los malvados *djinns* para asistir desde lejos al nacimiento de mi hijo. Supuse que, al ser hombre, el viejo esclavo sentía el dolor del parto como una maldición divina. Mi suegra contó entre risas que, nada más llegar al pie de los escalones, Yamal se arrodilló y se puso a rezar al Único, al Misericordioso, lo mismo que hizo mi padre cuando nacieron mis hermanos pequeños. No sé si es cierto o no, yo sólo le oí quejarse de que era incapaz de ayudar en nada. El viejo, siguió informando Kauthar, se lamentaba de su impotencia mientras veía pasar a Wala y a ella cargadas con enormes vasijas de agua caliente. En los intervalos sin dolor, las tres nos reíamos al oírle.

Tras horas y horas sin que pareciera producirse ningún avance, por fin noté que el momento se acercaba. Sentí el roce de unos dedos expertos tras el paño húmedo que recorría mi frente con delicadeza. Creí retroceder en el tiempo al día en que me caí en el patio del colegio y hubo que coser con cuatro puntos de sutura la herida de la barbilla. Cerré los ojos para no saber que era Kauthar quien estaba al pie de la cama y no esa madre de Beirut que siempre encontraba el modo de repartir consuelo.

Sólo Kauthar vio cómo se aproximaba la cabeza de Latif a través de la oscuridad. Así tenía que ser: según la costumbre targuia, una mujer vieja debía ser la primera en tener al niño en los brazos. El ama supo, antes que nadie, que era varón y que se llamaría Abdellatif, porque sí, porque le gustaba a Ahmed. Si me hubieran consultado, yo tenía en el corazón el nombre de mi abuelo. Mi suegra dijo entre gritos y exclamaciones que mi hijo se haría fuerte como un potro, que tendría los ojos negros de su padre y que esos ojos se volverán azules con el roce del índigo. La que acababa de ser abuela aseguró que veía al recién llegado en distintos momentos de una existencia futura que adivinó benévola y que se prolongaría más allá de su propia muerte, de la de Ahmed y de la mía. Espero que así haya sido, *harmattan*, pero no lo sé. ¿Y tú?

Luego te fuiste, no recuerdo si eso sucedió al día siguiente o si pasaste con nosotros alguno más; lo hiciste desatando todos los lazos que aún me mantenían lejos, ¡cuánto os debo a ti y a Leila! Escuché que te alejabas cantando, «¡adiós, adiós…!» en medio de un estruendo que se parecía al de los motores de avión; hasta que el sonido cesó y se hizo otra vez el silencio. Me dejaste sola en medio del desierto con un pequeño príncipe indefenso.

Siempre te vas, *harmattan*, siempre, siempre…

Cuarenta días debieron pasar antes de que me reincorporase a la vida cotidiana. Siguiendo la tradición, mi hijo recibió su nombre en una ceremonia en la que se le puso en el cuello un pequeño amuleto que custodiaba versículos elegidos del Corán. Pero para entonces ya nada era lo mismo.

Cuando Kauthar puso el cuerpo húmedo del hijo recién nacido en mis brazos, por mi mente pasaron padres, hermanos, abuelo, tíos y amigas con la velocidad del pájaro que escapa. Todo lo demás desapareció. Incluso el odio hacia Ahmed. Incluso la soledad. No había vuelta atrás posible; a pesar de que las maletas estaban listas para el viaje, no existía ya ese camino. Escribí a mi familia contando los pormenores del parto y al hacerlo me di cuenta sin amargura de que nunca hasta entonces había sentido con tanta fuerza que su ciudad ya no era la mía. Dibujé la cara de mi niño con un estilo puntillista, arenoso. Metí el boceto dentro del sobre. Latif ligó para siempre su destino y el mío al de Mahababat Zidu. El alocado viento del Sahara se llevó los *djinns* asustados que me habían torturado hasta entonces con vanas promesas de un futuro en Beirut.

Del libro privado de notas y reflexiones del doctor Aldo Mangino Médicos sin Fronteras

Hoy ha sido día de vacunas: tifus, meningitis A y fiebre amarilla. Buen trío para una zona en la que el diez por ciento de los niños no llega a cumplir cinco años. Sandra y yo acabamos de dejar un campamento de pastores beduinos nómadas acompañados por un destacamento de Naciones Unidas. Me pregunto si ésta es la primera vez que vemos a esas gentes, yo diría que me suenan sus caras. Es difícil saberlo, ¡como cambian de sitio de tanto en cuando! Bueno, ¿qué importa ahora?

Cuando nos íbamos ha sucedido algo insólito: un hombre me ha ofrecido a su hija como esposa, como concubina, o como esclava, le daba lo mismo, a cambio de comida. Yo ya tengo sesenta años, pero aún sé apreciar a una muchacha como aquella,

¡bellissima!; *podría haber abarcado su cintura con mis manos, alta, cuello largo, piel brillante, y esa cara... Confieso que he tenido la tentación de aceptar y no por caridad cristiana precisamente, ¡si no hubiera sido por el ogro de Sandra! El padre sólo quería que su hija pudiera comer. El ejército acosa a los nómadas para que se hagan sedentarios, y la sequía los mata de hambre. La* sua posizione *era* più precaria. *El hombre se ha puesto muy triste al escucharme decir que no, y yo, ¿para qué mentir?, más todavía. Quizás tendría que haberla sacado de allí. Lo más probable es que su padre la venda a un tipo tan viejo como yo que a buen seguro no hará ascos a una mercancía tan apetitosa. ¡Vaya dilema!*

A ver si llegamos pronto a Ciudad Anónima, me temo que en el consultorio debe de haber una cola de cien metros. Se nos ha acabado casi todo, ¡otra vez a pedir! Esto es como una manguera de grifo escaso y encima con un millón de agujeros.

Un día de estos hago la maleta y me vuelvo a Roma.

Ahmed dejó atrás el dromedario y empezó a andar despacio, mientras su larga túnica teñida de índigo se deshacía de algunos granos de arena. Tenía el rostro cubierto, pero sus ojos desafiaban el silencio que ese avance había provocado en quienes esperábamos junto a la puerta del oeste. Sentirse observado no mermó un ápice su proverbial seguridad.

A su lado, marcada por las huellas recientes del desierto, ella caminaba con idéntico ritmo. Eran dos puñales que se hundían juntos en cada terminación nerviosa de mi cuerpo. Todos comprendimos qué significaba esa marcha conjunta que daba los últimos pasos con dificultad, como si el aire fuera de goma. Cuando llegaron frente a mí, se pararon. Tras ahuecar el turbante a la altura de los labios, escuché las primeras palabras de Ahmed.

—Ésta es Leila, mi segunda esposa.

Fue una frase pausada, ante la que al menos reaccioné con dignidad, no por fortaleza sino a causa del desconcierto. Mi marido se removió incómodo buscando algún apoyo alrededor. No lo encontró en su madre, sino en Latif, que dormía en mis brazos mientras chupaba su puño derecho con gran empeño. Vi sonreír a Leila cuando Ahmed cogió al niño con las dos manos y lo alzó hasta colocarlo a la altura de sus ojos. Lo tuvo consigo durante unos segundos, nada más, quizás se dio cuenta de mi inquietud al ver aquella cabecita sin sujeción alguna. Dejó a su hijo otra vez a mi cuidado y de inmediato nos dio la espalda. El pueblo seguía mudo. Ahmed se alejó un instante para descargar unos cuantos bultos; volvió enseguida con ellos y los dejó a los pies de Leila. Nadie del poblado se había movido excepto Wala, que se acercó primero a Hussein y luego a Ahmed con sendos vasos de agua de limón. Mi marido, ¿o debería decir nuestro marido?, lo bebió de un trago, sin respirar, y a continuación desapareció con el dromedario. Ahmed ni siquiera se había molestado en pronunciar mi nombre, ni en hacer la presentación a la inversa: «Esta es Legazal, mi primera esposa».

Mi suegra corrió tras él. Llevaba en la mano el cepillo de hojas de palma que había traído para limpiar la ropa de los hombres. Hussein hizo que se detuviera antes de darle alcance.

—No hay nada que hacer. Debes aceptarlo, mujer —era una orden de Hussein, y Kauthar la acató… de momento—. Y tú, lo mismo —me dijo a mí en voz baja, como si se tratara de un susurro.

Al final, a Kauthar no hubo quién la parara.

—¡Ese asno tozudo tendrá que dar alguna explicación! ¡Maldito sea! —gritó el ama haciendo gestos hacia la puerta por la que su hijo acababa de desaparecer.

—Es la voluntad de Dios, ya no tiene remedio —otra vez las palabras de Hussein intentaron aplacar la ira del ama—. Él sabrá por qué lo ha hecho.

—¿Voluntad de Dios? —la cólera de Kauthar subió de tono. Con los brazos en jarras parecía un gallo de pelea—. ¡Malditos sean los hombres lujuriosos! ¡Malditos...!

El ama estalló en un rosario de imprecaciones que asustaron a Yamal más que la conducta de Ahmed. Yo permanecí quieta y en silencio. En unos instantes todos mis sueños se vinieron abajo. Casi enfrente estaba la segunda esposa de mi marido, alta como yo, más esbelta, mucho más hermosa. Bajé los ojos. Sólo había pasado un año desde mi llegada a Mahabarat Zidu.

Leila tampoco movió ni un músculo. En el suelo, casi vacía, quedó la jarra de agua de limón. Leila vaciló un instante; creí que se iba a agachar, que llenaría su vaso, que bebería para calmar su sed. No lo hizo.

Escuché detrás de mí la confidencia que Omar hacía a su madre.

—Sucedió en el camino de vuelta. Unos beduinos muy pobres nos suplicaron que la lleváramos con nosotros a cambio de comida y de unos sacos de sal para el ganado.

—Es una lástima —contestó Wala—. La sequía no les deja vivir.

—La sequía y los soldados, madre.

Wala estaba orgullosa de que su hijo mayor recibiera tantos elogios del amo. Yo apenas me acordaba de Omar, le conocía sobre todo a través de su madre. Creyendo que nadie más le oía, Omar contó a Wala que Leila se subió al dromedario de Ahmed para mostrar cuáles eran sus preferencias.

—¿Y cómo sabía ella que ése era el animal de Ahmed? —preguntó Wala y Omar no pudo contestar—. Ha sido por casualidad —concluyó la esclava negra—, ¡alabado sea Dios!

Es posible que fuera el azar lo que trajo a Leila a nuestra corta familia; o tal vez no. ¡Qué desconcertante es el destino!

Mientras permanecimos las dos frente a frente no pude dejar de mirar a la segunda esposa con disimulo. El pelo suelto le llegaba a mitad de la espalda, negro, algo ondulado, potente. Su atuendo era muy simple: blusa blanca atada con cordones hasta el nacimiento del pecho y falda amplia formando rayas verticales de varios colores, recuerdo sobre todo el verde y el rojo. Pensé que no había visto nunca una cintura tan estrecha. La ceñía con una tira de piel muy ancha que realzaba su busto. Iba descalza, sin ningún adorno, sólo sus ojos rasgados, sus labios de color rosa, su piel morena, brillante, su cuello larguísimo, su…

Kauthar me cogió del brazo y juntas fuimos hacia la cocina. Leila venía detrás, seguida de Hussein, de Omar y de Wala. Nada más llegar, la esclava negra ofreció alimento a los recién llegados. Wala intentó acercarse a la segunda esposa con la bandeja. Al ver los pasteles de miel y dátiles que yo había hecho con tanto mimo, me olvidé de la necesidad de

Leila. Miré a mi suegra pidiendo auxilio. Ella, más coca cola que nunca, desvió la comida por medio de una brusca maniobra. Leila se llevó la mano a la altura del estómago y arregló la falda en un gesto de impotencia. Pero en pocos segundos se repuso, «está demasiado acostumbrada a pasar privaciones», pensé. El cepillo de hojas de palma de Kauthar estaba en el suelo. Cuando creyó que nadie la veía, Leila lo envió de un puntapié debajo de la mesa.

Ahmed llegó a la cocina para decir a su segunda mujer algo relacionado con el equipaje. Haciendo un esfuerzo supremo, di media vuelta y me fui con Latif en los brazos.

Al alejarme oí la voz de mi suegra:

—¿Dónde habré dejado el cepillo de la ropa?

Nadie contestó.

Escuché cómo Omar instalaba a Leila en una habitación pequeña situada cinco peldaños por debajo de la mía. El hijo de Wala me pidió permiso para llevarse el balde de agua que Yamal había puesto en mi cuarto, con el fin de ponerlo en el de la segunda esposa. Ahmed llegó poco después y, tras vacilar un instante ante las dos puertas, se metió en la de Leila. Los sonidos que traspasaban las paredes de mi cuarto eran muy leves: pasos de pies descalzos, una cama que se desliza, rumor de voces apagadas, el agua… No supe si se lavaron juntos o si él lo hizo antes, como sucedió el día de mi llegada. Les oí salir muy pronto. Luego el silencio.

De repente la noche del trópico llegó sin avisar. No encontré fuerzas suficientes para acudir a la cena. Wala trajo una bandeja para mí. Contó que la única persona que levantaba la voz era el ama. Y que siempre lo hacía para echar en cara el poco sentido común de su hijo. Ahmed, me dijo la esclava negra, estaba callado y se preocupaba de que a Leila no le faltara de nada. Todo lo demás parecía importarle muy poco.

—¡Que Dios nos ayude! Es demasiado pronto, traerá muchos problemas a la casa —a Wala la situación le olía sobre todo a conflicto—. Además, Kauthar siempre deseó que la mujer de su hijo fuera de piel muy blanca, igual que la tuya. La de Leila no le gusta. Tu suegra te preferirá a ti, de eso estoy bien segura. Hay ciertas cosas que todavía duelen a una negra como yo —no se le debió de ocurrir un modo mejor de consolarme.

—¿Y mi marido?

La esclava no debió decirlo de un modo tan claro.

—Es joven y hermosa…

Wala encogió los hombros antes de dejarme para volver a sus tareas.

Me quedé sola con la imagen de Leila en la oscuridad de la noche. Vi otra vez sus facciones rotundas, el talle delgado que terminaba en unas caderas sobresalientes a causa de los pliegues de la falda, el escote abierto hasta el nacimiento del pecho, los pies descalzos, el pelo libre… No pude evitar las comparaciones. A su lado mi cabeza cubierta con el *hiyab* palidecía, se hacía cada vez más pequeña, se devaluaba. Vi lo que yo era con una lucidez nueva y ese descubrimiento tan tardío me llenó de estupor. Ella era el color, el movimiento, la gracia, la luz; yo la sumisión, la uniformidad, lo opaco, la tristeza. ¿Quién tendría dudas a la hora de elegir?

La noche fue larga. Escuché cómo Ahmed se detuvo por segunda vez delante de las dos puertas y después volvió a entrar en la de Leila. Luego llegó una quietud total, hasta que el llanto del niño estalló de manera violenta, como un mal sueño. Me flaqueaban las fuerzas para tomarle en brazos. Hubiera querido escapar con Latif, tumbarme en la arena del desierto para maldecir al cometa responsable del infortunio, para buscar la estrella fugaz a la que pedir una salida a esa situación. Sin poderlo evitar, me subí en la silla de anea alta con respaldo vertical. Bajé las maletas del altillo del armario y empecé a vaciar los estantes. Estaba segura de que aquello no iba a servir para nada, de que era una forma absurda de protestar, pero lo cierto es que estuve entretenida hasta que ya no quedaba más sitio libre en el equipaje. Me tumbé en la cama. No quería pensar que estaban juntos, y sin embargo esa imagen era la única que tenía en la cabeza. Conté uno, dos, tres…, quinientos y el sueño no llegaba.

Abrí la ventana y llamé al áspid de cabeza triangular que, a buen seguro, merodeaba por los alrededores de Mahabarat Zidu, para que hiciera lo que yo no podía. A la terrible víbora le pedí que entrara en el cuarto de los dos y terminara para siempre con su gozo. Invoqué a sus ojos amarillos, a su cuerpo adornado con una greca en zigzag, a sus colmillos curvos cargados de veneno. Deseé que entrara con su espada de la muerte para castigar a los amantes; que hundiera su veneno en el cuello esbelto de Leila y cubriera con sus frías escamas el torso donde Ahmed debería tener el corazón; que se irguiera sobre su lecho y los maldijera desde lo alto; que los alcanzara con sus movimientos lentos hasta que un dolor insoportable se apoderara de ellos; que coagulara su sangre y que paralizara su respiración. Quería que pagaran un precio alto, muy alto. Me sentía abandonada por ese Dios que no había impedido la llegada de Leila. Se me ocurrieron muchas otras torturas, pero el áspid, con su más de medio metro de fría viscosidad, era quien más me satisfacía. Nunca he podido soportar la presencia de los reptiles y esperaba que a Leila le sucediera lo mismo, ¿hay algo peor que el miedo? Pensé que ya no podía confiar en nada. Estaba sola y la serpiente venenosa tampoco llegaba para ayudarme. Mientras los segundos seguían pasando, y los minutos y las horas.

«Leila, tu nombre significa noche, Leila, Leila...»

Y cuando menos lo esperaba, él llegó. Se acostó a mi lado sin más, mirando el cielo que asomaba por la ventana. Recordé un versículo del Corán que obligaba al marido a no abandonar a ninguna de sus esposas, ésa era para mí la única explicación a la conducta de mi marido. Al cabo del rato, Latif se despertó hambriento. Entonces me di cuenta de que Ahmed tenía unos celos infantiles hacia ese niño que se alimentaba de mis pechos. Sin más consideraciones, cuando Latif se quedó dormido, pidió su parte. Interpreté las caricias de su boca como una nueva ofensa para nuestro hijo y para mí. Poco a poco iba notando en él el perfume de Leila, una mezcla de azahar y jazmín; y su lengua tenía el sabor de las fibras secas, porque ése debía de ser el sabor de Leila ¿Qué podía hacer si las lágrimas asomaban otra vez? Callar y dejar que mi marido avanzara con Leila a cuestas. Y luego rezar para que llegara el final cuanto antes apoyada en su pecho.

Un rato después Latif debía comer de nuevo. Ahmed nos miró a los dos con los ojos entreabiertos y luego se quedó dormido con una paz que me dio envidia. Me vestí y les dejé descansar, no tenía fuerzas para seguir tendida a su lado. La casa estaba en silencio. Salí a la calle y me senté junto a los pozos de índigo para entender lo que había pasado esa noche; no lo conseguí.

Entré en la cocina cuando el sol llevaba ya un buen rato iluminando el desierto. Allí no había nadie. Nos levantábamos tarde las mañanas que seguían a la llegada de la caravana. Sentada frente a la mesa, apoyando ambas manos en ella, miré alrededor y apenas reconocí lo que veía. En esos momentos quise escapar de allí para siempre con mi hijo, incluso empecé a hacer planes que se iban deshaciendo sin apenas haber nacido. El Sahara era tan grande que una decisión de ese tipo debía ser planificada con detalle y estaba segura de que nadie querría ayudarme en esa aventura. Sobre todo, nadie de la familia, a causa del niño; y yo ni siquiera contemplé la posibilidad de irme sola.

Bastó una mirada de Kauthar cuando entró en la cocina para saber que las dos estábamos del mismo lado. El ama era luchadora y parecía dispuesta a resistir lo imposible ante Leila y su hijo. Y para ella, salud y buena comida eran efecto y causa.

—Vamos, tienes que comer algo —dijo Kauthar mientras puso frente a mí una buena cantidad de alimentos. A un lado de la mesa vi el frasco de pimienta roja que Wala y ella consideraban imprescindible para preparar casi todos los platos.

Con la tranquilidad que me dio el apoyo de mi suegra, fui capaz de notar que estaba hambrienta. Di buena cuenta de lo que Kauthar me puso delante, e incluso, cuando llegó Wala, las tres hablamos de cosas intrascendentes, como si no hubiera sucedido nada. Más tarde apareció Leila. Llevaba la misma ropa que el día anterior, pero su porte era mucho más altivo. Después de dar los buenos días, se sirvió ella misma un desayuno con los restos que encontró sobre la mesa. Observé su forma de comer, lenta y meditada, sin que se le escapara la más pequeña de las migajas. Luego, la segunda esposa se fue a su habitación y volvió con un envoltorio, el único regalo que trajo a la casa. Se trataba de carne seca y pasteles de coco. Kauthar no dio las gracias; la mandó sin más contemplaciones a limpiar el patio, donde todavía quedaba algún resto del revuelo que había traído la caravana.

Cuando el sol estaba muy alto, comenzó el lento desfile de los hombres, primero Hussein, que había pasado la noche entera con Wala; luego Omar, acompañado de Jazmín y de Yamal, que comieron deprisa para ir cuanto antes con los animales, y por último él.

Ahmed traía en brazos a Latif. Me lo entregó sin pronunciar ni una sola palabra y saboreó despacio la leche y los pasteles de dátiles y miel. El ama no daba crédito a lo que estaba viendo.

—¿De dónde sale este hijo mío? —me preguntó muy bajito—. ¿Qué hacía con Latif en brazos?

Yo me encogí de hombros por toda respuesta.

Terminado el desayuno, Ahmed salió al patio, saludó a Leila con una suave inclinación de cabeza y se fue con el resto de los hombres. Kauthar seguía muerta de curiosidad. Cuando creyó que Ahmed no la oía, quiso saber qué había sucedido.

—Pero ¿este hijo mío ha pasado la noche contigo? —me preguntó sin ningún disimulo.

—Sólo media —contesté con mucha calma. Por la cara de asombro de mi suegra, me vi obligada a aclarar un poco más lo sucedido—. En las primeras horas de la noche estuvo en la cama de la segunda esposa y luego conmigo.

—¡Dios Misericordioso! —se escandalizó el ama—, ¿quién entiende a los hombres?

—Yo no —contestó Wala con rapidez.

—Ni yo tampoco —dije haciendo una fría valoración de la conducta de mi marido.

—Hija, disculpa que sea tan preguntona, soy su madre y debo saberlo —se notaba que Kauthar aún tenía las ideas bastante confusas—. ¿Sólo ha descansado a tu lado?, o... ya me entiendes.

—No, no sólo ha dormido a mi lado —contesté en voz alta con el mismo tono pausado mientras recogía la mesa ayudada por Wala.

En circunstancias normales, una confesión parecida hubiese teñido mi cara de rubor. Puesto que esa mañana mis problemas de alcoba eran el tema de conversación estrella en Mahabarat Zidu, un detalle más o menos importaba poco.

En el patio vi a Leila empeñada con brío en sacudir los restos de arena que aún quedaban en su ropa. De todos los habitantes de la casa, a ella era a la única a quien me hubiera gustado decir que el marido que compartíamos había estado con las dos la pasada noche. No hizo falta. Observé la cara de satisfacción de Kauthar y supe que comunicárselo a Leila de la forma más inconveniente posible formaba parte de su venganza.

—¡Leila! —gritó el ama con voz de pregonero— ¡Trae la escoba y dásela a Legazal! Tiene que barrer su cuarto para que el niño pueda descansar luego. Ahmed ha dejado un reguero de arena alrededor de su cama.

Leila no tardó ni un segundo en aparecer en la cocina.

—Toma —me dijo, dejando el palo de la escoba al alcance de mi mano.

En un descuido del ama, Leila cogió con disimulo el frasco de pimienta roja y, antes de salir otra vez con la escoba a continuar su tarea, lo escondió entre las cacerolas. Yo la dejé hacer sin sentirme parte del juego. Y al cabo de un rato oí la voz de Kauthar:

—¡Pero, dónde habré puesto la pimienta!

En cuanto Nadia llegó de la escuela me fui a hablar con ella. Se había metido en mi cabeza que Ahmed iba a repudiarme. La recuerdo con su vestido verde de siempre, sentadas las dos en sendos taburetes a la puerta de su casa. Debió de verme tan mal que dejó el *anzad* apoyado en la pared y escuchó.

—Me gustaría hablar contigo de lo que nos dice el Corán acerca de los hombres y las mujeres —solté a bocajarro.

—«Dios les escucha y les dice: No se perderá ninguna obra de ninguno de vosotros, ni hombre ni mujer, sois iguales unos a otros» —recitó de memoria—. Te dirán que no, que los hombres son más fuertes, por ejemplo, pero no les escuches —se limpió unas briznas de hojas secas que se habían posado en su falda y lo hizo con un gesto de desprecio. Para la joven artista, la fuerza no debía de ser ninguna cualidad sobresaliente—. Las mujeres no somos defectuosas, ni estamos al mismo nivel que los monos o los perros.

—Ésa no es la cuestión. Hablo de poligamia. Dice el libro sagrado: «Si teméis ser injustos, no os caséis más que con una sola» —yo también recité de memoria—. Dios eligió la monogamia como el más preferido de los estados. Mi tío Mostafa tuvo dos esposas y fue un desastre. Al final se quedó con la segunda.

—¡Ah!, ahora entiendo tu visita —Nadia tomó mi mano—. También dijo Dios: «Sin causar perjuicio a nadie». Tienes que comprenderlo, Legazal. Por lo que me han contado, tu marido ha hecho lo que debía.

La miré con incredulidad y ella, que se dio cuenta, asintió con la cabeza.

—¿Piensas que tiene intención de repudiarme?

—No es lo que he oído, ¿por qué lo preguntas? Son cuestiones delicadas que no sé…

—Temo por mi bienestar y por el de mi hijo. ¿Por qué ha tenido que casarse por segunda vez? —Yo estaba dando rienda suelta a mi irritación sin atender a nada, como si estuviera delante de mis amigas de Beirut—. Podía haber elegido otra fórmula… —aún me arrepiento de lo que dije a continuación—, cohabitar con ella sin escándalo, por ejemplo.

—Eso que tú dices me parece mucho peor.

—Mira a Hussein, por ejemplo…

—Tenías que haber visto a Wala cuando llegó a Mahabarat Zidu —Nadia suspiró—. Sólo se sintió segura cuando logró meterse en la cama de tu suegro. No compares, lo vuestro es bien distinto —su cara de chica buena se llenó de compasión—. Sé que para ti es difícil. Rezo para que Dios te ilumine.

—Estoy pensando en pedir el divorcio —no era cierto, pero lo dije. Pretendía asustarla, atraer su atención. ¡Yo qué sé!—. Aunque sólo sea por adelantarme a él.

—¿Divorcio? No te precipites, ése es mi consejo. Preguntaré a mi maestro. Si me aconseja algo más, te lo comunicaré.

Nos levantamos y fuimos paseando hasta los pozos de índigo.

Lo cierto es que lo que sucedió el día que llegó Leila no sería un hecho aislado. Todas las veladas que la caravana pasó en Mahabarat Zidu tuvieron el mismo guión y Ahmed lo respetó con disciplina: al llegar la noche se acostaba con Leila, y antes del amanecer, cuando el establo aún dormía, cambiaba de cama y venía a la mía. Allí se quedaba en compañía de Latif hasta que juntos, el niño y él, hacían su aparición en la cocina para desayunar bien entrada la mañana.

Y una buena madrugada nuestro marido común se fue. En Mahabarat Zidu nos quedamos sus dos esposas. Ver a Leila cada día siguió siendo un suplicio para mí, hasta que se produjo la inflexión que volvió a cambiar de nuevo el rumbo de las cosas.

Transcripción del testimonio de los señores Conrad Bristol

Edward Conrad: Cualquiera diría que el tinte de los tejidos y de las pieles tiene finalidades estéticas, pero la mayoría de las veces prevalece el valor simbólico de los colores. No sé si en Mongolia sucede algo parecido.

Amelia Conrad: Simbólico o religioso.

Edward Conrad: Para los tuareg, el verde es el color noble por excelencia. Se trata de un verde esmeralda que resiste bien el contacto con la luz. Hay varias formas de prepararlo. Por lo que he podido saber, la receta más común tiene como ingredientes sulfato de cobre, óxido de hierro, limón y aceite de cacahuete.

Amelia Conrad: Y pelos de cabra, Ed, ¿no te acuerdas?

Edward Conrad: ¡Oh, sí, gracias, querida! Pelos de cabra también, extraño, ¿no cree? El color negro lo consiguen con pol-

vo de antimonio y otros elementos nada canónicos, como huesos calcinados y un fruto del que no recuerdo su nombre.

Amelia Conrad: Curiosa forma la de obtener el amarillo, parece una receta de cocina: mézclense leche y harina de mijo con ciertos vegetales, añádase sal y mantequilla y espolvoréese la masa resultante con limaduras de latón.

Edward Conrad: Sin embargo, ¡de qué manera más tosca obtienen ese rojo tan hermoso que hacen!, el karandafi, como ellos dicen: natrón, espato de sorgo y agua.

Amelia Conrad: Pero si usted va a Ciudad Anónima, por ejemplo, se dará cuenta que el tinte de muchas de las ropas y del cuero que se ve por ahí es tan industrial como el de las fábricas inglesas.

Edward Conrad: Con una excepción notable: el azul.

Amelia Conrad: Matiza, Ed, el verdadero azul índigo.

Edward Conrad: Ése es un caso muy singular. Los pozos de índigo donde se hace el tinte tienen forma circular, sin bordes que los delimiten; se asemejan a las aberturas redondas de corte perfecto que los esquimales hacen en los lagos helados para llegar hasta el agua.

Amelia Conrad: Un día viajábamos con Dawud en la avioneta y de pronto descubrimos un poblado tuareg. Fue una sorpresa, ya le digo, nos encontramos con ellos sin más. Sucedió hace poco y nunca lo hemos vuelto a ver, una lástima. De hecho, en el viaje siguiente le dijimos a Dawud que volviera y ni siquiera se acordaba. A lo mejor, para él no era nada extraordinario, pero para nosotros lo fue, se lo aseguro. ¿Te acuerdas, Ed? Me parece que lo estoy viendo. Dawud hizo una de esas manio-

bras que ponen los pelos de punta y logró que voláramos casi codo a codo con las cigüeñas. Había muchos caballos en una especie de plaza redonda de entrenamiento. Unas mujeres recogían la ropa del tendedero, otras se agachaban en cuclillas ante lo que a lo lejos parecían lunas redondas. Eran los pozos de índigo.

Edward Conrad: ¡Cómo me gustó verlos! Para quienes nos dedicamos al tinte de tejidos, los pozos de índigo son un mito. En el desierto se utilizan procedimientos digamos «peculiares» para la obtención de distintos colores, pero el caso del azul es bien distinto, se trata de un fenómeno científico que se estudia hasta en las escuelas. Por desgracia, los auténticos poblados tuareg están desapareciendo y dentro de muy pocos años estos pozos serán pura arqueología.

Amelia Conrad: Para los profanos también resulta interesante.

Edward Conrad: Cada vez que sale este tema en la conversación me olvido de dónde estoy y hablo demasiado. ¿Conoce el proceso del índigo?

Amelia Conrad: Claro que no, Ed, explícaselo.

Edward Conrad: ¿Tiene prisa?... Vale, lo haré con mucho gusto. El índigo que sale de la planta del añil no es soluble en agua o en otros disolventes habituales y por tanto resulta poco útil para el tinte. Entonces la sabiduría oriental ideó un método tan sencillo como eficiente. Por un proceso de reducción, que se lleva a cabo tapando los pozos para evitar el contacto con el aire, el índigo azul cambia sus propiedades y se convierte en índigo blanco, que sí es soluble en distintos líquidos de uso común en las técnicas de tinte. En esa disolución es donde se introducen los tejidos. Luego, concluido el proceso y al ponerse de nuevo en contacto con el aire, el índigo blanco ya impregnado en las telas se oxida de nuevo y recupera el color azul. Sólo la elaboración artesanal es capaz de teñir de azul el rostro de los verdaderos tuareg.

Nota: Añado el siguiente apéndice escrito que nos ha proporcionado Dawud Ag Hassaneín, porque en alguna medida completa la declaración de Miss y Mister Conrad. El texto es de un tal Bilal Khayyam, sabio erudito originario de Mali y formado en Francia, escritor y poeta ya desaparecido, cuyas enseñanzas siguen siendo muy respetadas en la zona. Describe de forma alegórica un fenómeno muy conocido entre los pueblos tuareg que él llama «la metáfora del índigo blanco». Dice así:

«Los dos colores del índigo simbolizan el enfrentamiento entre lo visible y lo invisible. Cuando el índigo azul pierde el contacto con el aire, se transforma, se vuelve blanco, se hace dúctil y sensual, recorre los tejidos, los inunda, los hace vibrar, los posee, ¡quién sabe de las locuras de este djinn *ligero que escapa a cualquier escrutinio! Si los pozos se destapan de nuevo, nada ha sucedido en apariencia, porque allí está el mismo índigo azul de antes. Pero, puestas a secar, las telas aparecen radiantes en la nueva oscuridad del añil y eso indica que el proceso invisible ha tenido lugar. Dichoso es el hombre que se reserva un tiempo para buscar los espacios del índigo blanco.»*

Todo empezó de nuevo un día en que Latif y yo nos retiramos a la soledad de nuestra habitación para que el niño pudiera comer tranquilo. La puerta estaba abierta con el fin de que el aire circulara, esa tarde de verano sin cigüeñas hacía un calor asfixiante. Latif lloriqueaba ansioso, siempre tenía hambre y yo le alcé en brazos. Me gustaba elevarlo por encima de mi cabeza y observar su cara de asombro mientras le hacía carantoñas en el aire. Él tenía prisa, quería que terminaran los prolegómenos cuanto antes y se removía inquieto buscando a derecha e izquierda. La impaciencia de Latif me producía una gran ternura.

En los primeros días con Leila, cuando Ahmed volvió otra vez a la caravana, amamantaba al niño llorando. Las lágrimas caían sobre esos pechos que mi hijo se afanaba por vaciar y me parecía que su contacto servía de bálsamo para las molestias intestinales de Latif. Cuando resbalaban por el cuello, el niño cerraba los ojos y se quedaba adormilado, hasta el punto de que tenía que despertarle con caricias en las mejillas. Otras veces las lágrimas se detenían en mis labios; ese sabor no lo olvidaré nunca. Las únicas horas placenteras del día eran las que lograba apartar de mí las penas mientras miraba los gestos involuntarios de Latif. Es imposible querer a nadie más de lo que se quiere a un hijo.

Estaba tan absorta en pensamientos dolorosos que ni siquiera me di cuenta de que Leila había salido al patio. Su habitación se encontraba a un nivel más bajo que la mía, pero las puertas casi se tocaban. Se había sentado en uno de los peldaños que nos separaban con una pierna extendida, la otra doblada y el codo descansando sobre la rodilla. Las palmas de sus manos abandonadas en el suelo estaban pintadas con polvo de alheña. Tenía el cabello alborotado de quien no era consciente de su belleza, y tampoco sabría decir si esa belleza me hería más por el hecho de ser quién era. No llevaba calzado alguno, como siempre, y tenía la cabeza apoyada en la pared, erguida, orgullosa, con expresión malhumorada, ausente. Me entretuve en observar cómo mi rival mordía con rabia un trozo de cuerda de cáñamo que, tras cada bocado, escupía hacia cualquier dirección en forma de bolas minúsculas. Intuí que Leila había tenido alguna discusión con Kauthar y en otras circunstancias incluso hubiera estado dispuesta a sentir pena por ella. «¿Qué habrá escondido?», me pregunté imaginando la desesperación del ama. De vez en cuando percibía a Leila desde un ángulo más próximo; entonces no era la diosa altiva y descarada que me había robado la vida, sino una pobre muchacha de pies desnudos que se defendía porque su familia la había vendido por casi nada.

De pronto, Latif me dio un mordisco en el pecho y sin poderlo evitar se oyó un quejido de dolor por todo el patio. Leila levantó la cabeza de manera brusca y al descubrirnos a Latif y a mí, se quedó quieta. Luego, con movimientos lentos, deshizo el nudo de sus piernas y se puso en pie sin apartar la vista de nosotros. Acto seguido, con la misma parsimonia, subió los escalones, apoyó la espalda en el quicio de la puerta y se nos quedó mirando de frente, sin ningún disimulo. Bajé los ojos ruborizada. Estaba incómoda al verla tan cerca, no sabía qué hacer. Mi hijo había agotado el pecho izquierdo y le cambié de lado. Cuando el niño empezó a chupar de nuevo, me atreví a mirarla. La expresión de la segunda esposa era tan intensa que me hacía daño. Pero una seguridad desconocida que tenía mucho que ver con el orgullo maternal fue abriéndose paso poco a poco. Y así pasaron los minutos, largos, interminables, hasta que un sueño profundo se apoderó del niño.

El cuarto estaba empapado de una pereza tan espesa que costaba hacer cualquier movimiento. Con mucho trabajo, dejé a Latif en su cuna, y al hacerlo sentí los ojos de Leila sobre el ir y venir pendular de mis pechos vacíos, que se balanceaban mientras arreglaba las sábanas. Estaba a punto de terminar cuando Leila inició un leve ademán de aproximación. A pesar de que yo deseaba que se fuera de una vez, la vi avanzar como si fuera una barca de vela, oscilante y blanda, insegura. Ya nos encontrábamos frente a frente. Las manos morenas y engalanadas de Leila retiraron el *hiyab* de mi cabeza y soltaron mis cabellos. Luego enlazaron los botones de mi blusa abierta en el hueco de los ojales y en cada paso sus dedos rozaban mis senos con suavidad de paloma. Leila acarició después mi cara con la parte externa de la muñeca y, sin que yo pudiera evitarlo, depositó un ligero beso en mis labios que a pesar del tiempo que ha pasado todavía me saben a sal de lágrimas.

—¿Por qué lloras? —dijo mirando las maletas. Noté también en esos labios el gusto a cáñamo de la cuerda.

—No, ya no lo hago, debo pensar en mi hijo —contesté muy tranquila, mientras recogía el *hiyab* del suelo. Me defendí con esa pequeña mentira.

Leila miró el sueño apacible de Latif y se alejó despacio, con esa cadencia de caderas tan musical que tienen las mujeres beduinas. Pero al atravesar la puerta de salida se paró un instante, volvió la vista atrás y dijo con voz tenue de niña díscola:

—Nunca había visto unos pechos tan blancos.

Demasiado a menudo los momentos claves de mi vida pasaron sin que yo me diera cuenta. Quizás no supe distinguir lo que era importante de lo trivial hasta que el tiempo puso cada cosa en su sitio, pero puedo fijar el instante exacto en que comenzó la transformación que convertiría a Mahabarat Zidu en un lugar distinto.

Por el contrario, me avergüenza decir que no recuerdo el primer día en que dejé de llevar el *hiyab*. Lo que sí sé es que ese suceso sin fecha llegó precedido por una serie de pequeños acontecimientos que se acercaban a él de manera continua; y el primero de ellos fue el acto de deshacer otra vez las maletas.

El espejo que había traído de Beirut con tanto empeño jugó un papel fundamental. Ese objeto que yo creía conocer tan bien destapaba imágenes que iban más allá de lo que reflejaban y que incluso dependían de la forma en que eran miradas. Me había observado muchas veces, pero nunca desde un ángulo tan íntimo como el elegido por el escrutinio implacable de los ojos de Leila.

Me serví del espejo para parecerme a Leila. Los motores del vuelco que se produjo fueron muchos, el deseo de ser su clon y sus palabras, «nunca había visto unos pechos tan blancos», y su forma de andar, y su resistencia frente a los ataques de Kauthar, y la suavidad de sus dedos, y... Confieso que me llegué a besar desde el otro lado del cristal hasta que el vaho de la respiración empañaba la imagen. A veces, cuando hacía alguna locura ante el espejo, Latif se me quedaba mirando y sonreía. Yo notaba que estábamos juntos en esa aventura, que él era mi cómplice.

En la soledad de mi cuarto, después de que Latif se quedaba dormido, me probaba la ropa para hacerme una idea de los cambios que tenía que hacer con el fin de que mi imagen se aproximara a la de Leila. Un día quise representar el papel de la segunda esposa y con lentos movimientos, como hizo ella, fui desabrochando los botones de mi blusa delante del espejo. Dejé abiertos los dos primeros para que el cuello asomara a través del escote, sin darme cuenta de que lo que necesitaba era sobre todo prestancia. La naturaleza había regalado a Leila esa rara virtud, aunque estoy segura de que ella no lo sabía. Nació con un don precioso, el mismo que yo me empeñaba en atrapar con la ayuda del espejo y del costurero.

Luego le tocó el turno al talle de las blusas, que tuve que ajustar con idéntico propósito. El espejo me decía que el camino era ése y yo me ponía muy contenta con cada pequeño descubrimiento. Hasta que llegué a las faldas. Después de muchos intentos, me rendí: era imposible imitar la cintura de Leila. Estuve desorientada un tiempo, el que tardé en percatarme de que yo jamás podría ser como Leila, que debía encontrar mi propio camino. Cosí distintos tipos de faldas con las telas que había traído de Beirut. Poco a poco salieron del caos dos ideas fundamentales: una, que me sentaban bastante mejor las faldas de talle bajo que se ajustaban a las caderas y luego se abrían con cualquier tipo de vuelo; y dos, que tenía que descartar los tonos pastel. Este último descubrimiento me llenó de estupor; hasta ese momento yo había sido una chica pastel: rosa pastel, azul pastel, crema pastel, amarillo pastel... Me di cuenta de que al color desvaído de mi piel y al reflejo claro de mi pelo les iba mejor lo rotundo: el blanco y el negro, por supuesto, pero también el rojo, el naranja, el azul turquesa y el verde luminoso.

Recuerdo haber pasado horas y horas ante el espejo ensayando diversos tipos de peinado. Mi pelo tampoco era el de Leila, sino más bien todo lo contrario: liso en exceso y con poco volumen. Dejarlo suelto sin más como hacía ella parecía una mala opción, así que ensayé distintos modos de sujetarlo. Me gustaba especialmente cuando me lo recogía a la altura del cogote, dejando caer en la cara algún mechón más corto, con descuido, de forma natural. De ese modo la melena adquiría una entidad mayor y, a pesar de su lisura, no la encontraba lacia. La dejaba así, debajo del *hiyab* cuando aún lo llevaba; aunque estuviera oculta, yo notaba su influencia.

A la par y sin que apenas lo notara, fue cambiando mi forma de andar y de responder a las miradas de los otros, y de sonreír y de barrer, y de agacharme ante las cazuelas, y de tender la ropa y de acariciar a los caballos. Desaparecieron los negros pensamientos, la compasión, la rabia. No más áspides venenosas, no más atardeceres solitarios, no más noches en vela, no más llanto.

Pero quizás la transformación más profunda se produjo cuando acepté a Leila. Hasta la tarde de aquel inolvidable «nunca había visto unos pechos tan blancos», me había negado a pensar en ella más que como una enemiga, una intrusa y una rival. Al principio canalicé el impacto que aquella frase había producido en mí en una necesidad obsesiva por imitarla; después, lentamente, tales sentimientos fueron evolucionando hacia otros que tenían mucho que ver con el hecho de que compartíamos un destino común. Ninguna de las dos habíamos elegido, ambas éramos víctimas de las circunstancias, luego estábamos del mismo lado. Esa nueva lucidez descubrió también una de las carencias que yo había soportado desde que llegué a Mahabarat Zidu: la de la amistad. Mi suegra no podía jugar ese papel tan necesario para una muchacha que acababa de cumplir dieciocho años, ni tampoco Wala, ni Yamal, ni por supuesto Ahmed, ni siquiera Nadia, que estaba siempre ensimismada con sus responsabilidades de Elegida. Miré alrededor y ahí estaba Leila. Esos días hice muchos dibujos. Me serví de la técnica puntillista para trasladar al papel los infinitos matices de su cara.

Acompañando a ese avance interior y exterior iba todo lo demás; y por fin un día que no recuerdo dije adiós al *hiyab*.

«Lorsque s'élève le voile se libère le nectar», decía un viejo poema que aprendí de memoria en la escuela de la señora Imah. Entonces ni siquiera podía imaginar cuál era su verdadero significado.

No sé cuándo me quité el *hiyab*, pero sí recuerdo bien otro día en que ya no lo llevaba. Estábamos las dos en la cocina. Ofrecí un vaso de leche a Leila y ella lo aceptó con una sonrisa. Luego fue la segunda esposa quien me ayudó a descargar el agua de los camellos que había traído Yamal. Juntas avanzamos con el pesado pellejo recién llegado de los canales profundos de Geeda. Juntas lo depositamos en el suelo.

—Un, dos, tres… ¡Aúpa!

Juntas lo vaciamos en los cántaros de barro. Juntas volvimos a por otro pellejo lleno de agua, y luego otro… Juntas estábamos cuando la mirada de Kauthar se detuvo en Leila para reprocharle que era demasiado lenta. La segunda esposa respondió, como siempre, en tono airado. Kauthar se escandalizó al escuchar que yo, su nuera favorita, defendía a «esa beduina descarada», como ella llamaba a Leila.

—¿Pero has visto? —dijo el ama a Wala en una de nuestras salidas de la cocina. Tengo la impresión bien fundada de que sabía que podíamos oírla.

—Deberíamos estar contentas —reflexionó la esclava negra—. Bienvenida sea la paz.

—¡Nunca!, me oyes, ¡nunca mientras viva! —Kauthar, estoy casi segura, elevó el dedo índice de la mano derecha para apoyar sus palabras como hacía siempre.

—Si la trataras mejor… —Wala pensaba que la actitud del ama con Leila era cuando menos contraproducente.

—¿Lo ves? Primero Ahmed, luego Legazal y ahora tú. ¡Dios!, dame fuerzas para aguantar sola.

—Shhhh, ¡prudencia, los niños! —susurró Wala.

Jazmín entró en la cocina para enseñar lo que había hecho en la escuela. Kauthar se entretuvo escuchando a la hija de su marido mientras le peinaba las trenzas. Pero cuando Leila y yo llegamos con otro pellejo, nuestra suegra intervino de manera radical.

—Ese trabajo no es para ti, mi niña —dijo dirigiéndose a mí—. Wala, ayuda a Leila a traer el agua y tú, hija, ven conmigo. ¿Qué te parece el pescado seco que ha traído Yamal? Dice que es bueno para la sangre. Otra cosa, tienes que hablar con Jazmín, ha venido muy contenta de la escuela gracias a tu ayuda.

Sonreí porque no deseaba llevar la contraria a mi suegra, pero Leila miró a Kauthar con rencor. Cuando se fue, el bote de grasa con la que el ama estaba limpiando las correas de cuero del camello había desaparecido de su vista.

—¿Dónde lo habré puesto? —se quejó Kauthar dando vueltas por la cocina.

Y la mañana transcurrió como cualquier otra, hasta que llegó Yamal.

—Deberías saber montar a caballo —comentó el viejo esclavo en voz alta dirigiéndose a mí.

—Me parece una buena idea —apostilló Leila—. Nunca se sabe...

—Calla, insensata, si aún está criando —Kauthar, dijese lo que dijese Leila, siempre la contradecía.

—¡Tonterías! —fue Wala quien intervino.

—¿Puedo opinar? —pregunté por fin.

—Claro, hija —el ama esperaba que por esta vez alguien se pusiera de su parte—, diles que no puede ser.

Pronto Kauthar se dio cuenta de que no era así.

—Creo que Yamal tiene razón —dije tratando de no enojar a mi suegra—. Quién sabe si algún día podré necesitarlo para acompañar a Latif a la escuela, por ejemplo. No es bueno que se me excluya de ciertas tareas porque no sé hacerlas, debo ser como las demás.

—Pero tendrías que esperar unos meses... —a Kauthar le costaba convencerse de que se estaba quedando sola.

—No veo por qué —me defendí. Estaba deseando empezar cuanto antes—. Leila puede ayudarme con el niño, ¿verdad?

—Y con el caballo —contestó ella—. Me encanta cabalgar. Y tú podrías enseñarme a leer y escribir.

Después de comer me retiré con Latif y, como cada día, Leila apareció. Ya no se quedaba en el quicio de la puerta. Se sentó muy cerca de nosotros y sus ojos, como el primer día, nos siguieron ensimismados. Fue Leila quien colocó a Latif en la cuna, quien escondió mis pechos bajo el vestido. Nos tendimos juntas en la cama. Era algo que no había hecho jamás con mis amigas de Beirut.

—Creo que estoy encinta —dijo Leila.

Le quité la falda. Incluso si la sospecha se confirmaba, lo que no sucedió, era todavía muy pronto para que se notara algo, pero aun así pasé mis manos sobre su vientre. La caricia sorprendió a Leila.

—¿Qué haces?

—Mira tu ombligo —yo estaba muy poco acostumbrada a la desnudez ajena y el descubrimiento de Leila era fascinante para mí. Allí, bajo esa cintura tan estrecha, encontré una peca insignificante a punto de caer en el laberinto que comunicaba su piel con un interior desconocido—. ¿Ves?, tiene una especie de pliegue que se mete hacia adentro —dije, como si el ombligo de Leila tuviera una identidad independiente—, ¿te hace daño?

—No —Leila no sabía por qué tenía que doler algo que llevaba así desde siempre—, ¿el tuyo es diferente?

Me quité la falda y allí había otra espiral de caracola distinta, menos profunda, más blanca. Leila introdujo su dedo índice en el agujero y luego se lo llevó a la nariz.

—Me haces cosquillas.

Aun así me mantuve quieta como una estatua. Por primera vez en toda mi vida supe lo que era el roce de la piel. No fue nada más ni nada menos que eso, un descubrimiento. Podía haber sido de otro modo, lo sé, pero nadie puede forzar a la naturaleza. Yo había temido a mi cuerpo y en aquel momento me gustaba tenerlo, no sé si a ella le sucedía lo mismo.

—Me gusta la ventana de esta habitación —Leila miró al cielo—. Por la noche se tienen que ver montones de estrellas.

—Y por el día pasan las cigüeñas. Ahora ya es un poco tarde, mañana te las enseñaré. Hay muchísimas, un día...

Le estaba contando que Ahmed me había subido a sus hombros para que viera los tejados de Mahabarat Zidu, cuando Leila me interrumpió. Y entonces se produjo su inesperada confesión.

—Conmigo es un desastre —dijo sin más—. ¿Y contigo?

Me costó unos segundos entender a qué se refería, entre otras cosas porque yo creía que lo suyo era algo muy distinto.

—¡Si yo te contara...! Lo he pasado muy mal.

—Me lo imaginaba —ese comentario no me sorprendió—. Lo que más me molesta es su torpeza.

—Y su brutalidad —yo era un dique abierto que daba salida por fin a una avalancha contenida—, y su falta de consideración, y que no hable, y que no pregunte, y que no le interese lo que siento, y que sólo piense en sí mismo, y que...

—Todo eso no es más que torpeza —interrumpió Leila.

—¿Sólo torpeza? —pregunté sin dejar de observar el movimiento de sus brazos mientras se recogía el pelo—. ¿Crees que hay posibilidades? —insistí.

—Sí, estoy casi segura de que sí —Leila sonrió—. ¿Has visto cómo mira?

—¡Claro!

—Eso significa que hay algo que merece la pena, no me puedo equivocar.

—Kauthar dice que tiene experiencia con otras mujeres —hubo un silencio significativo—; yo, desde luego, no lo noto.

Otro silencio, una idea...

—Las malas experiencias se curan con buenas experiencias. Él no es nada tonto ¿Crees que está satisfecho?

—No, seguro que no. Aun así no sé, tendría que cambiar mucho —mi fe era todavía muy débil.

—Sí, ¡muchísimo! Y nosotras también...

—Nosotras... —ella veía las dos caras del problema y me las estaba enseñando—. Claro.

Un propósito, muchas dudas y poco a poco se fueron abriendo puntos de luz en la mente de Leila.

—Se podría hacer algo...

—¿Qué? —pregunté. Leila se sentó en la cama a mi lado.

—Aprender, esa es la clave. Nadie nace enseñado.

—¿Y quién enseñará a quién? Soy la más ignorante del mundo.

—O todos aprenderemos a la vez o... Si sale bien, los tres saldremos ganando.

—Eso, si sale bien —no pude evitar poner de manifiesto mis dudas.

—Confía en mí.

Leila me habló del campamento beduino, de las noches de luna llena, de encuentros a escondidas en medio del desierto, de niños que soñaban juntos, de largos silencios, de diálogos secretos, de contactos, de roces furtivos. Ése era el reino de lo oculto, un mundo hecho de sensaciones y descubrimientos donde se hacía posible lo imposible; una forma paralela de existencia que se movía siempre al abrigo de lo visible, sin que nadie se diera cuenta.

—Escucha —yo empezaba a entender—, tenemos que observarle. Saber cómo se comporta, qué le gusta, cuáles son sus debilidades.

—¿Tienes alguna pista?

—No. ¿Y tú?

—Tampoco, pero la idea es buena. Ya veremos qué se nos ocurre cuando vuelva, no hay tiempo que perder. Habrá que tener en cuenta que somos distintas —Leila miró alrededor—. Oye, ¿qué hay en ese baúl?

—Ahmed me dijo que sus armas.

—¿Qué armas?

—No sé, siempre está cerrado.

—Un día de estos lo abrimos. Sé disparar bastante bien, en el campamento necesitábamos rifles para proteger el ganado.

—Pues yo no tengo ni idea, ¡qué curioso!, y eso que he pasado la mayor parte del tiempo en medio de la guerra. A veces pienso que en Beirut algunos llevábamos puestas las gafas de no ver casi nada.

La voz de contralto de Kauthar retumbó por toda la casa.

—¡Leila! —nos pusimos de pie con un doble salto sincronizado y empezamos a vestirnos a toda prisa—. ¡Tienes que ordeñar las cabras! —Desde el patio el ama pidió ayuda a su nuera favorita—. Maldita sea, Legazal, ¿dónde se mete Leila?, contesta, ¿la has visto? ¡Leila!

—¡Está aquí, ayudándome con el niño que no tiene ganas de dormir! —contesté suplicando que al ama no se le ocurriera subir los ocho escalones de piedra blanca.

—¡Voy enseguida! —gritó Leila con el mismo propósito y luego añadió en varios tonos más bajos—, ¡qué pesada!

—Lo siento, no sé por qué la tiene tomada contigo.

—¡Bah! Ahora ya no me importa.

—¡Vamos, muchacha! —Kauthar se tranquilizó al escucharla, pero no por ello dejó de chillar—, date prisa, que si esperas más se te va a echar la noche encima.

—Continuaremos hablando mañana —dijo Leila al salir.

Del cuaderno de viajes de Victoria Söerensen
Sahara Tours
11 de febrero

Al filo de las diez de la mañana, camino del oasis de Al-Haasi, nos adelantó un grupo de caballos al galope. Markus se asustó. «¡Es El-Turabi!», dijo al reconocer a uno de ellos. Llevaba, como todos los demás, el rostro cubierto, pero su forma de colocarse el turbante era distinta a lo que yo había visto en Ciudad Anónima. Sostenía las armas mediante un cinturón de cuero cruzado en aspa sobre el pecho; no entiendo de armas, rifles o algo por el estilo. Al pasar, frenó en seco y su caballo purasangre se puso a girar en torno a mi dromedario. Él se apeó del caballo. «Madame, s'il vous plaît», extendió sus brazos hacia mí y me ayudó a bajar. Markus protestó en árabe. «Somos de la agencia Sahara Tours, por favor, déjennos seguir nuestro camino. Estos señores no tienen nada que ver...» El-Turabi le interrumpió con un terrible «¡Silence!» que me hizo temblar. Yo llevaba un pañuelo para protegerme del sol y él me lo quitó. Vi que me miraba con intensidad, nunca podré olvidar unos ojos tan tristes. De su velo pendían colgantes de plata unidos entre sí por una cinta. Se arrancó uno de ellos y lo dejó con suavidad en la palma de mi mano. A continuación, tras un movimiento brusco, volvió a subir al caballo y se marchó al galope. Detrás de él iba su ayudante, un muchacho negro.

Por lo que ha contado Markus, se trata de un grupo opositor que se ha hecho casi omnipresente por esta zona en el último año. «Hubo un grave enfrentamiento entre El-Turabi y el ejército con muchos muertos», palabras textuales de Markus. Cuando me ha visto examinar el amuleto, ha querido relajar la tensión con un comentario que a lo mejor le ha parecido hasta gracioso. «A El-Turabi le gustan las mujeres de piel blanca y ojos negros.» El belga del grupo se ha echado a reír y yo también, por si acaso.

Markus nos ha dicho que los adornos que El-Turabi llevaba en el turbante eran amuletos de la fortuna y pequeñas cajitas para guardar versículos del Corán. El que me ha dado es un cilindro hueco de plata con filigranas en relieve. Se ven escenas de halcones cazando en pleno vuelo. «Los hombres de El-Turabi le llaman el halcón», ha añadido Markus. El guía nos ha dado una de esas minicharlas por las que aún tengo fe en los viajes organizados. Ha contado que la caza a caballo es el deporte masculino favorito de los tuareg y que, por herencia de sus antepasados, la práctica de caza preferida por ellos sigue siendo la que utiliza el halcón como única arma letal.

He guardado el amuleto en el bolsillo, un recuerdo de esta nueva aventura. No pasa un día sin que haya alguna sorpresa. Cox no tiene por qué saberlo todo.

Los hombres de Mahabarat Zidu salieron al desierto a lomos de sus veloces caballos; tras ellos iba un grupo de perros que ladraban con furia. Las rapaces portaban pihuelas atadas a los zancos, donde se veían unas pequeñas tiras de seda. Dos cascabeles pendían de la pierna derecha del ave atados por la correa, uno, el bordón, de sonido grave, y otro, la prima, agudo. Las cigüeñas no estaban, se fueron un día a pasar el verano en el norte y aún no habían vuelto. Nosotras observábamos los preparativos a cierta distancia. Esa vez la caravana recién aparecida nos iba a regalar uno de los espectáculos más hermosos del desierto. Mi hijo estaba al cuidado de Muma y de otra mujer vieja del poblado de nombre Yousra, que tenía un nieto algo mayor que Latif y una cabeza bastante más fiable que la de la vieja loca. Me acordé muchas veces del árbol de los estorninos, de los pájaros cantores de Beirut y sobre todo de mi abuelo Absussaham. ¡Cuánto le hubiera gustado ver en acción a las máquinas de volar!

Los halcones llevaban meses preparándose para ese día. El viejo esclavo había tenido que despiojarles, entrenarles, injertar las plumas rotas, curar sus enfermedades parasitarias y mimarles para que, llegado el gran momento, desplegaran todo su poder. Hubo que someterles a un estricto régimen alimenticio, puesto que tras meses de inactividad se habían puesto muy gordos. De hecho, los que iban a cazar habían pasado un día entero sin comer para que el hambre les sirviera de estímulo. Y los que tenían que ser capturados estaban también en su plenitud, unos surcando los cielos, otros buscando pasto.

El matriarcado entero vio salir a los hombres y los percibió tal y como ellos querían. Se notaba que se sentían admirados y por esa razón multiplicaban la apostura de su estampa, estimulando a los caballos para que hicieran mil cabriolas. Se decía que los tuareg eran los varones más vanidosos del mundo y al verlos de ese modo nadie sería capaz de desmentirlo. Y si tuviera que hacer comparaciones, aseguraría que Ahmed era el más arrogante de todos. Leila me cogió de la mano. Sentí una suave presión y escuché que decía:

—No podemos equivocarnos, mírale.

El galope del caballo de nuestro marido se detuvo en seco. El jinete metió la mano en el alcahaz y sacó un animal. Llevaba el capuz de cuero negro puesto. Lo colocó en su brazo derecho, que estaba cubierto también por una manga de cuero muy fuerte. Y cuando la presa apareció en el cielo, Ahmed retiró el capuchón y el ave supo que había llegado su hora.

—Sois una pareja de halcones —susurré al oído de la segunda esposa.

La comparación se me ocurrió de forma espontánea y ya no me abandonó en todo el día. Ella se había puesto una diadema hecha con cintas de varios colores muy parecidas a las que llevaban los halcones. Absorta en los movimientos del ave recién liberada, ni siquiera me contestó.

Cada halcón había sido entrenado para que cazara una ralea determinada, nos informó Yamal. Así como azores y gavilanes se sabían aves de bajo vuelo, los halcones buscaban la presa en lo alto. No había nubes, el viento era apenas perceptible y el lugar el adecuado. Los perros guardaron silencio. La jornada de caza comenzó.

Ahmed preparó su halcón, y cuando dio la orden, el animal emprendió el vuelo viento arriba. Pronto cobró altura, montó lo más posible y al hacerlo describió círculos en el cielo. Luego, cuando hubo alcanzado el punto más elevado que le era posible, se situó en la vertical de la presa, torneó un rato para mantenerse a flote y se lanzó en picado, se dejó caer como una bomba. Al llegar a la altura de la pieza, chocó con ella, la acuchilló, dio un rizo y la atrapó con sus garras. Para esquivar el ataque, la infeliz hizo un último esfuerzo y se dejó caer. Por un instante el más débil consiguió su propósito y se deshizo de la garra que la tenía aprisionada, pero fue sólo una ilusión. El cazador repitió el ataque y esta segunda vez ya no hubo vuelta atrás. Los dedos primero y cuarto de su garra no se separaron de la víctima. El ave rapaz, segura ya de que su captura no tenía escapatoria, mostró orgullosa el trofeo para que lo viera el amo. Se trataba de una presa grande que el halcón había sido capaz de alcanzar con la pericia aprendida a base de duro entrenamiento; sin él, su innata naturaleza le hubiera hecho conformarse con piezas de tamaños más modestos.

Con el objetivo cumplido, el halcón esperó la llegada de Ahmed. El animal no intentó huir con su botín como habrían hecho otros peor entrenados, ni tampoco se sintió tentado por su sangre. Lo primero que hizo el amo fue encaperuzarle y ajustar una correa larga a las pihuelas para asegurar al ave en su mano. Luego buscó en la aljaba trozos de carne para premiar su esfuerzo y le acarició las plumas. Ahmed metió la presa en la burchaca y a continuación galopó otra vez hacia el lugar donde había dejado la jaula.

Las mujeres seguimos en pie mirando el desarrollo de la escena.

—No se ha dado cuenta de que estamos juntas —Leila hablaba bajito.

En apariencia, nuestro marido no nos había visto ni a Leila ni a mí. Yo no me dejé engañar por Ahmed, el seductor, siempre he sido mucho más enrevesada que Leila.

—No me creo tanta indiferencia, seguro que se pregunta qué ha pasado desde que se fue.

Leila estaba muy seria.

—¿Ves? —me estaba hablando al oído—. De todos los hombres, es el que más destaca.

—Eso es porque nosotras sólo nos fijamos en él —contesté poniendo la mano en la boca. Nadie más debía escuchar esa conversación.

—No, no es sólo eso, mira cómo le siguen los demás hombres.

Entonces la observación de Leila me pareció un tanto exagerada, pero cuando acabó el día ya no estaba tan segura.

Hasta ese momento no me había ocupado de nadie más que de nuestro marido. Las palabras de Leila hicieron que mirara alrededor y me diera cuenta de que los niños se entretenían poniendo cepos para atrapar pequeños roedores, ratones, jerbos o liebres. Oí un ruido a mis espaldas y vi que Hussein se dirigía hacia un grupo de gacelas que deambulaban asustadas por la arena. Me percaté de que iba dispuesto a lo peor. Supe después que mi suegro había colocado al amanecer lo que ellos llamaban un cepo radial; consistía en un círculo de vegetales y cañas camuflado en la arena que atrapaba sin remisión las patas de los animales. Hussein volvió al cabo de un rato acompañado por Omar. Entre los dos arrastraban con sus caballos una hembra adulta en estado agónico seguida por su cría, que se resistía a abandonar a la madre. Compadecido, el viejo se apeó y recogió a la casi huérfana en un gesto de debilidad que no dejó de asombrar ni al hijo de Wala ni a mí.

—¡En nombre de Dios! —dijo mi suegro—. Es para Jazmín.

El indefenso animal de ojos gigantes se paró aturdido frente a los caballos y, como si fuera una hoja, fue izado al lomo de la montura de Omar. A unos doscientos metros del lugar donde estábamos, acababa de llegar un grupo de beduinos, que se ocupaba de extender las tiendas de lona tejidas con pelo de camello. Me acerqué aún más para observarlos. Varios hombres clavaban las estacas de madera con las que las lonas se sujetaban al suelo, mientras las mujeres desplegaban las alfombras en su interior. Leila miraba también todos esos movimientos, supuse que sin nostalgia alguna. Yo sabía por ella que la vida de los nómadas era dura, sobre todo en los periodos de extrema sequía. El pastor llevaba un albornoz hecho de lana de camello para protegerse del sol y del viento. Le acompañaba una mujer que portaba una vara larga; iba vestida del mismo modo, con la cabeza descubierta y un pañuelo blanco atado al cuello, por el que iban y venían, al compás de sus movimientos, unos pendientes muy pesados. Había más personas, pero sólo recuerdo a ellos dos.

Leila y yo volvimos al poblado tras el caballo de Hussein. Nada más llegar, la asustada gacela hija fue entregada a su nueva dueña. El frágil animal recibió los mimos de Jazmín con temor y la niña pidió a Yamal que le ayudara a cuidarla.

—Es muy joven, habrá que alimentarla con leche de cabra —el sentido de responsabilidad del viejo esclavo, sabíamos todos, le obligaría a hacer lo imposible para que siguiera viva.

Yamal cogió a la pobre gacela hija en los brazos y Jazmín le siguió. La sombra de las cabras sobre el suelo del establo indicaba que era mediodía, pero la joven gacela seguía buscando, sin éxito, la estela de su madre muerta. La gacela madre, menos afortunada, llegó de la mano de Wala y Omar. Madre e hijo la dejaron en la cocina y volvieron a seguir los avatares de la caza. Pude ver a lo lejos que otro antílope muerto estaba casi listo junto a las jaimas de la tribu beduina. Era un regalo de Hussein que, a buen seguro, iban a apreciar de verdad en el campamento de pastores.

Aprendí ese día que en Mahabarat Zidu había ciertas reglas en cuanto a las piezas que podían cobrarse en la caza; por tradición, no estaba permitido comer aves como la avutarda y la pintada. Nadie supo decirme el origen de tales prohibiciones, pero Yamal me explicó, con cierta lógica, que era la forma en que Dios Misericordioso protegía a las especies en peligro de extinción.

Desde la lejanía, distinguí el color negro azulado del dorsal del peregrino confundido con las ropas de Ahmed, que se había bajado del caballo y caminaba junto a Jazmín y su cría de gacela.

—No hay enemigo en la tierra que haga frente al halcón —comenté a Leila sin ver más allá de lo que parecía evidente.

Ella ya me había adelantado unos cuantos cuerpos.

—¿O sí lo hay? —se preguntó de forma retórica.

Estoy segura de que entonces ya sabía la respuesta. Al observar con mayor atención a mi marido, vi algo más. En la porción escasa de su cara que dejaba libre el velo había una mezcla de compasión y complicidad hacia el joven animal de mirada inmensa; me conmovió que acariciara su cabeza con tanto cuidado.

—Se parece a ti, observa sus grandes ojos negros —dijo Leila creyendo que nadie más que yo la oía.

—Legazal significa gacela —replicó Yamal que a veces parecía un fantasma—. Por algo será.

Antes de ir a la cocina para preparar la cena, Leila y yo nos retiramos un momento al patio para hacer planes.

—Esta noche yo, mañana tú, o al revés. Nada de veladas a medias.

—De acuerdo, tú primero —contesté, aliviada por no ser yo quien tuviera que iniciar el juego. Leila sonrió.

Me fui a mi habitación nada más terminar la cena, a pesar de que hubiera dado mi brazo derecho por saber qué sucedía en la habitación contigua. Apenas oí un siseo de ropas, un leve roce de pies sobre la piedra, una puerta que se cerraba, luego otra. Tumbada en la cama, con la ventana abierta, miré las estrellas. Latif dormía agotado después de una jornada tan larga. Trataba de pensar en el día siguiente y no podía, las imágenes de la caza eran insuficientes para saber qué estaba sucediendo al otro lado de la gruesa pared divisoria. Hice dibujos de halcones, de garras de halcones, de ojos de halcones... Pero tengo que decir que dormí mucho mejor de lo que esperaba.

Las mujeres habíamos madrugado, teníamos prisa por hacer las tareas cotidianas con el fin de quedar libres de trabajo cuando la caza del segundo día comenzara; y ellos estaban en el establo, unos en la halconera preparando las aves y otros con los caballos. En la casa sólo Ahmed y su segunda esposa parecían lejos del ajetreo. La cara de Kauthar no podía esconder su ira. Estaba de un humor maldito, tanto que en un ataque de furia rompió el palo de la escoba. Mientras lo volvía a arreglar, no cesó de amenazar en voz alta con entrar a la habitación de Leila para sacar a escobazos a ella y a su hijo. Traté de persuadirla quitando importancia al asunto, pero no hacía falta: mi suegra no se atrevía a ir tan lejos. Si estoy en lo cierto, lo que Kauthar temía descubrir en el cuarto de su odiada nuera le podía amargar el día.

—Tampoco es cuestión de gritar para que todo el mundo se entere —sugirió Wala.

El ama, para entretenerse durante la espera, dijo que quería limpiar las telas de araña que, de vez en cuando, se formaban en las esquinas del techo. Se fue a su cuarto hecha una furia y volvió con unas tijeras para cortar un trozo de tela con el que cubrir la escoba. Pero no podía olvidar el cuarto de Leila.

—Y tú, hija mía —el ama se dirigió a mí con la misma cara de ira contenida—. ¡Estás tan rara! ¿Acaso no te importa lo que está pasando allí dentro? —Entonces se le ocurrió una solución que la dejaba fuera—. ¡Que vaya Wala a sacarlos de la cama!

—¿Yo? —la esclava negra dejó de golpear la mano de almirez—. ¡Ni hablar!

—¡Pues que sea la vieja! ¡Muma! —gritó el ama—. ¡Ve al cuarto de la segunda esposa y diles que el sol ha salido hace rato, por si todavía no se han dado cuenta!

Me preparé para la tragicomedia. ¿Cómo se le ocurrió a mi suegra mandar a Muma, precisamente a Muma? Mientras Kauthar ataba un nuevo palo a la escoba, no cesaba de insultar por lo bajo a la que ella llamaba «esa descarada que se pone en evidencia en los momentos más inoportunos».

—¡Hacer esto precisamente hoy! ¡Maldita sea la beduina negruzca, la muerta de hambre esa que no sabe ni comer como Dios manda! Inconsciente, lujuriosa, y mi hijo lo mismo, ¡eso es lo que son!

Seguí a Muma hasta el pie de los escalones y fui testigo de que la vieja cumplió su cometido como sólo ella sabía. Sin ni siquiera llamar a la puerta, llegó hasta la cabecera misma del lecho donde los dos amantes dormían con placidez. Se sentó junto a ellos y comenzó a dar palmadas sobre el colchón. Los dos despertaron sobresaltados, mientras Muma observaba con gozo y sin disimulo el cuerpo desnudo de la segunda esposa apenas cubierto por la fina almozala.

—¡Fuera, vieja entrometida! —oí la voz de Leila, pero Muma estaba demasiado loca.

—¡Uhhhh!

Kauthar, que se había quedado en la cocina, debió de darse cuenta enseguida de que enviar a Muma no había sido una buena idea, pero ya no había remedio. Los dos salieron al patio poco después vestidos a toda prisa. Leila miraba a nuestra suegra con cara de odio; y al poco rato Kauthar ya no encontraba las tijeras.

—¿Las habéis visto? ¡Pero si las he dejado aquí mismo! —decía señalando la mesa de la cocina.

Yo tuve que salir de allí muerta de risa.

Estoy segura de que, cuando Ahmed llegó a la halconera, nadie le preguntó por la razón de su tardanza. El ama me confesó, con cierto alivio mientras mandaba a Leila a moler grano, que, por fortuna, Ahmed no sería el único hombre de Mahabarat Zidu que se había dejado enredar y añadió:

—Ya sabes a qué me refiero.

La acogida de Leila por el resto del matriarcado que esperaba el comienzo de la caza fue de indiferencia. Noté que las mujeres no se ocupaban de observarla a ella, sino a mí, la presunta rival; supongo que no podían entenderme.

La curiosidad se desplazó de nuevo hacia hombres y animales y de ese modo Leila y yo nos quedamos solas. Ella dejó en el suelo la piedra de moler y un saco de maíz que había llevado a las dunas para no estar ociosa. Levantó el dedo pulgar. Esa señal de victoria no era suficiente para mí; yo necesitaba saber cómo se había producido.

—Empieza, Leila halcón —le dije. ¡Qué poco la conocía!

—Te equivocas, Legazal —contestó negando con la cabeza—. Leila halcón no.

—¡Vamos! —recuerdo que sonreí con cierta suficiencia.

—Ahmed halcón sí.

—¿Y tú? —yo no entendía—. ¿Fuiste su presa?

—No, ni hablar, ¡qué dices! Yo fui él.

—¿Cómo él? —insistí—. ¿A quién te refieres?

—A Ahmed, desde luego. ¿Quién mandaba en la caza, sino Ahmed?

Ella no había querido ser otra vez su sirviente. Lo que hizo fue salir de la habitación y esconderse en las dunas. Supongo que Ahmed se desconcertó al ver que el cuarto estaba vacío. Cuando Leila volvió, nuestro marido aún permanecía en pie. Cerró la puerta sin mirarle, como hacía él.

—Debía de estar impaciente —yo me notaba ya dentro del juego—. Es de sentido común, Leila, se tuvo que dar cuenta de cómo le mirabas.

—No voy a discutir contigo. En mi opinión fue la caza lo que despertó sus sentidos, no yo.

—¿Cómo ibas vestida? —pregunté. Mi imaginación volaba con las palabras de Leila, pero ella la colocó en su sitio.

—Como ahora, eso no era lo importante.

—¡Vaya! —me sorprendió, Leila cuidaba mucho de su aspecto—, ¿y qué hizo?

La primera sorpresa le esperaba nada más entrar en el cuarto, cuando ella se puso frente a nuestro marido y deshizo despacio las vueltas interminables del largo velo targui. Por segunda vez me dije que la curiosidad tenía un precio y reconozco que hubiera dado mi pulsera de oro por ver esa escena. Ahmed, despojado de la prenda con la que podía ver sin ser visto, Ahmed dejando que Leila tomara la iniciativa. ¡Oh, sí!, debió de ser un momento memorable.

—Él seguía sin reaccionar y yo fui rápida. Cuando se dio cuenta, ya tenía encima el capuz.

—¿El capuz? ¿De qué estás hablando? ¿De dónde lo sacaste?

—Es una forma de hablar, quiero decir que le tapé los ojos con un trozo de tela. Hay que tener recursos, Legazal, en el campamento estábamos muy acostumbrados a valernos con lo que hubiera.

—Perdona...

El brazo moreno de Leila le impidió incorporarse. Ahmed obedeció, ¿qué otra cosa podía hacer un halcón ciego? El resto de sus ropas cayeron también al suelo y ella se deshizo del bulto a puntapiés, ¡qué poco me costó imaginarla cumpliendo esa tarea! Mientras tanto le ató las manos con un cinto que hizo el papel de correa, Leila iba bien pertrechada. Él permaneció quieto esperando la orden; su cabeza descubierta, poco acostumbrada a la libertad de estar sin el *litham*, tenía que percibir el frío del desierto. Permanecer desnudo en cualquier noche de Mahabarat Zidu debió de resultar muy frío a quien estaba acostumbrado a llevar tanta ropa encima.

—De un empujón le tiré sobre la cama.

—¿Y...?

—Se dejaba hacer sin protestar. No sé lo que esperaba en aquellos momentos, pero sospecho que se veía a sí mismo en mi lugar. Por eso no le dejé intervenir. Cada vez que quería atraparme con sus brazos atados, yo me deshacía de ellos con un golpe de látigo al aire.

—Leila, ¿también llevabas látigo? —estaba asustada—. ¿Para qué?

—Ahmed tenía que entender cuanto antes quién era el amo.

Me tranquilicé al escuchar de Leila que no quería hacerle sufrir. Todo lo contrario, dijo que se esforzó para que sus caricias le recorrieran despacio. Lo que deseaba era mirarle, tocarle, besarle, pero sin estar presionada por él. Eso es lo que ambas habíamos esperado inútilmente. Leila iba vestida, él desnudo. Leila estaba sentada en la cama, él tumbado. Entre los dos había una lámina que ninguno podía traspasar. Leila tomaba la iniciativa, él esperaba.

—Estuve pensando todo el día que eras la hembra del halcón y…

—Espera, no te precipites.

—¿Te dijo algo?

—Repetía una y otra vez «¡ven!».

Si una virtud tenía nuestro marido, ésa era la capacidad de saber esperar. Leila creyó que él perdía el control cada vez que suplicaba. Yo no estoy de acuerdo. Pienso que Ahmed entró en el juego de ese modo, simulando una impaciencia que no podía dominar y menos atado. Cada vez que intentaba darse por vencido, Leila llegaba a su lado para recordarle que estaba allí. Ella era el halconero y él su halcón favorito.

—Fuiste dura.

—Necesitaba ponerle al límite de la resistencia para que me diera todo lo que deseaba —la voz de Leila se había vuelto grave—. Él me dijo: «Te juro que subiré tan alto como la luna».

¡Qué recompensa tan escasa nos pareció a las dos! ¿Acaso un halcón como ése merecía volar tan bajo?

—¿No le contestaste nada?

—La verdad es que me quedé en blanco.

—Yo le hubiera dicho: «Como la luna no, como las estrellas».

—¡Como las estrellas! —Leila me miró con cierto desprecio—. ¿Cuál es la diferencia? En el noreste existen montañas más altas.

Me vino a la mente el atlas que había traído mi hermano Said de la Universidad Americana. Un día, cuando Ahmed volviera al desierto, tenía que hablar con la segunda esposa de lo que contenían aquellas páginas satinadas, pero en esos momentos el relato de Leila tenía que continuar donde lo habíamos dejado: en la luna.

Se acercó cada vez más a él rodeando la cama, sin que en ese movimiento circular tocara ni un centímetro el cuerpo de Ahmed-halcón. Ella empezaba a ser por fin su pareja. Se puso cascabeles en el pelo, ¡cómo me gustó ese detalle! La prima y el bordón sonaban a cada paso; él debía de creer que se acercaba cuando en realidad se estaba alejando o viceversa, porque el sonido no correspondía a la distancia sino al movimiento. Leila bailaba alrededor viendo cómo se electrizaba el cuerpo de su esclavo ante la espera. En uno de esos pasos de danza, se inclinó ante él, atrapó sus labios como si fuera el pico agudo del ave y se lo llevó otra vez al lecho.

—Hasta aquí puedo contar. El resto tendrás que imaginarlo.

—Pero…

—Al amanecer intentó levantarse para ir a tu cuarto. Yo le ordené: «Estate quieto, eso es para mañana». Él obedeció sin atreverse a hacer preguntas.

—No sé si podré, Leila.

—¡Claro que podrás! Mírame, lo vas a intentar con todas tus fuerzas y mañana ya hablaremos. ¡Prométemelo!

—Me lo has puesto muy difícil.

Ahmed hizo un último intento con el halcón más joven, un peregrino africano de la raza tagarote capturado en pleno vuelo. El entrenamiento le costaba más que al ejemplar que se cogía del nido. Era un macho de color oscuro y le correspondía dar con una pieza fácil. Inició el vuelo para alcanzar a su víctima cuando ésta se había posado en el suelo. Tenía que sorprenderla. Rabo al viento, recorrió la larga distancia que lo separaba de su objetivo y no tuvo dificultad en alcanzarlo. Cuando agarró la presa, ésta se quedó quieta; el halcón sólo intentó huir al ver que el caballo de Ahmed se acercaba al galope. El animal parecía decirle que el trofeo era suyo y de nadie más. Nuestro marido no cedió. Se puso a dar órdenes en un lenguaje incomprensible y al final consiguió doblegarle. El ave siempre debía acatar las órdenes del amo.

Él llegó con el botín a lomos de su corcel, erguido, orgulloso, feliz. No existía cansancio, sólo el placer de comprobar que sus halcones habían cumplido. Era una satisfacción que compensaba con creces la ardua tarea del adiestramiento. Luego se fue con los demás hombres envuelto en una nube ligera de arena que le hizo parecer aún más triunfal.

Jazmín aprendió de ese modo tan gráfico el sentido de los afanes de Yamal cuando cada mañana entrenaba a los halcones más inexpertos y también la enorme importancia del aprendizaje. Me había dado cuenta de que los jóvenes tuareg, con excepciones como Nadia, tenían cierta tendencia a despreciar la instrucción, porque creían que no la necesitarían. El resultado estaba a la vista.

—Esta niña sólo piensa en jugar y eso no puede ser —me dijo Yamal en voz baja—. Cuando proteste y diga que no quiere ir a la escuela, le recordaremos este día.

Con la jornada de caza ya concluida, Ahmed buscó a Leila-ama, quizás para pedir instrucciones, pero no la encontró. Estaba previsto que sucedería de ese modo. Yo también tenía un guión: en el primer acto Leila debía desaparecer de la escena y en el segundo entraba Wala.

—Me parece —le dijo Wala siguiendo mis directrices— que Legazal tiene una jofaina grande para que te laves.

La esclava negra, cuando le di las instrucciones, no sabía a qué atenerse. «¡En fin, ella sabrá!», debió de pensar.

Y allí fue él sin rechistar, quizás con mala conciencia por el hecho de haberme dejado sola la noche anterior. Escuché cómo dejaba atrás los ocho escalones de piedra blanca. Reconozco que tuve miedo hasta que imaginé a Leila diciéndome: «¡Prométemelo!». Luego ya no. Si ella había conseguido doblegar a nuestro esposo, yo tenía la misión de romper su máscara. O al menos intentarlo.

Supongo que Ahmed abrió la puerta de la habitación esperando encontrar el baño que tanto necesitaba y también el reproche de siempre en mis ojos, pero se equivocó. Pensé que todavía le quedaba mucho camino por recorrer. Mis planes partían de la base de que yo sólo necesitaba palabras, las suyas y las mías. Estaba convencida de que el origen de todos mis males con él era un silencio al que yo no sabía responder más que con otro silencio. Y si Leila no había querido ser sólo la pareja del halcón, yo sí iba a convertirme nada más que en su gacela. Una gacela habladora que se plegaba a los deseos de su señor con total sumisión.

—¿Estás fatigado? Seguro que sí, qué tonta soy. Te ayudo a quitarte la ropa.

Ahmed me dejó hacer sin mover un solo músculo. En todo momento noté junto a mí al espíritu de Leila, por eso permanecí extrañamente tranquila. Y él seguía en silencio.

—Así, métete en el agua sin miedo —le dije—, hasta Latif podría bañarse contigo. Yo misma he vigilado que esté a buena temperatura.

Obedeció sin dejar de mirarme y yo seguí charlando.

—Me gustaba bañarme en el mar. Cerca de Beirut hay una playa salvaje llena de algas a la que no va casi nadie. Mi tía Salma me llevaba a veces con ella sin el permiso de mi madre. Nos metíamos vestidas y después esperábamos a que se nos secara la ropa para volver a casa.

Mientras hablaba, mis manos recorrían sus músculos.

—He puesto sal. La sal tiene yodo y el yodo hace que la piel se vuelva muy fina, lo ves, muy fina, suave…

Ahmed me observaba asombrado. Temí unas cuantas veces que se echara a reír si cometía algún exceso. Aún no conocía bien a las gentes del desierto, las que podían pasar horas y horas escuchando a Nadia. No me había equivocado, lo supe a medida que avanzaba. Era el tipo de lenguaje que nunca se espera que agrade tanto a un hombre así..., a no ser que tenga sus ojos. Pensaba decirle que había nacido bajo el signo de una ballena varada, y luego vendrían *Moby Dick*, y *La isla del tesoro*, y *Robinson Crusoe*, y yo qué sé.

No tuve la oportunidad de ir tan lejos. Cuando iba a iniciar otra perorata acerca de las virtudes del agua salada, me interrumpió.

—¿Sabes cantar en francés?

—Bueno —estaba desconcertada, esperaba cualquier cosa menos esa—, ¿alguna canción en especial?

—*Ne me quitte pas* —lo dijo con un acento que me pareció perfecto.

—Sí —contesté—, esa sí, es la favorita de mi hermano Said.

—Cántala.

Mi voz sonó mejor que nunca, llena de matices, como las gargantas privilegiadas de los pájaros cantores del viejo Beirut. Él daba órdenes y yo las recibía, ¿acaso no era eso lo que le correspondía a una gacela?

Cuando la canción terminó, él estaba extasiado. Y entonces volvió a sorprenderme.

—Querías marcharte, ¿verdad? Tenías las maletas hechas.

—Sí, lo pensé más de una vez.

—¿Por qué? —¡Podía haberle dicho tantas cosas! Pero no me dejó—. Te ordeno que no me dejes nunca. Tienes que cantar en francés para mí —era el parlamento más largo que le había escuchado hasta entonces.

Salió del agua y se sentó en el lecho.

—Haré todo lo que quieras —le dije.

—¿Todo?

—Sí.

—¿Estás segura?

—Sí.

—Quiero mirarte. Quítate la ropa.

—No sé si seré capaz —empecé a hacerlo horrorizada. Hubo un momento de duda.

—Sigue —ordenó.

Y de pronto me sentí muy bien. Leila y él eran mis mejores espejos y las palabras que habíamos intercambiado, sus aliadas. Tiré la ropa sobre el arcón de las armas. Ahí reconozco que estuve a la altura de las circunstancias.

Pero yo aún no había comprendido que lo que mi marido esperaba de su esclava iba más allá de las palabras. Él ordenó que fuera sumisa, que llegara hasta donde jamás había pensado, que traspasara sin miedo los límites. Ahmed, tumbado ya, no se conformó con tener mis labios en los suyos sino que los quería alrededor de su sexo. Me negué, incluso me sentí vejada. «Es sucio», pensé sin saber qué hacer. Hasta que en un momento dado puse esos pensamientos negativos en un platillo de la balanza y en el otro el futuro. Sus ojos teñidos de índigo me observan y el fiel se desplazó. «No debes abandonar, tienes que buscar una salida», oí decir a Leila. Dejé atrás el lastre del temor, acepté la orden de Ahmed, me entregué a él como si fuera Leila, igual de abandonada. Pero a cambio exigí algo más, exigí escuchar algún sonido, le rogué que se expresara. Y Ahmed gimió, suspiró, acarició mis cabellos en desorden, dijo mi nombre...

A media noche preguntó por nuestro hijo y yo le dije que estaba con Leila. Luego me quedé dormida con la cabeza apoyada en su brazo. No sé si lo soñé, pero me pareció escuchar:

—¡Gacela mía!

El poblado descansaba otra vez lejos de la caravana. Era la época de aprovechar el pelo de camello para tejer las lonas que protegían los pozos de índigo. El viento, fuera cual fuera su nombre, raras veces nos daba tregua.

Esa mañana el viejo esclavo había ido a Geeda con el asno llevando consigo a Jazmín para que acudiera a la escuela. Yamal pasaría la jornada llenando los pellejos de agua y después, en el mercado, cambiaría sal y especias por frutas, verduras y carne seca. La vieja Muma estaba triste, no se encontraba bien.

Yamal volvió al atardecer con los recados hechos, Jazmín trajo noticias de Geeda y Muma seguía taciturna. El ama dio por terminada la jornada laboral para ocuparse algo más de la vieja loca.

—Una infusión y a dormir.

Los demás cenamos tranquilos y después nos retiramos también a descansar; todos menos Yamal y Leila, a quienes no les quedaba más remedio que ordeñar a las cabras.

Mirando las estrellas por la ventana de mi cuarto, recordé las palabras que había pronunciado Ahmed cuando estaba a punto de marcharse con la caravana.

—¿Qué queréis que os traiga? —preguntó él desde lo alto de su dromedario. Estoy segura de que fingía no darse cuenta de que las dos estábamos muy tristes.

—Un traje de odalisca —contestó Leila de inmediato. Aún no podía saber que estaba embarazada.

La miré preguntándome: «¿De dónde puede sacar él semejante regalo en medio del desierto?». Pero Ahmed ni siquiera parpadeó: era como si su segunda esposa le hubiera pedido un puñado de arena.

—¿Y tú? —creo que me puse colorada.

—Algo para ti y algo para mí —contesté como pude—. Elige lo que te plazca.

Lo hice así por tres motivos: uno por timidez, otro para facilitarle la tarea, bastante tendría él para localizar un traje de odalisca, y la tercera, debo decirlo aunque parezca que peco de inmodestia, porque iba aprendiendo con mucha rapidez. Pensé que él preferiría tener las manos libres y que era una oportunidad única para conocerle mejor. «A ver qué se le ocurre.» Pasado el tiempo, ya puedo decir que aquella decisión casi instantánea fue una de las más sabias que tomé mientras estuve viva.

Extracto sacado del diario de Nadia

Me hacen preguntas y contesto. Resulta muy pesada la responsabilidad de actuar como si estuviera segura de lo que digo, cuando lo cierto es que no es así. Veo tantas cosas que no comprendo que, cuando alguien se acerca, me pongo a temblar. Es mi misión, lo sé, y sufro por ello. Y no tengo a Dawud a mi lado. Él lo era todo para mí. Estoy preocupada por Dawud y por el resto de los hombres del poblado, aunque no he dicho nada en Mahabarat Zidu. Ellos se rebelan contra las intenciones del gobierno de que abandonen la caravana. El táleb *de la escuela teme la reacción de los soldados. Rezo cada día para que la tensión vaya a menos. Y para que Dawud vuelva conmigo.*

No puedo hacer nada más, soy mujer. ¡Qué pesadumbre nos ha dado Dios a las mujeres! Aun así me someto por completo a los mandamientos de Alá. Intento compatibilizar los contenidos del libro sagrado con nuestras costumbres, ¡son tan distintas! Mi fe se tambalea cuando leo ciertos pasajes. ¡Fuera, fuera! El Creador se encuentra por encima de cualquier capacidad humana. Ni siquiera a la razón le está permitido discutir sus preceptos, por eso los creyentes necesitamos abandonarnos sin reservas a la obediencia. Aunque no entiendo por qué Alá me ha dado un cerebro que se siente libre para pensar. ¡Qué fácil sería cerrar los ojos y dejarse llevar con sumisión! Yo lo intento, pero no puedo evitar la duda, no puedo. ¿Seré la única de la escuela? ¿Por qué me parece que sí, que no hay nadie más a mi alrededor con unas crisis de fe semejantes?

A ti, a quien sólo sirvo, imploro ayuda. Dirígeme, ¡oh Dios!, por la vía recta.

(Espero que nadie lea jamás estas reflexiones. Podrían interpretarse mal.)

Me lo había contado Nadia un mes antes de la vuelta de la caravana. Estábamos las dos solas. Yamal y Leila se ocupaban del ordeño de las cabras y las demás mujeres del poblado andaban muy atareadas en sus cocinas. Recuerdo a la niña artista vestida de verde sentada en la puerta de su casa con el *anzad* en las manos. El sonido de esa extraña vihuela era para mí una llamada al conocimiento.

—¿Por qué veo a todo el mundo tan agitado? —pregunté.

—Samir, el hijo de Amina, va a ser circuncidado —Nadia seguía moviendo sus dedos por las cuerdas del instrumento musical—. Los velos de gala deben estar listos para la ceremonia.

Yamal completó esas informaciones poco después, mientras preparaba los pozos de índigo. Para él la circuncisión era una mezcla de acto religioso y resistencia ante el invasor; para mí, sólo una herida. De vez en cuando el esclavo sacaba la vara con la que removía el agua azul y me miraba con gravedad. Parecía un remero que conducía la barca de los muertos a través del Nilo. El viejo *mzabita* no podía olvidar que los responsables de las desgracias de África eran los colonos europeos. Con sus palabras invocaba la solidaridad de otros pueblos del continente, los de la sabana, los de la selva o la totalidad de los moradores del gran desierto. Mis miedos le parecían una forma sutil de traición.

—Los culpables no se llaman petróleo, oro, uranio u otras riquezas naturales, sino avaricia, soberbia y ambición; y también armas, soldados y sobre todo políticos. Ya nadie quiere que nos movamos por el desierto. Dicen que así es difícil controlar a la población. ¡Controlar!

—Bien sabe Dios Misericordioso que acepto las tradiciones —me defendí ante Yamal—, pero…

Los hombres llegaron a media noche con todas las estrellas brillando en el cielo. Ahmed, nada más descargar los camellos, se fue a preparar la indumentaria de la fiesta. Al salir el sol tendió los velos recién tintados, y cuando me di cuenta, mi suegra ya los había recogido. Yamal tapó los pozos de índigo. Todo estaba preparado en espera del rito.

Kauthar me llamó para que fuera a su habitación. Nunca antes había entrado allí y la verdad es que era muy diferente a lo que había imaginado. Esperaba encontrar caos y sólo hallé un orden cartesiano roto apenas por la presencia de un baúl destartalado. No vi nada que no estuviera en su sitio y tampoco existían elementos superfluos en paredes, techo o suelo. Me sorprendió que la cama fuera más pequeña que la mía y que encima hubiera una manta de color crudo de tacto áspero. En nuestra casa de Beirut no existía ninguna habitación libre destinada nada más que para los invitados, pero en la de Ibtisan sí. Se parecía mucho a la de mi suegra. Supuse que ése no era el cuarto habitual del matrimonio, sino que Kauthar se había mudado allí para dejar que Hussein pudiera recibir a Wala en la comodidad de un colchón más amplio.

Toda la pared opuesta a la cama se hallaba ocupada por un armario nuevo de madera clara tapado por una cortina de color ocre. Me pregunté de dónde habían podido sacar los módulos de ese mueble tan moderno y, como otras veces, me asombré de lo poco que sabía de las actividades de la caravana. El interior ya era otra cosa. En el altillo superior estaban algunas de las telas que yo había traído de Beirut. Los austeros vestidos de mi suegra que yo conocía no eran los únicos que se guardaban allí. Tenía faldas de vivos estampados que me recordaban a las de Wala y blusas muy alegres, recuerdo sobre todo una de lunares negros sobre fondo amarillo. Y en la parte baja vi una colección imposible de zapatos, desde zuecos de madera hasta una especie de babuchas de seda con dibujos en hilo dorado.

Hablamos de la circuncisión. Mi suegra dijo que era una costumbre saludable que alejaba el peligro de muchas infecciones y enfermedades. No contesté.

Me condujo hacia el baúl. Allí guardaba las ropas de fiesta.

—Los bordados los hicimos entre mi madre y yo —presumió Kauthar mostrándome uno de sus velos. No pude resistir darle la vuelta para ver si el envés de la prenda tenía los remates sin defectos, y así era—. Elige uno de estos dos, no corre prisa. Amina y yo ya tenemos los nuestros.

Al salir nos encontramos con Leila y Wala que venían de la cocina. Ambas estaban embarazadas de seis meses, una coincidencia afortunada. Leila llevaba una cuchara de madera grande en la mano que me hizo sonreír. Las dos miraron con cierta envidia el par de velos magníficos que mi suegra me había dejado.

—¡Qué tacto tan suave! —dijo Leila. *Taguelmoust, alechou*... Las palabras iban entrando poco a poco en mi cabeza mezcladas con el sacrificio de la circuncisión.

—Si no supiera lo que va a suceder... —no pude evitar el comentario.

Kauthar se dio un golpe en la frente como si hubiera olvidado algo. Las tres la seguimos a su habitación, pero ella no dejó entrar a Leila. Puso como «excusa sutil» que una beduina ignorante no podía apreciar algo tan delicado como sus velos. La segunda esposa, contra su costumbre, no protestó esa vez y me avergüenza decir que yo tampoco. Estaba tan obsesionada con los padecimientos de la circuncisión que fui tras Kauthar en lugar de haberme quedado con Leila.

Mi suegra abrió el baúl y sacó de él un tercer velo más pequeño para Jazmín.

—Y ahora vamos a la cocina —ordenó el ama—, habrá que plancharlos.

Leila seguía en el patio y al vernos salir vino hacia nosotras. Llevaba el pelo recogido en lo alto, el cinturón de su falda había escalado posiciones a causa de su embarazo y los músculos de su cuello delgado parecían de alambre. Sin más, Kauthar le dio un empujón. Quizá imaginó que Leila iba a cometer un atentado contra sus velos utilizando la cuchara de madera como arma de destrucción o alguna otra barbaridad de ese tipo. Esa vez sí reaccioné de manera sensata. Mi mano asió la de Leila para que la segunda esposa acariciara los velos que Kauthar había sacado del baúl para mí. Luego, sin dejar de mirar a mi suegra, puse uno sobre el cabello de Leila. Estaba preciosa, el *alechou* parecía haberse inventado sólo para ella. El ama me miró y se fue arrastrando los pies. Cuando Leila y yo llegamos a la cocina, oímos a nuestra suegra.

—¡Qué barbaridad, cómo pasa el tiempo! Wala, prepara el *mechmar*. Poco caliente, la plancha poco caliente.

—Ya está casi —contestó la esclava negra.

Yamal entró en la cocina con su vara de remover los pozos de índigo. Allí el tema de charla seguía siendo la circuncisión. No se podía encontrar hombre alguno que mostrara tanto rechazo a tratar «ciertos temas» como Yamal. Y aquella mañana, mientras Wala planchaba, entre reflexión y reflexión, Leila se fue lanzando. Pudimos escuchar cómo decía que cualquier cosa que ayudara a mantener relaciones sexuales satisfactorias no podía ser malo y lo hizo bien alto y bien claro. A la hora de buscar razones a tal comportamiento suicida de Leila encontré dos: escandalizar a Yamal y, la más importante, para que nuestra suegra común perdiera los nervios. En la guerra declarada entre ellas nunca había tregua.

—¡Descarada! —Kauthar siempre aceptaba el reto dialéctico de su segunda nuera: una cosa era que Wala expusiera determinados puntos de vista y otra que lo hiciera Leila; y menos así—. ¿Cómo te atreves a hablar de ese modo delante de la familia? Pero ¿qué se puede esperar de la cebra, sino que salga con rayas?

Era un símil que Kauthar utilizaba a menudo con Leila y que a todos nos hacía gracia menos a ella. Nada ni nadie pudo evitar que, de repente, desapareciera de la vista de mi suegra el tubo de metal donde guardaba las agujas que necesitaba para repasar los bordes de sus queridos velos. Nos pusimos a buscarlas por toda la cocina, unas con mucha menos fe que otras, como es lógico. Confieso que disfruté menos que otras veces con el enfado de Kauthar: estaba preocupada por la dichosa circuncisión.

Sólo Muma seguía ausente en el patio.

—¿Qué le pasa a Muma? —preguntó Jazmín.

A primera hora de la tarde llegó el médico acompañado de Hemssa, el padre de Samir. El doctor procedía del árido desierto oriental, separado de las dunas de Mahabarat Zidu por un cinturón de pastoreo donde acampaban los nómadas. Pertenecía a la tribu bambara, pero tenía buenas relaciones con los tuareg a quienes, me dijo Yamal, asistía a menudo. Iba vestido, según él, «a la occidental», pero parecía un rabino judío, con camisa blanca y traje negro muy gastado. Llevaba pelo largo, barba espesa y unas gafas redondas de miope que duplicaban el tamaño de sus ojos; aquella expresión de sorpresa inacabada resultaba bastante cómica. Tebib Ibrahim, que así era como se le conocía, no tenía caballo ni dromedario, pero poco le importaba. Traía una maleta cargada de remedios naturales que él mismo obtenía de los escasos vegetales de la región y de diversos animales. Nadie conocía los secretos del médico, que se vanagloriaba de dominar la picadura del escorpión o el veneno de serpiente. Vino acompañado de una señora muy gorda que le ayudaba en el trabajo. Wala nos contó a Leila y a mí que el apetito de la mujer era insaciable.

—*Salaam aleikum.* ¿Cómo te encuentras?

—Bien, *al humdul'allah.*

Me fijé en Leila. El *alechou* le daba un aire de misterio a la vez hermoso y teatral. Su pelo trenzado parecía el de la modelo de uno de esos pintores románticos y pobres que, como decía mi hermano Said, observaban de lejos «su» falso oriente. Parecía una cortesana con los ojos pintados de kohl.

Mi suegra hizo que nos pusiéramos en fila, primero su hija Amina, luego ella, después yo y cerrando la comitiva Leila. Caminé despacio, con las manos en la espalda para notar el roce de la segunda esposa. Ella comprendió mi angustia y puso una cinta en ellas, siempre llevaba alguna en los bolsillos. Supuse que íbamos atadas y eso, de momento, alejó de mí los efectos del miedo.

Entramos en la casa del pobre Samir, que esperaba asustado en medio del patio. Una fila de hombres se mantuvo cerca, mientras el médico sacaba de la maleta los instrumentos cortantes y una caja de remedios hecha de madera de olivo.

De pie, frente a la mesa del sacrificio, recordé las palabras de mi amiga Warda, la trágica rosa de Beirut, una de esas parrafadas suyas que me habían hecho temblar mientras caminábamos al salir de la escuela de la señora Imah.

—Los hombres sólo aceptan la sangre que sale de las heridas de guerra.

El niño intentaba protegerse de la agresividad del cuchillo que el médico sacó del maletín. «¿Qué pecado ha cometido?», me pregunté sin obtener respuesta. «¡Tiene sólo cuatro años!»

—Tebib Ibrahim —quien habló fue el padre de Samir—, comience cuando lo considere oportuno.

«No puedo mirar», me quejé cerrando los ojos. Estaba asombraba de la serenidad de Amina, de la de Leila, de la de mi suegra y hasta de la de todos los hombres del poblado. Samir, sin embargo, gemía y en un momento dado gritó de forma desgarrada, hasta que al fin noté unos movimientos de distensión que indicaban que la parte más dura había concluido. Oí cómo el médico ordenaba a su ayudante que buscara una hierba en la caja de los remedios para favorecer la coagulación de la sangre y luego cierto ungüento con efectos desinfectantes y sedativos.

A medida que los gemidos del niño se hacían más débiles, mi cabeza se iba llenando de imágenes. Lo primero que me vino a la mente fue el parto de Latif y de ese modo el dolor de Samir se trasladó a mis entrañas. Retrocedí más todavía en el tiempo y vi la sangre que había visto en las sábanas tras la primera penetración de mi marido. Fue el escozor de aquel día lejano lo que me hizo temblar. Me faltaba el aire y abrí los ojos de golpe, creí que me ahogaba. Busqué a mi hijo que estaba en brazos del padre. También él tendría que pasar por todo este suplicio. «¿Es lícito?, ¿con qué derecho?» Me rebelé contra el dolor. Nadie merecía el castigo de verse obligado a dejar casa, familia y país como me había sucedido a mí, ni tampoco nadie podía ser vendido como Leila. Ninguna persona tenía que sufrir la violencia de yacer con hombre o mujer alguna en contra de su voluntad, ni siquiera ser circuncidado. Las ceremonias iniciáticas se me antojaron sufrimientos vanos.

Poco a poco, la angustia que notaba en el estómago hacía que mi vista se oscureciera y que todo fuera desapareciendo envuelto en una neblina gris. Mis rodillas cedieron y lento, muy lento, fui notando que me caía.

La fiesta terminó cuando el doctor Tebib Ibrahim abandonó Mahabarat Zidu cargado de regalos y cada cual volvió a su casa.

—¿De veras estás bien? —preguntó Leila mientras caminábamos por la calle porticada.

—Sólo ha sido un momento de debilidad —mi cara había recuperado su color—. Es una ceremonia cruel.

—¿Cómo puedes decir eso? —se sorprendió Leila—. Serán unos cuantos días nada más.

A pesar de su embarazo, la segunda esposa estaba exultante bajo su *alechou* prestado.

—Por favor, Leila, hoy no quiero que Ahmed venga a mi cuarto.

—Como quieras —Leila se abstuvo de hacer más preguntas.

La noche llegó por fin. Dormí al niño y después salí un momento al patio para ver las estrellas. Sentado en las escaleras, Ahmed aguardaba el momento de reunirse con alguna de sus esposas. Aún no tenía instrucciones para saber a cuál de los dos cuartos debía llamar.

—No tardes, Leila te espera —le informé.

Nada dijo porque era hombre de pocas palabras, pero en sus ojos azules no había preocupación alguna. «Son cosas de mujeres», debía de estar pensando. Se puso en pie y mientras lo hacía le di un consejo que, por la expresión que adiviné en su cara tapada, supe que no entendió.

—Ten cuidado con ella esta noche.

—¿También Leila...? —se atrevió a formular Ahmed en voz alta.

—Date cuenta que está embarazada —le supliqué.

Los pensamientos negativos eran difíciles de desterrar. Aún recordaba el día en que creí que el deseo desmedido de mi esposo podía dañar al niño que llevaba dentro. Cuando Ahmed abrió la puerta de Leila, no pude evitar la tentación de mirar. Ella seguía llevando el velo color noche encima del tradicional peinado de trenzas en cuadro, pero yo sabía que en pocos minutos tendría la cabeza libre y el pelo suelto de las bailarinas egipcias.

Después de un día tan cargado de acontecimientos, dormí bien. De madrugada, tapada hasta el cuello, me entretuve viendo volar a las cigüeñas. Eran muchas y estaban inquietas preparando la marcha, a Beirut, quizás. «Si pasáis por allí, dad recuerdos de mi parte a todos los pájaros cantores que encontréis y a las bandadas de estorninos», les dije con el pensamiento. No había ruidos en el exterior. Hacía tiempo que no escuchaba el discman y me apetecía hacerlo, aunque fuera muy bajito para que Latif no se despertara. No importaba que se gastaran las pilas, «¡Dios proveerá!».

Oí que alguien tocaba la puerta con los nudillos y enseguida entró Leila. Se acurrucó en la cama junto a mí para escuchar la música.

—¿Qué haces aquí a estas horas?

—Se ha marchado. Tenía que ir a Geeda para recoger no sé qué de casa del guarnicionero. Oye, ¿por qué le dijiste que tuviera cuidado conmigo?

—Estás embarazada.

—Bueno, ¿y qué?

—Podría haceros daño a ti o a tu hijo.

—¡Qué dices! Estás obsesionada con el dolor. La verdad es que no entiendo tus temores. ¿Aún no le has perdonado?

—No sé, ayer lo veía todo negro. ¡Odio el dolor!

Leila se levantó de un salto, ágil como siempre.

—Espera, vuelvo enseguida.

Cuando entró, se había convertido en una odalisca egipcia vestida de negro. El corpiño tenía un escote grande y apenas le cubría hasta debajo del pecho; la falda era de gasa y se ajustaba a la cintura por medio de otra cenefa dorada mucho más ancha. La tela caía en cortes desiguales, como si fueran hojas que en cualquier momento podrían desprenderse del tronco para producir un cataclismo. La cintura de Leila había sido borrada por seis meses de embarazo y por esa razón la cenefa dorada bajaba hasta la cadera.

—Estoy horrorosa. ¡Vale, dilo!

—¿Te lo has puesto para él?

—Sí, y se ha reído mucho, pero después... ¡Le gusto con esta tripa!

Los senos de Leila eran el doble de los de meses atrás y sus caderas se habían cubierto de suavidad. Ahmed se tenía que haber dado cuenta. Leila se sentó en la cama.

—Al amanecer Ahmed preguntó: «¿Qué le sucede a Legazal?, ¿está enferma?». Yo le contesté: «No, sólo teme al dolor», y él se quedó serio: «¿Por qué?».

Ahmed no comprendía los miedos de aquella esposa llegada de tierras lejanas, y Leila tampoco, porque el dolor para los moradores del desierto formaba parte de la vida.

—Quédate con Latif, que yo voy a ayudar en la cocina. Duerme un rato.

Él llegó a mi cuarto de noche, supongo que con la incógnita de cuál iba a ser mi recibimiento. Traía un envoltorio de papel de seda que escondía un par de zapatos de color rojo con tacones afilados y altísimos.

—Este regalo es para mí —dijo mirándome a los ojos.

«¿De dónde los habrá sacado?», me pregunté, pensando en el traje de odalisca egipcia de Leila. No alcanzaba a imaginar un solo lugar a miles de kilómetros en el que se pudieran encontrar tales objetos. Ahmed estaba muy serio.

Tras abrir la ventana, me colocó el *alechou* sobre los hombros y se sentó en el lecho vestido de arriba abajo. Me puse los zapatos despacio, casi con pereza, sabiendo que él me miraba y a la vez ignorándole. Mi marido no reaccionaba. Cambié de estrategia, me acerqué a él despacio y crucé las piernas. Entonces Ahmed se llevó una mano al bolsillo, sacó un cigarrillo y me lo dio.

Era la primera vez en mi vida que fumaba. Imité como pude los gestos de las mujeres que de vez en cuando veía en las terrazas de Beirut, avanzando con la mirada a través del humo, con pereza vidriosa, brazo apoyado en la rodilla, cigarrillo entre los dedos, cabeza algo ladeada hacia la derecha. Aguanté hasta que llegó un momento en que ya no sabía qué hacer con la colilla, me daba asco.

—¿Qué hago con esto?

—¿No querías causarme dolor? —a pesar de sus palabras me pareció que no estaba enfadado—. Pues hazlo.

—No te entiendo —«¿qué he hecho para que me hable de ese modo?», pensé.

—Apaga el cigarro —dijo tendiéndome su mano.

—¡Pero Ahmed!, ¡no puedo!

Por toda respuesta él cerró mis labios con esa palma que esperaba el dolor. Obedecí y pensé que con eso aquel juego se había acabado, pero estaba más que equivocada. Sin saber cómo, me vi encima de Ahmed tal y como estaba, vestida de arriba abajo, con los zapatos de tacón puestos. Traté de quitármelos, temía hacerle daño con cualquier movimiento incontrolado y él no me lo permitió. Ahmed cogió mis piernas y arañó las suyas con los tacones, de arriba abajo. Los movimientos pausados del comienzo se aceleraron de manera convulsa. No veía el cuerpo de mi marido, pero lo sentí dolorido. Supe que eso era lo que él quería cuando pidió también que le arañara, que le hiriera. Y a medida que cumplía el mandato, experimenté la sensación de causar dolor, yo, que siempre me había sentido en el bando de los que lo recibían. Mordí los labios de mi marido con tanta rabia como él solicitaba y sonreí viendo pasar la hilera de negros pensamientos que había tenido desde mi llegada a Mahabarat Zidu.

Llamé a Leila con el pensamiento para que me ayudara a destrozarle, tenía derecho a compartirlo todo conmigo. Amaba a Leila porque tenía que parir y él debía pagar por nuestro sufrimiento.

—Ahora ya estamos en paz —dije en voz alta.

Sólo entonces deseé que me tratara como la primera noche que pasamos juntos; tenía la seguridad de que ningún movimiento suyo podía ya producirme dolor.

Descansamos mirando la porción de cielo que cabía en el rectángulo de la ventana. Yo aún tenía que hacer una reclamación.

—Falta mi regalo.

Noté que su brazo se deslizaba por debajo de mi nuca. Se levantó despacio, abrió la puerta y salió para volver poco después con algo que no podía distinguir en la oscuridad.

—Aquí lo tienes.

Encendí una vela. Se trataba de un maletín negro, aparatoso, antiguo, con cerraduras de funda de violín. Al abrirlo, encontré una vieja máquina de escribir de los años cincuenta en bastante buen estado. ¡Era para mí sola! No tenía que compartirla con mis hermanos, ni con nadie. Me puse ante ella sobre la cama, ta, ta, ta…

—¡Qué tacto tan suave!

—Hace falta una mesa, mañana mismo te la haré.

Busqué la cartera color fucsia que me habían regalado mis tíos con material de escritorio y, al verla, me di cuenta de que lo que había dentro pertenecía a la niña que llegó a Mahabarat Zidu, no a mí. Fue un momento de nostalgia, alegría y dolor, todo junto. Pusimos una hoja de papel en la vieja Underwood de teclas saltarinas y escribimos una carta a Beirut. Contamos anécdotas de Latif, de la casa… y les hablamos de Leila, algo que yo no había podido hacer hasta ese día. Quisimos que supieran que ninguno de los tres éramos desdichados por «la situación» y creo que lo conseguimos. Metí un dibujo de Leila en el sobre. Mientras yo pulsaba las teclas, él jugaba con mis senos.

Cuando se fue la caravana, Ahmed se llevó la carta y la envió a su destino.

Y a su vuelta, se enteró de que Muma había muerto. «Dios abrió nuestros labios para poner en ellos dos cosas: alimento para vivir y arena para morir», dice un viejo proverbio. En el desierto se iba la vida sin, en apariencia, pasar por la enfermedad; lo mismo que sucedía con los animales que de vez en cuando Yamal encontraba muertos en el establo.

Por entonces, la hija de Leila ya había nacido y el niño de Wala también. Ella se llamó Tel-lia y él Nagib. La niña nació sana y fuerte, pero al niño hubo que cuidarle día y noche porque llegó antes de tiempo y el día del entierro de Muma aún no había alcanzado el peso de Tel-lia. Leila necesitó que yo cogiera su mano durante el parto y que le diera ánimos. Al menos, me contó, se sentía orgullosa por no haber gritado. Ninguna mujer beduina se comportaría de una forma tan estúpida, dijo con alivio. Como Wala apenas tenía leche, Nagib estuvo a punto de morir, así que tras el nacimiento de Tel-lia, Leila se encargó de dar de mamar a los dos. Fue beneficioso para ambos, hasta que Nagib estuvo listo para tomar leche de cabra. El talle de Leila, que antes era tan fino, se ensanchó a causa de la abundancia de los pechos; su vientre no, recuerdo que aquel día de luto ya estaba tan liso como la palma de su mano.

Muma murió a finales de la estación del calor, cuando las sombras cubrían el cuarto norte de la tierra. La muerte de Muma fue un hecho voluntario al que no podíamos ni queríamos oponernos. Dejó un día de comer y beber, se quedó quieta en su silla esperando el final del trayecto. Cuando murió mi abuela, en los días lejanos de Beirut, yo no me había atrevido a besarla, ni siquiera a tocar su mano. La muerte de Muma hizo que me reconciliara con el final de la vida. Ayudé a colocar su mortaja y a hacer su lecho funerario. Kauthar cerró sus labios con arena, unos labios en quienes hacía tiempo el buen Dios no había puesto alimento alguno. La cubrimos con el *alechou* y lloramos por esa vieja a quien, años atrás, todos tomaban por el ser más feliz del poblado.

Cuando volvimos a casa, Leila, que miraba a la muerte cara a cara, ya había pasado página. Le había enseñado la máquina de escribir, no los zapatos rojos de tacón. Pensé hacerlo en ese momento, pero me pareció poco respetuoso hablar de zapatos después de un entierro. Aunque si soy sincera, creo que tampoco quería compartirlos con nadie, ni siquiera con ella.

Instrucciones generales del puesto de Immara, Ciudad Anónima. 2 de febrero

Aviso a las patrullas que vigilan desde Ciudad Anónima hasta la explanada de Belhadi: se prevé la aparición de rebeldes relacionados con el Movimiento Ismahar a favor de la trashumancia. El grupo que opera desde hace un año es el llamado Falanges Amajegh, liderado por un tal El-Turabi, un amenokal de unos treinta años nacido por esta zona. Todo ha empeorado, lo que había antes estaba mucho peor organizado. De él se cuentan historias que no son más que leyendas construidas para engrandecer la imagen de un jefe muy hábil que, poco a poco, va ganando terreno. Su pequeño ejército está compuesto por jóvenes procedentes del área que rodea a Ciudad Anónima. En pocos días dará comienzo el dichoso juicio y sabemos que lo van a aprovechar. Con toda se-

guridad él estará allí de una forma u otra, no va a perder semejante oportunidad. Nosotros tendremos que permanecer al margen... por unos días, nada más. Después, a por él.

Es relativamente fácil detectar a la insurgencia nómada tuareg por la forma especial que tienen de anudarse el turbante. Es muy similar a la de los independentistas de la República del Sahara Occidental, con los que se identifican en muchos aspectos. Quienes los oigan cantar en cualquier celebración sabrán de su presencia por las guitarras; recuerden que los cantos de los rebeldes, como los del Frente Polisario, tienen un aire andaluz inconfundible. Han sustituido su espada tradicional, la takuba, por el kalashnikov. Son peligrosos, así que si se sienten amenazados, procuren no ser los últimos. Tengan cuidado a la hora de acampar, háganlo en lugares elevados donde sean fácilmente localizables por los compañeros que patrullen alrededor. Eviten las hondonadas, ya saben, a raíz del «suceso» reciente, que pueden convertirse en una trampa mortal.

Se ordena a las patrullas que estén atentas y que den aviso de cualquier contingencia, pero intervengan sólo en caso de necesidad; hay demasiados observadores internacionales por todas partes. Y vigilen: se teme que puede haber infiltrados en nuestras filas.

Nota: Éste es el último de los documentos que ha remitido nuestro colaborador desconocido en el puesto de Immara. Por la fecha que aparece en el encabezamiento, las instrucciones se dieron hace sólo unos días. Corresponden, por tanto, a «después». En cuanto a El-Turabi, nuestros datos van por otros derroteros.

Ahmed llegó solo a Mahabarat Zidu y de inmediato se dirigió a Leila.

—Prepárate, que nos vamos. Es hora de que tu familia conozca a nuestra hija.

En contra de su costumbre, en esa ocasión Ahmed no trajo más que un mantón de seda de color naranja para Leila y regalos para su familia.

—¿Ha venido solo? —pregunté a mi suegra cuando nos quedamos solas en la cocina. Estaba muy enfadada.

—Lo mejor es no preguntar, ésas son las reglas.

Traté de impedir que se fueran.

—¿Te encuentras mal? —preguntó Leila al verme tan abatida.

—No sé, es como si me hubiera quedado sin fuerzas.

—La culpa la tiene el calor, a mí me sucede lo mismo.

Me alegré de haber conseguido que se preocupara. Por

eso insistí con otro argumento que, según mi manera de razonar, tendría que haberla llevado a desistir.

—Me parece que será un viaje peligroso para tu hija. Pobrecita, tan pequeña, a lo mejor deberías esperar a que creciera un poco más.

—Eso son tonterías, Legazal, no te preocupes tanto. Recuerda que he pasado toda la vida yendo de acá para allá, y ya ves.

—Sí pero…

Era una táctica que, de niña, a veces funcionaba. Busqué mil excusas y las disfracé lo mejor que supe. Inútil.

Cuando ella y su hija estuvieron listas, sin dar más explicaciones, se marcharon. Iban con un dromedario. Leila se fue caminando junto a nuestro marido como el día en que llegó, no detrás. Él llevaba en brazos a Tel-lia. Muy a mi pesar, mientras les decía adiós con la mano, pensé que era un espectáculo hermoso verle así, con la niña asomada a su hombro. A los tres se les veía muy contentos y yo, desde luego, no lo estaba. «¿Y si Leila decide no volver?», me decía. Vi después que nuestro marido la ayudaba a subir al dromedario, le daba la niña y se montaba también. Luego el animal empezó a andar más y más deprisa y de pronto desapareció tras las dunas.

Al volver a mi habitación, sobre la cama encontré una carta de mi familia donde se contaban muchas cosas de mis amigas. Por lo visto, Warda apenas aparecía por las calles del barrio y sólo se la podía ver de tarde en tarde, tapada hasta los ojos con un par de niños detrás. Aisha acababa de divorciarse y mi hermano escribía que estaba contenta de vivir de nuevo en Beirut. La suerte parecía haber sonreído a Ibtisan, por lo que decía Said. Su marido era un buen hombre que la quería mucho y la carpintería de su propiedad iba bien a pesar de la guerra. Leyendo todas esas informaciones, me di cuenta de que ya ninguna de ellas podía reemplazar a Leila.

Jazmín, Latif y Samir se entretenían con los lápices de colores mientras nosotras trabajábamos y Yamal arreglaba la cerradura de la puerta. Había mucho silencio esa mañana en la cocina. No sabíamos nada de los viajeros, la arena se los había tragado. La ausencia de Leila hacía que el desierto pareciera más extenso que nunca y yo trabajaba sin aliciente. Echaba de menos a Ahmed, pero de una manera distinta. Mi marido era el viento que iba y venía y Leila el árbol. Con su marcha nos habíamos quedado sin sombra.

Ella me había dejado en prenda un anillo que le regaló Ahmed al tomarla como esposa y yo lo llevaba puesto en la mano derecha. Le gustaba decir que se trataba de la joya que encontró el único ser humano que vio Zerzura. A mí me causaba gran emoción ese empeño suyo por adornar la realidad, igual que había hecho con el traje de odalisca egipcia. La mayor parte de las historias que circulaban por el desierto eran falsas, ¿qué se podía esperar de un lugar que hasta sabía fabricar espejismos para tapar sus tragedias? «Llama rubí a un trozo de vidrio pintado de rojo», pensé mirando su anillo. Yo seguía enfadada con ella. «¿No me dijiste que tenías vértigo? Entonces, ¿cómo te subiste al dromedario y saliste al galope?» A veces, durante esos días sin Leila, pensaba que me estaba volviendo loca de soledad.

Menos mal que ahí estaban los niños para que pareciera menos triste ese vacío. Latif no hacía demasiado caso ni a Tel-lia ni a Nagib, le resultaban muy aburridos. Estaba empezando a hablar cuando Leila se fue y se pasaba el día persiguiendo a Jazmín por toda la casa. A su vez, Jazmín y Samir iban detrás de Yamal para que les contara cuentos, y el viejo esclavo no podía resistirse a la niña de sus ojos. Recuerdo bien que el relato de esa mañana trataba de una hija del rey de Granada que no me enteré por qué vestía de harapos, de un granjero de Al-Ándalus y de una manada de pavos.

—¡Pavín pavón! —repetía Yamal con cara de loco—, y los pavos morían de susto al ver a la bella princesa. Nadie en la granja supo nunca quién era ella.

Se hizo el silencio en la cocina de Kauthar, largo, quieto, hasta que la ira de Jazmín estalló.

—¿Ya está?

—Sí —el viejo apretó los labios para sellarlos.

—No puede ser —la niña estaba indignada—. ¿Qué pasó después?

—No sé —fue la respuesta de Yamal.

—¡Mentiroso, eres un mentiroso! —Jazmín estaba a punto de llorar.

—Yamal, por Dios Misericordioso, termina el cuento, que si no a esta niña le va a dar un ataque como a los pavos —ordenó el ama—. ¡A quién se le ocurre, vaya historia!

—Rectifico —continuó el viejo esclavo—. Un día llegó a la granja un joven muy apuesto que servía en el ejército del rey de Castilla, ¿os gusta más así?

—A mí sí —contestó Samir algo más tranquilo—. ¿Qué más?

—Y entonces él descubrió a la princesa, se enamoró de ella y se casaron —continuó Jazmín. Su cara se había iluminado de nuevo.

Empezaba a conocer las «características» de las historias de Yamal, y mis temores se vieron confirmados de inmediato por el viejo esclavo.

—¡Nada de eso, niña!

—¿Y no se casaron? —insistió Jazmín.

—Claro que no, insensata. Las muchachas musulmanas no pueden casarse con cristianos. Lo dice el sagrado Corán. Lo que hizo fue llevársela a su padre, nada más.

Los cuentos de Yamal tenían la rara virtud de acabar de manera insatisfactoria, y no sólo para Jazmín y Samir, sino también para todas las mujeres de la casa. Aunque nosotras tratáramos de simular que no escuchábamos, cada vez que el viejo esclavo contaba una historia la cocina se paralizaba. Y cuando él replicó «lo dice el sagrado Corán», nadie se atrevió a contradecirle y la cuestión se zanjó con ese argumento de autoridad.

El viejo esclavo salió de la cocina de forma teatral sabiéndose el centro de todos los pensamientos. Tomó a Latif de la mano y juntos fueron a ver a los animales. El pequeño se olvidó de Jazmín y de Samir por un rato. Yo pensaba que el viejo esclavo debía de experimentar el placer del creador; inventar historias me ha parecido siempre una forma de agrandar el mundo.

—Te enseñaré a utilizar la imaginación —oí que decía a mi hijo—, y cuando vayas por los caminos del desierto jamás te encontrarás solo.

Pero el niño sólo quería que Yamal le subiera a lomos del caballo de su padre.

—¡Cuánta resistencia existe en el corazón del hombre! —se quejó el viejo.

Y al final Latif se salió con la suya.

Casi dos semanas después, a mediodía, Ahmed volvió; venía sin Leila, sin su niña y con un gato de arena para Latif.

—Se quedarán unos días más en el campamento, ellos las traerán.

—Y tú —pregunté con mal tono. Seguía muy enfadada—, ¿qué harás?

—Tengo unos días más y quiero enseñarte el desierto.

Recuerdo que preparé el viaje cantando. Para mi tranquilidad, Latif también estaba muy contento porque iba a dormir con Jazmín y con su gato.

—Primero te llevas a la otra y ahora a ésta —se quejó Kauthar—, y mientras tanto tu madre tiene que encargarse de todo.

—Déjalos, ama —contestó Yamal que se había levantado pronto para esquilar las ovejas—, como dices tú, él sabrá lo que hace.

Salimos de madrugada con el caballo de Ahmed y un camello de carga. Caminábamos sobre las dunas, que a esta hora de la mañana estaban todavía cubiertas de rocío, y las cruzamos en zigzag, buscando entre ellas el camino más conveniente. Ahmed hizo que me fijara en que estaban orientadas en la dirección de los alisios dominantes. En ningún momento, mientras notaba la arena bajo mis pies, pensé en áspides o en alacranes venenosos.

La marcha era lenta y fatigosa a pesar de que el frío de la noche había aprisionado la arena y los pies no se hundían demasiado. De vez en cuando, alguna cadena de dunas se situaba de manera trasversal al viento y al juntarse con las que llevaban la dirección correcta se producían elevaciones del terreno. Tras uno de esos montículos, perdimos de vista el adarve de Mahabarat Zidu.

—No temas —Ahmed había notado el escalofrío que me produjo la desorientación de encontrarnos solos en un sitio tan enorme.

—¿Sabremos volver? —pregunté por precaución.

—Las dunas son una brújula que fija la posición en el desierto y ayuda a seguir la ruta —Ahmed dibujó una duna en el aire—. Sus cuernos de media luna señalan el sur, mientras que la parte redondeada del vientre mira hacia el norte.

A pesar de las explicaciones, el inmenso espacio abierto que tenía delante me hacía estremecer. No había referencias excepto los cuernos de esas lunas borrosas y la posición del sol, que empezaba a avanzar por encima de la raya del horizonte.

Cuando llevábamos unas cuantas horas de marcha, el suelo que pisábamos cambió de textura y se hizo plano. Poco a poco las enormes masas de arena se iban haciendo más y más delgadas, hasta el punto de que de vez en cuando, debajo de los pies, percibí una superficie dura de la que la arena era sólo una alfombra ligera. La dificultad de la marcha no disminuyó, aunque al menos se podía ir en línea recta. El calor era tan asfixiante que temí quedar carbonizada. Aparecieron a la vista pequeños matojos de plantas que retenían la arena formando obstáculos; de vez en cuando asomaban cactus y algunos arbustos, cuya altura no sería capaz de proteger del sol ni a un perro.

—Tápate la boca y respira por la nariz —aconsejó mi marido.

Yo iba vestida de muchacho targui. La sensación de ir con un velo tan extenso no podía compararse a la que producía el *hiyab* que llevaba antes. El tejido era tan ligero como la bruma, y a pesar de esa levedad, el *litham* me envolvía de una manera tan densa que a veces notaba el índigo en los pulmones. Llevaba gafas para protegerme los ojos, algo a lo que Ahmed me había obligado pero que él no cumplía. Se lo hice notar.

—No hay demasiado viento —se justificó él.

Las ropas azules me igualaban a mi marido de una manera extraña; él ya no era esposo ni amante, sino compañero de viaje. Y el entorno me pareció sublime, más aún de lo que había percibido cuando llegué al desierto por primera vez, mucho más que el espacio que rodeaba Mahabarat Zidu.

Era como si los matices de ese territorio desolado sólo se apreciaran bien desde la condición de caminante.

Hasta que a lo lejos comenzó a aparecer el dibujo de una pequeña muralla rodeada de árboles.

—¿Has estado en Geeda? —Ahmed cogió la brida del caballo y nos detuvimos.

—No —contesté sin dejar de mirar el color verde de las palmeras.

—¿Ni siquiera para acompañar a Yamal?

—Ni siquiera, tu madre me lo tiene prohibido.

—Lo hace por tu bien, pero se equivoca —la voz de Ahmed se volvió melancólica—. Yo no podría estar mucho tiempo sin viajar.

Observé en los ojos azules de mi marido esa chispa indefinida que nunca nos dejaba indiferentes ni a Leila ni a mí.

—Me gustaría ver el oasis.

—Entraremos —dijo la sonrisa oculta de Ahmed, que se había colado por la urdimbre añil de su *litham.*

Geeda era un oasis pequeño rodeado de árboles de palma y dormido en el tiempo. Nada procedente del exterior había podido contaminar aquel reducto bendecido por Dios con el más preciado de los dones del desierto. Una noria elevaba el agua sin descanso desde los más de dos metros de profundidad, produciendo una sucesión monótona de sonidos que se dispersaban por los alrededores. Bebimos en un cubo de metal y nos refrescamos sentados a la sombra. En el abrevadero había asnos y dromedarios que saciaban su sed en calma en espera de ser cargados con viejos odres de piel.

Existía un mercado en el centro del oasis con tiendas alrededor y una muralla de casetas de forma irregular donde se vendían alimentos y otras mercancías. Ahmed se paró ante una de ellas que olía a cuero. Dentro había monturas y bridas para caballos y camellos y otros objetos de guarnicionería. Preguntó al dueño por la cabezada para el caballo que le había encargado meses atrás y pagó con un saco de sal y varios botes de pintura; el trueque era la moneda de cambio más común en Geeda. Luego nos acercamos al puesto de un campesino que vendía mandarinas, manzanas y peras; allí Ahmed hizo una buena compra. En esa ocasión el pago lo hizo con otro saco de sal y una gran pieza de lona blanca. Beduinos trashumantes ponían a la venta los productos que obtenían del ganado o del comercio, pero Ahmed y yo pasamos por delante de ellos sin detenernos. Había también pequeños habitáculos donde se vendían tejidos de algodón, joyas, especias, e incluso pescado seco procedente de los canales de riego.

Dos edificios llamaron mi atención, uno era la escuela y otro el tribunal donde el cadí se ocupaba de resolver los conflictos.

—Desearía conocer la escuela —pedí pensando en nuestro hijo.

Era un edificio sencillo de paredes encaladas, oscuro, fresco y, a esas horas, silencioso. Un hombre enjuto de turbante negro, barba crecida y ojos de búho viejo nos miraba sonriente mientras avanzábamos por el pasillo. Al llegar junto a él,

Ahmed le tomó las manos y juntos entraron en la habitación. Era un lugar muy distinto, lleno de vida, lleno de luz, lleno de libros y papeles en desorden. Mi marido sólo dijo:

—El señor director.

Me di cuenta de que, al lado de ese hombre, Ahmed había retrocedido lo menos quince años.

—No te he visto antes, muchacho, ¿eres de aquí?

Los tuareg se reconocían unos a otros a pesar del velo, pero a mí nadie me descubrió. Era emocionante estar escondida bajo aquellas ropas.

—Ahora sí, llegué hace unos dos años.

—Que Alá te colme de venturas, éste es un buen lugar para vivir y para morir.

—¿Cuál será el sitio de Latif? —pregunté a Ahmed admirando las hermosas adeferas del pavimento.

—¿Qué edad tiene?

—Acaba de cumplir dos años —explicó Ahmed sin deshacer el equívoco sobre la identidad de su acompañante.

Se oyó un discreto, «permiso», y entró el *táleb* que enseñaba el Corán. Los hombres, a pesar de parecer distintos, tenían un cierto aire familiar; deduje que eran hermanos y acerté. El *táleb* reconoció a Ahmed, pero no se mostró tan entusiasmado como el director, más bien todo lo contrario. Me pareció que la presencia de mi marido le incomodaba. Hizo como si se olvidara de él para dirigirse a mí.

—¿No has asistido a nuestras clases? —el *táleb* también pensaba que yo era un hombre— . Creo que nunca te había visto por aquí.

—Vengo de muy lejos —contesté sin dar más detalles.

—Ahmed y sus hermanos sí han sido alumnos nuestros... aunque durante poco tiempo. Y me temo que a él no le ha servido para nada.

Mi marido asintió con una media sonrisa ambigua. Yo deseaba que Latif acudiera a la escuela mucho tiempo, al menos hasta que tuviera edad de decidir. Con la perspectiva que me ha dado la muerte, juraría que en aquellos momentos su padre ya había hecho otros planes para él.

—No hay que dejarse llevar por falsos profetas. Sólo Alá marca el camino de los creyentes —el maestro continuó hablando con pasión, con rabia contenida—. Él es el único que puede dirigir la causa de nuestro pueblo, ¡alabado sea!

—¿Y qué podemos hacer? —contestó Ahmed—. Cada vez nos dejan menos espacio.

—Lo único que se consigue con el orgullo es soliviantar los ánimos de los soldados.

No entendí esas palabras, ¿eran una acusación a mi marido? En caso afirmativo, ¿de qué? Tuve la evidencia de que no le conocía. Sé que lo he dicho alguna vez y me temo que lo voy a repetir. Nadie sabe lo que siento haber estado concentrada en unos cuantos problemas nada más. Me temo que pasé por alto otros quizás igual de importantes. Ahmed escuchaba mientras sus ojos serios reflejaban algo que me pareció tristeza. Hice el propósito de no alimentar los pensamientos negativos, nada debía enturbiar un viaje que se presentaba como una experiencia gozosa.

Dejamos la escuela y caminamos por el oasis de Geeda como si fuéramos compañeros de viaje. Estoy casi segura de que él conocía a muchos de los que nos encontramos, aunque no se paró a charlar con ninguno. Detrás iba yo, un ayudante inexperto, un muchacho en proceso de aprendizaje cuya misión era mirar y callar. En ningún momento Ahmed intentó deshacer el malentendido, y yo menos todavía. Me sentía cómoda con aquellas ropas que permitían mirar sin ser observada. Comimos junto al agua a la sombra de los árboles y después descansamos en el mismo lugar. Pero al caer la tarde, noté que Ahmed estaba impaciente por volver de nuevo a la soledad de su desierto.

Salimos del oasis por una ruta que me pareció la menos transitada de todas y por ella seguimos hasta que se hizo de noche. Después de plantar la tienda, mi marido quiso recompensar el esfuerzo de su caballo.

—Necesita desahogarse.

El purasangre, despojado de bridas y ataduras, relinchaba de felicidad. Ahmed le dejó libre para que jugara a saltar y correr sobre la arena. De vez en cuando daba un silbido y su esclavo feliz acudía obediente; entonces mi marido le acariciaba con esa contención suave de movimientos que yo veía siempre en el hombre targui. Pero el cansancio iba cerrando mis ojos poco a poco. «¡Una lástima!», pensé. Durante todo el camino había estado esperando una velada inolvidable y, llegado el momento, me sentía fatigada.

Cuando desperté, era más de medianoche y el frío se me filtraba por la piel. Fui a la tienda a buscar una manta, pero antes observé las estrellas. En nada se parecían a las de cualquier lugar de la tierra: en el desierto no existía ni una sola que se pudiera esconder de la pureza de la atmósfera. Quise compartirlas con él.

—¡Ahmed!, ¿dónde estás?

No hubo respuesta. Le busqué en el interior de la tienda, pero estaba vacía. La montura de su caballo también había desaparecido. Salí al exterior y llamé otra vez.

—¡Ahmed!

El miedo se apoderó de mí. Me encontré en la encrucijada de todos los silencios. No había referencias alrededor, el espacio se llenaba de sombras hostiles y las siluetas de la noche observaban con impaciencia. Escuchaba el sonido de mis pies y lo confundía con el siseo del áspid, no veía remolinos de arena sino caras famélicas de muertos o bandidos al galope. En un momento dado llegué a pensar que el desierto era un gran escenario en el que se estaba representando una historia muda, la mía, plagada de desdichas; lejos de allí, formando parte de la misma trama, un niño se quedaba huérfano. Conté ciento cinco pulsaciones por minuto, después ciento veintidós... Ya no tenía frío, un calor agobiante ocupaba su sitio y me faltaba el aire. Fue un ataque de pánico en toda regla.

—¡Por favor, vuelve, no me dejes sola! —el grito se propagó en círculo por los alrededores del campamento.

Eché a correr, ¿hacia dónde? Quizás el oasis estaba en esa dirección, me decía, no en ésa, ¿y las dunas? Recordé las palabras de mi marido, «los cuernos de la duna se dirigen...», pero no lograba precisar, «¿hacia el norte o hacia el sur?». No había más brújula que las estrellas, pero ¿cuáles, si había tantas y estaban todas demasiado lejanas? Sólo me quedaba rezar. «Dios es grande. Si Dios lo quiere...»

Poco a poco, noté dentro de mí una mezcla hecha de calma y rencor.

—Ahmed nunca abandonaría a Leila, lo sé —dije en voz alta—. No, no voy a morir sin luchar, no va a conseguir que muera en medio del desierto.

Comencé a razonar. «Tengo agua y alimentos, una tienda, ropa de abrigo, el camello...» Toda mi cabeza se puso en funcionamiento para afrontar el reto de sobrevivir y eso me infundió valor. Y poco a poco se fueron los fantasmas: lo que tenía alrededor era el desierto, nada más. Con la calma recuperada, percibí su silencio de una manera distinta. No era un lugar hostil que me rechazaba, sino la casa de un padre benigno al que debía respetar; bajo su techo me refugié confiada.

Pero seguía teniendo dentro un gran dolor.

—¿Por qué lo habrá hecho?

El hipotético complot tenía para mí un objetivo nítido. Estaba convencida de que Ahmed se había cansado de mí porque prefería a Leila, aunque debo decir que en ningún momento dudé de ella; más aún, su anillo de falso rubí me infundió buena parte del valor que necesitaba para seguir viva.

Tenía que conducirme con pragmatismo y lo primero era el agua. En Geeda habíamos llenado unos veinte litros, cantidad suficiente para dos personas durante tres o cuatro días. Disponía por tanto de unas seis jornadas para llegar a cualquier lugar habitado y, apurando las reservas, de una semana y media. Los hombres del desierto no bebían, mojaban sus labios y la introducían en la garganta muy despacio. Recordé un par de consejos que había escuchado muchas veces: durante las horas centrales del día era conveniente permanecer con toda la ropa puesta, y sólo debía caminar a primeras horas de la mañana y a últimas de la tarde.

Había alimentos suficientes, pero en caso de necesidad podía contar con las plantas, sobre todo con sus raíces. Sentí un vacío en el estómago que no era hambre sino debilidad. Estaba obligada a reponer fuerzas y así lo hice. Comí una manzana sin ningún apetito y después otra, con mucho menos esfuerzo. La disciplina me sentó bien.

Necesitaba saber si podía dominar al camello. El animal permanecía tumbado sin inmutarse y no parecía demasiado dispuesto a soportar simulacros de monta. Tras varios intentos fallidos, accedió. Logré colocar la silla y atarla bien para que no se cayera, incluso conseguí subir con la fusta en la mano derecha. Y allí arriba se produjo el cambio, ¡cómo me acuerdo de ese momento! Ya no era la mujer disfrazada de hombre que nada sabía hacer, sino el guerrero que cabalgaba dando gritos de júbilo.

—¡Pavín pavón!

Sentí que pertenecía a la tribu de mujeres jinete, aquellas de las que hablaba Heródoto en un libro que había leído en la biblioteca de la señora Imah. Las amazonas libias cruzaban las dunas desnudas, yo cubierta de arambeles de color añil, pero era tan temeraria como ellas, el terror de la *hamada*. Fustigué al animal hasta que se dejó manejar como si me confundiera con una de ellas. Me apeé del dromedario con la sensación de que yo también formaba parte de la leyenda.

Encendí fuego para hacer una taza de té y coloqué la olla con una seguridad que me era ajena. Mis manos ya no se movían precavidas, sino que tenían la destreza de las de Leila. Ante cualquier duda me preguntaba: «¿Cómo lo haría ella?».

Con los ojos cerrados, tumbada sobre la arena, imaginé que llegaba a Mahabarat Zidu viva y triunfante y que allí castigaba la maldad de mi marido. La venganza de los vivos es un placer que rara vez llega, excepto en el pensamiento; ahora lo sé, pero entonces no.

La luna se escapó sin haber alcanzado cotas elevadas en el cielo y el brillo de los astros se hizo todavía más potente. Entre ellos, descubrí dos que lucían con una intensidad mayor y me pregunté si serían planetas. Y de pronto se desató una tormenta de estrellas fugaces que corrían como bolitas de mercurio sobre un manto de seda. Eran tantas que no me dio tiempo de pedir un deseo a cada una. Formulé varios en tropel para que ellas decidieran: «Quiero salir de aquí, quiero ver a mi hijo, quiero castigar a Ahmed, quiero…».

Había que guarecerse ya dentro de la tienda de lona blanca. Después de poseer para mí sola el desierto infinito, tuve que acostumbrarme a un espacio muy reducido; por desgracia en él cabían todos mis fantasmas. Al cerrar los ojos volví a encontrarme con el áspid subterráneo que rondaba siempre en mis pesadillas y con hordas de los bandidos. Ignoro cómo logré quedarme dormida.

Al despertar, el sol había salido ya y Ahmed estaba a mi lado. Minúsculos granos de arena se veían aún en equilibrio inestable sobre los pliegues de sus ropas azules. Por ellos supe que acababa de llegar.

—¿Has dormido bien? —la voz de Ahmed sonó muy dulce, incluso a mis oídos.

«Mi marido es un cínico despiadado que me ha hecho sufrir por placer, y yo, ¿debo contestar?», pensé. El rencor no había disminuido ni siquiera con la tranquilidad de saber que ya no estaba sola. Le aparté de un golpe y salí corriendo. Él vino detrás y me instó a que entráramos juntos en la tienda.

—¿Vamos?

Pero yo ya no dependía de nadie más que de mí misma y por tanto era libre para elegir.

—No —contesté.

Fui hacia el caballo de Ahmed y, como si lo estuviera esperando, el animal se inclinó para que pudiera subir. Salimos los dos al galope. Por un momento pensé que podíamos escapar, pero bastó un silbido del amo para que él se detuviera, mirara hacia atrás y volviera hacia Ahmed con la cabeza gacha. Cualquier huida era imposible para el caballo y para mí.

Recogimos el campamento y emprendimos la marcha. A pesar de mi aparente seguridad, iba muy atenta a todo lo que sucedía alrededor, no fuera que perderme se hubiera convertido para él en una costumbre.

Ciudad Anónima estaba situada al borde de la zona de explotación petrolera. Alrededor, vi un terrible cinturón de miseria adonde no llegaba la prosperidad que generaba el petróleo; había pájaros carroñeros y roedores, y suciedad, y malos olores, y enfermedad, y desesperanza, y muerte. Era una torre de lenguas en la que se encontraban gentes venidas del norte y del sur; y donde nadie podía dejar de moverse al ritmo marcado por las excavadoras.

La ciudad artificial había surgido en torno a una antigua aldea de la que nadie recordaba ni su nombre. El comercio estaba en manos de africanos del norte, pero encontramos también judíos que me recordaron a los de Beirut, hindúes sin sonrisa, algún chino fuera de lugar, muchos soldados y una pobreza extensa que devoraba las calles. No había palmas ni árboles frutales, pero sí máquinas. Existían comercios de ropa de mujer donde se podían comprar un par de zapatos de tacón muy fino y muy alto, o un traje de odalisca egipcia. Porque en esa ciudad de contrastes, salida de la nada a causa del dinero del petróleo, abundaban las mujeres blancas, a menudo más blancas que las cigüeñas de Mahabarat Zidu, y las negras y las orientales...

Unos pocos tuareg hacían de guías turísticos para los blancos y los más trabajaban en las explotaciones mineras. Era difícil reconocerlos como hombres azules. Incluso había una empresa de alquiler de avionetas en la que ejercía de piloto un antiguo compañero de Ahmed de la escuela de Geeda. Nos encontramos con él por la calle y los dos se dieron un abrazo. Tenía la edad de mi marido, poco más o menos, e iba vestido con pantalones vaqueros y camisa blanca de manga corta. Viéndolos juntos, resultaba imposible imaginar que habían tenido un pasado en común. Oí que hablaban de los soldados, pero lo hicieron tan bajo que apenas entendí nada más.

Nadie más se nos acercó, era como si nos envolviera un manto protector en aquella ciudad sin respeto. Sentí sus miradas y noté que se apartaban a nuestro paso, incluso creí escuchar que murmuraban. Ahmed despertaba curiosidad, de eso estoy segura. ¿Por qué? No sé.

Mi marido deseaba que supiera cómo era su desierto, pero la mayor fuente de sabiduría para mí fue el vacío de la gran Ciudad Anónima. Allí era vulnerable. Le descubrí a través de la debilidad que escondían sus maneras altivas, o en la tristeza disimulada de sus ademanes indiferentes. Pensé que nuestro sitio no estaba en ese lugar, sino en el aislamiento de Mahabarat Zidu.

Esa noche, después de acampar lejos de Ciudad Anónima, fui yo quien hizo la proposición.

—¿Vamos?

Y Ahmed, que llevaba el *litham* desde hacía años, pudo contestar con total libertad:

—Sí.

Me metí en la tienda para protegerme del frío. Él vino detrás y ambos dejamos el calzado en la entrada sin temor a que fuera sepultado con el primer golpe de viento. Dentro, la temperatura era más que suficiente como para que nos pudiéramos deshacer de las ropas. Él se puso en cuclillas, me sentó sobre sus muslos, e hizo que mi cuerpo, al descender enredado en el suyo, encajara hasta en los extremos más íntimos, allá donde tal conjunción era más deseada. Después de arroparme con sus brazos, empezó a balancearse sobre las puntas de sus pies con flexibilidad de atleta. Al principio iba deprisa, pero al darse cuenta de que podía controlar su deseo y el mío, el vaivén se hizo lento, muy lento, más leve, más, hasta que se detuvo; los dos teníamos los ojos cerrados para que nada del exterior pudiera distraernos. Y así, conscientes de que habíamos alcanzado el equilibrio, iniciamos juntos un suave descenso. Los músculos se relajaban e iban acercándonos a la arena con cuidado, poco a poco, sin deshacer el enlace que nos unía, hasta que nos dejamos caer sobre ella.

Recibí el *litham* de mi esposo y me envolví en él para protegerme de los temores. Una de las muchas leyendas que se oían por el desierto hablaba de dos amantes que se fundieron convertidos en estatuas; los dos tenían la cara esculpida con puntos de arena.

Nos despertamos a media noche. Él me contó que la caravana tenía que transportar las piezas de una máquina pesada desde el área donde se encontraban los yacimientos de gas natural de Libia hasta el sur de Argelia.

—¿Y tú qué harás?

—Sé cómo alcanzarles.

De allí deberían continuar con otro encargo similar hasta la frontera norte de Mali, donde recogerían a un par de ingenieros americanos con otro cargamento para transportarlos otra vez a Sudán. Si era posible, evitarían pasar por los pasos fronterizos, no sólo para eludir los impuestos, sino para huir de la enorme avidez de los sobornos que se tenían que pagar por las rutas oficiales y, supuse, para evitar a los soldados.

Esa madrugada el pensamiento de Ahmed volvió a Mahabarat Zidu.

—¿Qué pensarían mi madre y Yamal si lo supieran? Están convencidos de que vamos cargados de sal camino de Bilma.

Noté en su voz un tono trágico que aún no he llegado a comprender.

—Tranquilízate, no diré nada.

—Duerme hasta que salga el sol, hoy va a ser un día duro —entonces su voz cambió de tono—. Pasaste la prueba.

—Sí, pensé que querías apartarme de tu lado.

—No podría abandonarte nunca, ni a Leila tampoco. Las dos sois mis esposas.

Ahmed fue a encontrarse con la caravana al día siguiente de nuestra llegada al poblado. Me despertó un gemido leve. Era el gato de Latif que vagaba por la habitación como cada mañana. Lo sucedido entre mi hijo y aquel animal fue un flechazo. Los dos se hundían en la arena y se quedaban enterrados allí, bien quietos, mientras yo fingía que los buscaba; pero la primera vez que lo hizo no pude encontrarle y me llevé un buen disgusto.

Pasábamos los días esperando el regreso de Leila y su hija, hasta que una mañana, cuando el sol ya era casi insoportable, llegaron del campamento beduino. Tenía tantas ganas de verla que seguí los pasos de Leila y su niña por toda la casa. Escuché el frío recibimiento de Kauthar:

—¿Ves?, estás más delgada, gracias a Dios que a mi nieta no le ha sentado tan mal.

Y era cierto. Leila tenía el mismo talle afilado de antes de dar a luz, y su pelo revuelto era igual de indomable. «No debemos salir de aquí nunca más», me dije temerosa de que me la hubieran robado.

Traía encima una gran contradicción. Se había ido con el deseo de ver a sus padres y hermanos, y a la vez con espíritu de venganza a causa del modo en que los suyos se habían deshecho de ella. Y a la vuelta ya no sabía qué pensar.

—Creí que me era indiferente si estaban bien o mal —me contó en la soledad de su cuarto. Tel-lia se había acostumbrado a estar en brazos—. Fingía que me daba igual que no hubiera pastos o que el ganado se muriera de sed.

Siempre había sido reacia a contar cosas de su familia. Puede decirse que aquella fue la primera vez que la escuché hablar de ellos y lo hizo con gran amargura. El campamento beduino vivía recluido en una estrecha franja. El ganado era escaso y estaba famélico. Los soldados negros les acosaban con exigencias que no podían cumplir. Leila había encontrado aún más penurias que las que dejó.

—Eché de menos a mis hermanos —Leila estaba sentada en la cama, yo de pie, con su hija en brazos: Tel-lia continuaba inquieta—. Les pregunté, ¿dónde está Ibrahim? —era su hermano mayor—. «Se fue al norte», contestó mi padre. «¿Y mi querida hermana pequeña?», continué. «En la lejana Libia gracias a la bondad de un comerciante de curtidos.» «¿Y Mohamed, y Yussef, y…?» «También en el norte.»

—¡Loado sea Dios! —exclamé mientras paseaba de un lado a otro de la habitación meciendo a la niña—. Lo siento mucho.

—Por la noche hubo fiesta —añadió Leila—. Bailé con el traje de odalisca y con el chal de seda que me regaló Ahmed. Por cierto, ¿y a ti qué te trajo?

—Un gato de arena para Latif —me sentía algo celosa—. Oye, esta niña no quiere dormir. ¿Y si le das de mamar a ver si se tranquiliza —Leila cogió a Tel-lia en brazos y me hizo caso—. Cuéntame qué pasó en la fiesta.

—Todo iba bien hasta que llegaste tú.

—¿Qué? —salté de la cama.

—Quiero decir que en un momento dado él se puso a pensar en ti.

—¿Cómo lo sabes?

—Porque lo vi en sus ojos. Estaba muy triste.

—¡Vaya! Pues yo llegué a pensar que os habíais puesto de acuerdo para que muriera —mentí para consolarla.

Repito que jamás dudé de Leila. Pensé que la tristeza de nuestro marido era debida a las penurias del campamento beduino. Le conté que Ahmed me había dejado sola una noche en medio de la nada.

—Tú lees muchísimo mejor que yo, dibujas muy bien, escribes a máquina y además cantas en francés. A él le complace todo eso.

Leila se acurrucó a mi lado como si acabara de discutir con Kauthar.

—Esos celos son estúpidos, ¿no te das cuenta? —yo seguí pensando hasta el final que su favorita era ella—. Compara, trajo un chal para ti y un gato de arena ¡para mi hijo!

—Antes yo era su preferida, pero ahora…

—¡Ay, Leila, que seas tú quien dice eso! ¡Con todo lo que me has hecho sufrir!

Se removió inquieta. Sus pies parecían más descalzos que nunca. Los personajes de leyenda no saben interpretar la realidad. Nadie se ve libre de fantasmas, ni siquiera las princesas de los oasis perdidos del Sahara. Leila volvía a sentirse bien con su aspecto, pero le daba miedo quedarse atrás por culpa de varios dibujos, unas cuantas canciones francesas y una vieja máquina de escribir.

Del cuaderno de viajes de Victoria Söerensen
Sahara Tours
11 de febrero

Primero El-Turabi y poco después todos esos restos, ¡vaya viaje! A mitad de trayecto, poco más o menos, encontramos un cementerio de máquinas en medio del desierto. Un francés bajito y con gafas del grupo, René creo que se llama, se puso a hurgar en la chatarra y los demás le seguimos. Me recordó a Cox buscando aldabas para su colección en los mercados al aire libre. René, o como se llame, encontró vestigios de una avioneta, según él, del ejército alemán de la Segunda Guerra Mundial. «¡Es un biplaza Storch!», me parece que dijo. Negoció con Markus y al final se llevó una puerta delantera en la que, con algo de imaginación, se podía distinguir la cruz gamada; por él hubiéramos cargado con el trasto entero.

Viajar en esta época tiene muchas ventajas, y aun así nadie se ve libre de sorpresas. Iba caminando tranquila sabiendo que los reptiles estaban en estado de hibernación cuando, de repente, encontré una espiral dibujada en la arena. Markus saltó y a mí por poco me da un ataque de histeria: ¡una víbora del desierto! El frío la había sorprendido mientras se escondía debajo de la arena. Se había quedado aletargada, con la cabeza fuera lista para cazar alguna esquiva salamanquesa. El guía nos ha contado que existen poblados escondidos en el Sahara, y que sus habitantes se cuidan mucho de que nadie sepa dónde están, como la salamanquesa. Me he acordado enseguida de El-Turabi: es posible que en uno de esos lugares se encuentre su secreto. Pero al margen de cualquier especulación sobre El-Turabi, estar en el Sahara, dar con los restos de una avioneta de la Segunda Guerra Mundial, encontrar una serpiente y no acordarse del Principito es casi imposible.

Había salido a recoger la ropa cuando oí voces procedentes del establo; el diálogo entre el viejo y el caballo me alejó de mis tareas. Me escondí detrás de unos tablones de madera que había junto a la puerta. Imaginé que mi abuelo Absussaham me daba permiso para quedarme e, incluso más, que me lo ordenaba. De vez en cuando, sentía que él se comunicaba conmigo a través de alguna cadena de pájaros viajeros, o de insectos, o de moléculas de aire.

Ver al viejo y al animal cara a cara era un espectáculo. Durante unos segundos los ojos del caballo no dejaron de mirar a Yamal. Luego, en un gesto que el esclavo interpretó a la perfección, soltó la cabeza para que cayera entre las patas y la lanzó hacia atrás haciendo círculos con la nariz. Cuando terminó, emitió unos sonidos que parecían risas, enseñó la dentadura y alzó la cola.

—Deja de coquetear, maldito —Yamal parecía estar muy nervioso—. Dios Misericordioso, ¿por qué hiciste tan derrochadora a la madre naturaleza?

Pero era evidente que el caballo deseaba ser admirado y volvía a las andadas. Elevó el pecho y los cascos y caminó a medio galope con las orejas dirigidas hacia delante. Cuando se detuvo, arqueó el cuello y con gran sabiduría dejó que las yeguas le miraran. Por segunda vez alzó la cola y las invitó a participar en los juegos de seducción. Yamal no cesaba de lamentarse.

—¡Vanidad, sal de este animal, te lo ordeno!

Otros caballos lo intentaron con igual ímpetu, pero era él quien llamaba la atención de las hembras. Los demás machos parecían ansiosos en exceso y eso a ellas no les gustaba. Sólo las señales de ese ejemplar orgulloso iban entrando en las yeguas como una saeta.

—¡Te he dicho que pares ya, ser obsceno! —Yamal gritaba demasiado—. Deja esos ademanes de estrella y concéntrate en el entrenamiento, que así no llegaremos a ninguna parte.

Por un instante el caballo agachó las orejas en señal de sumisión y luego, irritado, dio unas cuantas patadas intermitentes, saltó, y agitó la cabeza.

—No, así tampoco, enfadarse es signo de flaqueza —le riñó el esclavo—. ¿Por qué no te comportas con la dignidad de tu linaje?

Las hembras más jóvenes pasaban alrededor dando gritos intermitentes de corta duración y se colocaban frente a él.

—¡Yeguas lascivas, alejaos de aquí con vuestras insinuaciones lujuriosas!

Y el caballo mostraba su disconformidad enterrando una pezuña en el suelo como si, acto seguido, fuera a dar una patada a quien se le pusiera por delante.

—¿Qué puedo hacer?

Apareció Jazmín acompañada como siempre de Latif. Me tranquilizó que los niños no me descubrieran, hubiera sido difícil justificar mi actitud. Supuse que habían ido al establo para jugar, pero que les debió de resultar mucho más interesante el duelo entre Yamal y los caballos. Al ver a los niños, al viejo esclavo por poco se le para el corazón.

—¡Marchaos inmediatamente!

—¿Por qué? —se rebeló Jazmín.

—¡Vamos, vamos! Hay ciertas cosas que los niños no deben ver. ¡Wala, Kauthar, Legazal...! —no sé por qué me pareció que el viejo tuvo que morderse la lengua para no llamar también a Muma.

Temí que alguno de los tres descubriera mi escondite. Un instante después vi llegar al ama. Parecía asustada pensando que había pasado algo grave.

—¿Qué sucede?

—Esta mañana el establo parece un lupanar —se quejó el viejo esclavo—. ¡Llévate a los niños!

—La primavera... —dijo ella para sí misma—. Y los hombres sin llegar. ¿Crees que podrás controlarlos?

—Dios es bueno y no da a cada uno más de lo que puede aguantar. Aun así, llévatelos de aquí cuanto antes. ¿Dónde se habrán metido sus madres?

Me sentí algo culpable, pero no me moví del escondite.

—¡Niños, venid conmigo a los pozos! —la voz del ama quería parecer entusiasta—, necesito ayuda.

Pero Latif había hecho un descubrimiento que le tenía muy intrigado.

—Abuela, mira lo que le ha salido al caballo en medio de las piernas.

Jazmín se rió de forma maliciosa y eso hizo que el viejo esclavo se exasperara todavía más.

—¡Ay, Misericordioso! ¿Qué haces, cuadrúpedo pecador?

Trató de interponerse entre el caballo y los niños extendiendo el *derrah* a ambos lados, lo que todavía excitaba más la curiosidad de los pequeños espectadores. A duras penas ambos fueron arrastrados por el ama, que no sabía bien a qué hacer más caso, si a los prejuicios de Yamal o al sentido común. Me di cuenta de que estaba preocupada; esos síntomas anunciaban que «el día» se acercaba y la caravana seguía sin dar indicios de que iba a llegar a tiempo.

El caballo, con la cabeza erguida, el labio superior encrespado y el cuello arqueado, tensó la cola y mantuvo la erección.

En la cuadra de Mahabarat Zidu los potros aprendían a jugar. Me di cuenta de que a las hembras les gustaba mucho moverse de acá para allá de forma despreocupada, trotar y corretear, mientras que ellos preferían la compañía de otros machos. Se daban empujones leves o mordiscos cariñosos. Cualquier contacto parecía bueno para sentirse felices. Las partes de sus cuerpos que recibían las mayores atenciones eran las crines y las colas. Vi a dos machos disputándose las atenciones de una hembra y entonces el juego se convirtió en algo más. Se produjo un simulacro de combate que al final resultó inocuo. Noté que no existía agresividad, sino ganas de comunicación. En las luchas de los potros y de los niños no había nada irreparable, pero sí se notaba una cierta dosis de crueldad. El leve empujón entre dos potros rivales se convirtió en golpe más fuerte y después en suave mordisco que, por un momento, dejó huellas en la piel del contrario. En esos juegos inocentes se produjo una monta, o mejor dicho un simulacro de monta. Al principio la hembra se dejaba hacer para mostrar que iba a ser receptiva en el futuro, pero cuando el potro intentó sobrepasarse, reaccionó de manera violenta y ahuyentó al impetuoso. ¡Cuánta sabiduría!, el establo de Mahabarat Zidu era un mundo en pequeño. Yamal trataba de que nada de eso le sucediera al caballo de Ahmed. En mi opinión, exageraba.

Muchas veces, mientras la caravana estaba en el poblado, me había acercado al establo sólo para ver juntos a Ahmed y su caballo favorito y luego, en mi cuarto, los dibujaba con la técnica de puntos. La mano del hombre podía ser el mejor de los bálsamos. Una caricia, un par de mimos, palabras llenas de sosiego, y el animal se sentía importante, igual que les sucedía a los niños. El purasangre se entregaba a las atenciones de su amo o se refugiaba en él cuando parecía sentir temor. Le hablaba con el cuerpo, con los gestos y también con su forma de relinchar o de bufar, esos eran los sonidos más característicos del juego entre los dos. Decía mi marido que el buen domador convertía el trabajo en placer, pero para el caballo su amo era además maestro, amigo, confidente y hasta cierto punto todopoderoso. Ahmed no estaba y a Yamal se le veía desesperado.

—¿Cuándo llegarán? —escuché desde mi escondite. Pensé que el viejo esclavo se sentía impotente.

Tanto mi suegra como Yamal temían que el macho llevara demasiado lejos los juegos de seducción, que la monta se precipitara y tuviera lugar antes de la llegada de Ahmed. Deduje de las caras serias de mi suegra y del esclavo que al caballo le hacía falta la presencia de su amo para llevar a cabo el apareamiento a plena satisfacción. Para ellos era preocupante que hubiera llegado la primavera, que las yeguas estuvieran receptivas, que los machos empezaran a olerlas y que la caravana no apareciera. Pensé que podría tranquilizar a Yamal saliendo de mi escondite y diciéndole que el olfato era mucho más audaz que la vista y que yo llevaba un par de días oliendo a Ahmed por todas partes. Pero no lo hice, claro.

Volví a la cocina con la ropa seca, y nada más entrar escuché la voz de Wala.

—Estoy preocupada por Omar.

Era la primera vez que la oía hablar en esos términos.

—¿Por qué? —preguntó Leila.

La esclava negra miró a Kauthar. Por la cara que puso, supe que a mi suegra le hubiera gustado interrumpir la conversación en ese punto. Wala respondió a su manera.

—Ya tiene dieciséis años bien cumplidos, casi diecisiete, y es hora de que empiece a pensar en buscar una mujer. Lo que pasa es que en sus circunstancias…, ¡pobre hijo mío!

No hacía falta especificar, todas sabíamos que se refería al color de su piel. Entre los habitantes del desierto, ésa era una regla no escrita que rara vez se podía transgredir. Wala quería una esposa para Omar, se lo había oído mil veces. Por mi cabeza pasaron algunas muchachas a las que Omar jamás podría acceder sólo por ser negro. En esto los tuareg que yo conocí eran mucho más estrictos que los beduinos como Leila, por ejemplo. Las leyes del pueblo permitían a un hombre tener todo tipo de amantes, pero la mujer targuia de Mahabarat Zidu jamás se casaba con hombre alguno que no fuera de su misma raza; y ellos, a pesar de que algunos tuvieran una piel bastante oscura, se consideraban blancos. Era una forma de conservar la pureza de la especie. La línea de descendencia de la mujer no podía «contaminarse», por tanto la preocupación de Wala tampoco carecía de fundamento.

—Kauthar, podrías hablar con Hussein para que fuéramos a Belhadi…

—Ya veremos —dijo el ama con poca convicción.

Oímos los gritos de Yamal procedentes del establo.

—Si no llegan pronto, este viejo chiflado nos va a volver locas —se quejó el ama—. Legazal, ve a buscar a los niños, y si están con él, tráelos con cualquier excusa. En algún momento habrá que explicar a Jazmín ciertas cosas, ya tiene diez años y un día de éstos se nos hace mujer.

—No seas ingenua Kauthar —Wala no compartía los temores del ama—, en la escuela los niños hablan, estoy segura de que mi hija sabe más de lo que parece. Ahora el que me preocupa es Omar.

Pero al quedarme sola con los niños, lo que quedó en mi cabeza fue ese «ya tiene dieciséis años, casi diecisiete». El tiempo había transcurrido rápido. Omar era un hombre y yo caía en la cuenta en ese momento.

Al atardecer, Leila y yo nos retiramos, como era habitual, a mi habitación. Tel-lia se había quedado en el patio vigilada por Wala y con los otros dos niños, algo que no sucedía todos los días; tanto Jazmín como Latif solían huir de ella. La niña era un peligro que recorría a gatas todos los recintos buscando cualquier cosa para llevárselo a la boca.

—Legazal, ¿tienes ganas de que lleguen? —al mirar a Leila me pareció estar viendo la imagen de Siva que había visto en un libro de mi hermano Said. Llevaba el pelo recogido en una trenza que le caía por la espalda y su talle tenía otra vez la flexibilidad de una rama de árbol recién nacida. Estaba sentada en la cama con las piernas flexionadas. De perfil parecía una cobra a punto de atacar a su presa, una ese mayúscula perfecta. Tales posturas suyas eran imposibles para mí.

—Muchísimas —en esa ocasión la ausencia de nuestro marido se nos había hecho muy larga.

—Oye, podríamos escuchar música.

Puse *Lluvia de añoranza* en el discman. La voz ronca de Bahir Chaiven sonaba temblorosa al chocar contra las paredes blancas e irregulares del cuarto y luego se afilaba hasta que, al salir de la ventana, ya era sólo un silbido. Leila y yo bailamos abrazadas, más abrazadas que nunca. Aquella noche nosotras y nuestros hijos dormimos juntos en mi habitación.

Yamal nos despertó dando voces.

—¡Que vienen, que vienen!

El horizonte, lleno de claroscuros, parecía una sala de cine en Beirut. El centro de la pantalla estaba situado en algún lugar del este por donde, de tarde en tarde, también asomaba el siroco. Los hombres llegaron muy cansados y Yamal se moría de impaciencia por poner en claro la situación de los caballos.

—Hay que actuar cuanto antes —apremió el viejo esclavo.

—Mañana —Ahmed lo dijo con un tono de queja que me sorprendió.

—No sé si llegaremos a tiempo —insistió Yamal.

—Bueno, se hará esta misma tarde.

Los ojos de mi marido recorrieron el adarve antes de entrar por la puerta de occidente. Era la primera vez que le veía tan emocionado. Nada más llegar a la cocina, se sentó en los cojines que le ofreció Leila y tomó en brazos a sus dos hijos, Latif a la derecha, Tel-lia a la izquierda. Me pareció que su mirada era muy ambigua; le vi contento de estar con los niños y a la vez, al observarlos, dejaba asomar una gran tristeza. Busqué explicaciones. Pensé que el viaje había sido duro y que Ahmed sólo tenía ganas de paz. Trajo perfumes para las dos: de jazmín para Leila, de violetas para mí. Los dos frascos estaban ya sobre la mesa. Leila no sabía qué hacer para agasajarle. Tardó mucho más que yo en comprender que lo único que Ahmed quería de sus dos esposas era que estuviésemos allí para que él pudiera mirarnos. Mi hermano Said decía que el mejor mensajero del mundo era el nervio óptico. Entonces aún no podía adivinar que el signo de esa visita de mi marido iba a ser ése, el de la mirada.

—¿Cómo ha ido todo en mi ausencia? —preguntó en un tono tan bajo que apenas alcancé a oírle.

—Muy bien —contesté con una vitalidad artificial para ver si mi marido reaccionaba—, ya ves, Tel-lia corre a gatas y Latif está entrando en la edad de las preguntas. Nagib también se ha hecho un niño muy robusto. Pobre Wala, ¡lo que ha tenido que pelear para sacarle adelante!

Parecía abstraído. Miraba sin cesar hacia el lugar donde Muma había guardado sus delantales.

—¿Por qué habéis tardado tanto esta vez? —preguntó Leila.

—Los caminos se hacen más y más difíciles y además hemos hecho muchos transportes —era una reprimenda suave, llena de paciencia.

—Puedes ir a lavarte —dije yo, que sabía algo mejor que Leila de lo que él estaba hablando.

—No, dejadme estar un rato en vuestra compañía —de pronto pareció darse cuenta de que faltaba algo o alguien—. ¿Y mi madre?

Salí a informarme. Kauthar estaba fuera con Hussein, Wala y Omar. Si el viaje había sido duro para los jóvenes, no era de extrañar que el amo tuviera el rostro desencajado. Mi suegra intentaba convencer a Hussein de que tenía que descansar y de que Omar podía encargarse de descargar los camellos. Ella siempre decía que el muchacho era incansable y que rezaba a Dios para que Nagib se pareciera a su hermano. El pobre Nagib se había escondido tras la falda de flores de su madre.

Cuando volví a la cocina, vi que Leila seguía trayendo cojines para Ahmed. Él sacó del bolsillo la carta de mi familia con una buena noticia: mi hermano Said iba a casarse con una compañera de trabajo llamada Soraya. Leí el párrafo en alto.

—¡Cómo me alegro! Se debieron de conocer en el Banco Nacional, nunca había oído su nombre.

Hussein entró con Nagib en brazos. Ahmed se puso en pie en señal de deferencia y cuando su padre se sentó, él hizo lo mismo. En ese momento me invadió una enorme pena. Ciudad Anónima volvió a mi memoria. Noté en mi marido y en los demás una fragilidad que no era la mía. Tenía la seguridad de que yo sabría encontrar el modo de vivir en ciudades como aquélla, pero ellos no.

—¡Qué bien se está en casa! —dijo Hussein acariciando la cabeza de Nagib. Algo en mi interior se enfrió aún más—, ¿verdad hijo?

El día más esperado se deslizaba hacia el abismo. Agradecí que Ahmed dijera que tenían que asearse y que su padre y él salieran a la explanada de los pozos de índigo donde les esperaban Omar, Wala y Yamal con dos baldes llenos de agua.

La atmósfera se hizo algo menos espesa durante la comida. Pensé que tenía tendencia al drama y que la risa de Leila era tan alegre como parecía. Pero nada más levantarnos de la mesa, ellos se retiraron a descansar y los fantasmas volvieron. Temí que Mahabarat Zidu no fuera real y que el velo que envolvía ese sueño se estaba rasgando.

—¿Qué nos pasa? —preguntó Leila mientras las dos arreglábamos la cocina—. Teníamos muchas ganas de que volvieran y ellos de estar aquí, pero nada es como habíamos imaginado.

Quise contestar que era algo pasajero y las palabras no pudieron traspasar mi garganta.

Nada más levantarse, Ahmed fue al establo donde el viejo esclavo estaba luchando contra los impulsos de la primavera. Leila y yo le seguimos. Nuestro marido pronto se hizo cargo de lo que estaba sucediendo y tomó una decisión.

—Hay que llevarlo al ruedo. ¿Te has fijado cuál es hoy su yegua favorita?

—Hay dos en celo desde hace un par de días o tres —contestó el viejo mucho más tranquilo que pocas horas antes—, pero él prefiere a ésa de ahí.

—Si no me equivoco, tiene casi tres años —es curioso, mi marido sabía la edad de las yeguas pero la suya no.

—Los hizo el mes pasado —precisó Yamal.

—Bien, la llevaremos ahora mismo.

El ruedo era un espacio circular cerrado por una barrera de adobe adonde se llevaba a los caballos para el apareamiento. El macho, que ya conocía el lugar, dio muestras de estar contento. Había llegado la hora y estaba excitado. Su instinto le llevaba a asociar este recinto con cópulas anteriores y enseguida tuvo una erección preparatoria.

—Tranquilo —Ahmed le estuvo acariciando la parte superior de la cabeza hasta que apareció su compañera.

La yegua presentaba todos los síntomas externos que caracterizaban su estado emocional. Los órganos sexuales se habían hinchado y segregaban una especie de moco bien visible. Verla evolucionar era todo un espectáculo. Cuando el caballo se le aproximó, ella separó las patas posteriores. Luego orinó para que él pudiera oler las hormonas que segregaba y también para que se diera cuenta de que le aceptaba como pareja. El macho reaccionó levantando el labio superior y olfateando el aire con gran excitación. Luego se acercó a ella y se irguió orgulloso arqueando el cuello para mostrarse lo más atractivo posible. A la par, relinchó de forma prolongada y enérgica, produciendo unos sonidos graves y discontinuos. En un momento dado, orinó también en el mismo lugar que la hembra para simbolizar que pretendía apoderarse de ella.

—Buen comienzo, muchacho —Ahmed se mantuvo a su lado—. No te precipites, sigue así.

El ritual se inició con una danza circular, en la que el macho manifestaba un conflicto interior: el caballo dudaba, no sabía si seguir o no. Se sentía atraído hacia la yegua y a la vez temía ser rechazado por ella. No era un asunto baladí, según dijo Yamal. Nadie sabía lo que pasaba por el cerebro de las hembras durante los minutos previos a la cópula. Que la yegua se hubiera mostrado provocativa hasta ese momento no garantizaba nada, según el esclavo; en cualquier momento se podría volver atrás, dando por finalizado el cortejo de manera brusca. Era en ese punto donde el caballo se la jugaba, y por lo visto él lo sabía. Supongo que la incógnita de por qué unos machos salían siempre airosos de ese trance y otros no sigue sin resolverse.

—En eso se diferencia un buen semental de otro mediano —nos dijo el viejo a Leila y a mí creyendo que no lo sabíamos.

—¿Qué opinas, Yamal? —preguntó nuestro marido.

—Yo diría que va bien, como las otras veces. Este animal tiene gracia con las hembras.

—Y ella tampoco lo está haciendo nada mal. Observa cómo se deja.

Escuché un largo suspiro que salió de la boca de Leila. El caballo de Ahmed brincó y en un momento dado se paró para esperar acontecimientos. La yegua acarició su cuello con el hocico, se frotó contra él, le dio pequeños mordiscos en la crin. Él se dejaba hacer hasta que en un momento dado se colocó detrás de ella y comenzó a tomar parte en el juego. Sus intenciones eran mucho más claras que las de la hembra. Lamía sus partes traseras mientras le daba mordiscos tan dulces y suaves como los de ella.

—Están muy cariñosos —la voz de Yamal sonaba a una mezcla entre reprimenda y aprobación.

—Enhorabuena, muchacho —era la voz de Ahmed—, ya es tuya.

Poco a poco, la barrera de adobe que bordeaba el ruedo se había ido llenando de gente. Vi a Amina acompañada de su suegra y su marido, y a nuestra vecina Fedwa con sus dos hijos mayores, y al señor Shakir y su hermano... Todo el poblado estaba allí.

El caballo se engalló, dio unas cuantas patadas, sacudió la cola y luego relinchó. El silencio era absoluto; una cantidad indeterminada de pares de ojos observaba el centro del círculo con emoción contenida.

—Eso es, prolonga el cortejo, no te muestres ansioso —oí que decía nuestro marido.

«¿Sabría él cosas como ésa tres años atrás?», preguntó Leila por lo bajo. Me encogí de hombros. «Quizás no», contesté en el mismo tono.

A partir de ese momento, me olvidé de los pensamientos tenebrosos, de Ciudad Anónima, de la fragilidad de Mahabarat Zidu, del petróleo, de las máquinas excavadoras, de la tristeza de mi marido, del cansancio de Hussein, de todo menos del ruedo. El ritmo se hizo mucho más perezoso y cada movimiento hacia delante o hacia atrás, cada gesto, cada sonido debía de tener para ellos un significado profundo. La soledad del caballo y la yegua se hizo total, nadie podía ayudarles en el último tramo, pero ellos seguían pidiendo miradas, estímulos.

La erección del potro ya era obscena y la yegua seguía dubitativa. Hasta que ella echó a un lado la cola y se colocó sumisa en posición. Todas las inseguridades del macho se habían disipado. Alrededor no se oía más que la respiración entrecortada de los dos animales. El pene estaba en posición; al instante su medio metro largo penetró despacio.

Por primera vez aparté lo ojos del ruedo. Y entonces les vi. Mientras el caballo realizaba los movimientos de la cópula, Ahmed observaba a Leila con una expresión que yo conocía muy bien; y en el opuesto diametral del círculo, ella le devolvía el mensaje de una manera muy elocuente. Entendí el lenguaje de los dos y lo convertí en palabras con la intención de llevarme la escena a la máquina de escribir.

—Deja de mirarme así —le decía Leila—, ¿no ves que estamos rodeados de gente?, ¿no te das cuenta de que puede sorprenderte cualquier curioso?

—No, nadie nos ve —contestaba él—, están entretenidos con los caballos. Sígueme, no te apartes.

Estaban uno frente al otro sin posibilidad de tocarse, en medio de la quietud, tan lejos y tan cerca. Descubrí en nuestro marido un apenas perceptible movimiento de impaciencia en los dedos que apretaban con fuerza la muñeca contraria. Los ojos de Ahmed no se apartaban ni un instante de su segunda esposa. Leila tenía razón en su queja, pensé. Eran ellos dos y no el caballo y la yegua quienes habían colocado la fuerza en el ruedo, quienes hacían de verdad el amor, con su soledad, con su lenguaje secreto, sin necesidad de focos, ni guiones, sin verse convertidos en estrellas de ningún espectáculo. No tenía envidia de Leila, quiero manifestarlo claro y alto, me encontraba muy bien en el papel de mirón indiscreto. La sangre volvió a mis venas y las mil imágenes de Ciudad Anónima desaparecieron.

Unos interminables segundos después, cuando la eyaculación de la breve cópula entre los caballos acabó, Yamal trajo a la otra yegua en celo; era ella quien tomaba la iniciativa, y a pesar de que el caballo parecía exhausto, pronto reaccionó y la montó también. Ahmed hizo lo mismo pero sin cambiar de yegua: Leila le seguía provocando con su mirada torva.

Y entonces surgió, mejor dicho, descubrí otro que tampoco estaba atrapado en el juego de los caballos. Omar se había colocado en el lugar más oscuro del recinto y me observaba con los ojos muy abiertos. Noté que el rubor subía por mi cuello hasta cubrir toda la cara. Era la misma sensación que había tenido de niña, cuando la señora Imah o mi madre o el abuelo Absussaham me sorprendían haciendo algo indebido. ¿Qué podría estar pensando el muchacho?, me pregunté. ¿Le molestaba mi curiosidad? ¿Me recriminaba por no dejar en paz a los amantes de la periferia del ruedo? ¿Había interpretado mal mi interés por ellos? Bajé la vista y acto seguido decidí ocuparme de nuevo de lo que sucedía con los caballos.

Estuve un rato así, con la esperanza de que el chico, antes o después, se olvidaría de mis faltas, pero él no cambió de objetivo. Costó convencerme de que a Omar no le interesaba mi curiosidad por los amantes discretos ni por los que se habían exhibido en el centro del ruedo; no le interesaban ni siquiera los propios amantes. Él sólo me estaba mirando a mí, nada más. Desde el fondo de un abismo parecía decirme «¿no te das cuenta de que es en ti en quien pienso? ¿Cómo has podido ser tan torpe para confundirlo?». Lo más desconcertante de todo fue mi respuesta. Formar parte de los sueños de un hombre joven como él me llenó de calor.

La inquietud no contaba para los animales del ruedo, a quienes la expectación despertada les estimulaba tanto. El macho inició un nuevo coito con una yegua aún más descarada que le perseguía sin pudor. Otra vez fue breve, porque los caballos son animales prestos a rápidas reacciones de huida ante cualquier peligro inminente. Aun así, la hembra parecía al menos tan satisfecha como la primera, ya no había duda de que el caballo de mi marido era un buen semental.

Con gran disimulo, quise verme de nuevo en los ojos del hijo de Wala y entonces me di cuenta de que el muchacho había desaparecido. Omar no se enteró de que Leila recibía por tercera vez a nuestro marido común, de que era la imagen de Leila la que llegaba al cerebro de Ahmed y después se colaba entre sus ropas de color añil para meterse en su sangre. Sin el brillo de los ojos de Omar resbalando sobre mi cuerpo, volvieron a mí los pensamientos tristes y ni siquiera resistí en pie al término de esa nueva monta silenciosa.

El ruedo quedó vacío, las lámparas de aceite se apagaron. En poco tiempo los sementales quedaron rendidos sobre el suelo del establo; mientras eso sucedía, vi cómo una nube negra jugaba a caminar por encima de la Vía Láctea.

Mi amante llegó de noche. Sé que no esperaba encontrar sorpresas, sólo un lecho amable y una piel tibia para acariciar. Estaba fatigado después de un día con muchas emociones, pero jamás se planteó faltar a la cita. Venía tan confiado que ni siquiera se dio cuenta de mi angustia o mi apatía. Yo estaba en la obligación de actuar para que él no lo notara. No cerré los ojos como otras veces, sino que los mantuve bien abiertos; tenía que mentir lo mejor posible.

Y entonces le vi otra vez.

Hacía calor. Entre las sombras por las que la noche se metía en el cuarto a través de la puerta, vislumbré una silueta todavía más negra. Creí que me estaba volviendo loca. La luna se filtraba por la ventana dejando un halo luminoso sobre las sábanas con dibujos de jemesía. Su luz escasa hacía que destacara aún más el blanco intenso de los globos oculares de Omar. Sentirme observada de ese modo fue el mejor, quizá el único de los afrodisíacos que necesitaba en esos momentos. Ahmed, vuelto hacia mí, seguía avanzando, la figura que se dibujaba en el descansillo de la escalera hacía lo mismo pero de otra manera, y yo, en medio de los dos, me sentía afortunada. Esa noche entendí mucho mejor que antes a los caballos del ruedo.

¿Fui infiel a mi marido pensando tanto en Omar?, quisiera saber ahora que ya he muerto. Saberme el centro de los pensamientos de un muchacho como Omar era halagador en extremo. Recuerdo esos días con una mezcla de placer y arrepentimiento. Por la mañana, antes de ir a la cocina, me miraba en el espejo pensando en el hijo de Wala; le veía por todas partes cada vez que cerraba los ojos. Por la noche, en mi habitación, sola o acompañada, las sombras se hacían más densas y en ellas volvía a dibujarse la imagen indiscreta del muchacho. Notaba como algo físico la fuerza de sus manos dibujando mi piel con lápiz carbón y por todo el cuarto se extendía un fuerte perfume a sabana.

Hice muchos dibujos de puntos negros y luego los rompí todos, excepto una cabeza de caballo. Era estimulante verle ir y venir con la mirada baja y el cuerpo tenso. Tuve que hacer verdaderos esfuerzos para que nadie notara la excitación que sentía en presencia de Omar. Cualquier leve roce entre ambos tenía el efecto de una descarga eléctrica para él y para mí un vuelo hacia las alturas. No compartí el secreto con nadie, ni siquiera con Leila.

Del cuaderno de viajes de Victoria Söerensen
Sahara Tours
13 de febrero

Al-Haasi es un oasis precioso lleno de palmeras, rosas, hibiscos, huertos y acequias de riego; y la verdad es que no hace tanto calor como esperaba. Me da pena dejar este lugar tan mágico, pero lo que viene después también parece atractivo. Vamos a ver pinturas rupestres (interesantísimo); visitaremos otros dos poblados tuareg (ya veremos); pasaremos por una zona montañosa (una novedad); subiremos a lo alto de un monte donde, por lo visto, hay una especie de ermita para ver la puesta de sol (espero que merezca la pena); e iremos a una gran llanura donde cada año, en el mes de mayo, se celebra la fiesta de la primavera. ¡Qué lástima!, si vuelvo con Cox a ver si elegimos bien las fechas.

De ahora en adelante viajaremos en 4 × 4. Es curioso que las caravanas que cruzan el desierto se orienten por las constelaciones, lo mismo que los marineros. Y como sucede en el océano, la reina es la Estrella Polar. Aquí la llaman Belhadi.

Extracto sacado del cuaderno de Nadia

Por mucho que se empeñe mi madre, no pienso ir a Belhadi.

Leila y yo limpiábamos la cocina cuando entró Wala. Estaba muy agitada.

—¡Nos vamos a Belhadi!

En Mahabarat Zidu sólo existía una verdadera fiesta y ni siquiera se celebraba allí. Cada año, a comienzos de mayo, una flota de camellos levaba anclas y recorría los ochenta kilómetros que separaban el lugar de la gran explanada de Belhadi.

Wala volvió a salir haciendo giros con su vestido de flores y batiendo palmas. Leila la siguió y mi suegra, que estaba cosiendo el vestido rojo de Jazmín, la reclamó con su delicadeza habitual.

—¡Leilaaaa! ¡Vaga, más que vaga, vuelve a lo tuyo!

Me parece que fue Aristóteles quien dijo por primera vez que el efecto sigue a la causa. Al cabo del rato encontré a Kauthar rebuscando en el costurero.

—¿Pasa algo? —pregunté.

—¡No sé dónde he puesto las tijeras!

Viajamos en tres camellos de la familia: Leila, su niña y Yamal en uno, Kauthar, Wala y Jazmín en otro, y en el tercero Latif, el gato de arena y yo. Los hombres habían marchado dos días antes para preparar las tiendas. En la misma hilera, delante y detrás, se dispersaban las personas y animales que se dirigían con nosotros a Belhadi. Sólo echaba de menos una ausencia.

—¿Por qué no viene Nadia? —pregunté a Wala.

—No lo sé. ¡Pobre!, debe de estar muy ocupada con la escuela.

Kauthar iba a la fiesta de primavera con Wala a causa de Omar, era una deuda que tenía con la esclava negra. Por el contrario, Leila y yo no teníamos en apariencia ninguna misión que cumplir en Belhadi. Ese paseo lento por el desierto podía considerarse como un regalo de Ahmed, nada más. No había sido tarea sencilla superar la oposición de mi suegra, que hizo todo lo que pudo para que las dos nos quedáramos en casa.

Yo estaba triste. La razón secreta que me empujaba hacia la explanada de la primavera no era la curiosidad, como le sucedía a Leila. Lo que quería sobre todo era despedirme de Omar, el observador nocturno que dejaría de serlo cuando encontrara lo que iba a buscar en Belhadi. Cada paso del camello me alejaba un poco más de la embriagadora sensación de sentirme deseada.

Como el camino era largo, entre lamento y lamento descubrí un macizo volcánico esculpido a base de basalto azul, rosa y negro, y rocas grabadas por antiguos ríos desaparecidos, y un lago de sal que devolvía la luz teñida de malva, y piedras que enseñaban sus ribetes cortantes cuando los pies se hundían en la arena, y...

Por fin la explanada apareció a lo lejos. Belhadi no era más que un espacio pedregoso y plano abatido por mil tempestades, en el que cabían bien el millar y pico de personas que acudían cada año para celebrar la primavera. Y en el centro de ese círculo confluían los caminos radiales que se perdían por el Sahara siguiendo rutas divergentes.

Las joyas de ese territorio desolado eran sus pozos. Desde que el mundo es mundo, confluían en ellos las caravanas que surcaban la región. El agua clara tenía el misterio de un secreto invisible que, según la leyenda, atravesaba la tierra de parte a parte hasta alcanzar otros agujeros situados en el extremo diametralmente opuesto. Allí se encontraba la llamada Región de las Estrellas del Otro Lado, y la primera de todas, la más lejana, era la del frío polar. Por eso se llamaba Belhadi.

Junto a los pozos, había un estanque natural de lecho rocoso del que, con mucho esfuerzo, emergían los abrevaderos donde las caravanas hacían las aguadas de los camellos. Las corrientes subterráneas circulaban en capas tan profundas que ni siquiera daban lugar a un humilde palmeral en el que guarecerse del sol. En la fiesta de primavera la planicie se poblaba de tiendas. Alrededor, los animales encontraban *ensil*, la planta que les servía de pasto, una virtud menor de Belhadi si se la comparaba con los pozos, pero también muy apreciada.

El lugar estaba ya repleto de tiendas cuando llegamos. La multitud me sorprendió. Nunca había podido imaginar que existiera tanta gente en esa región solitaria. Algunos venían de mucho más lejos que nosotros: de la orilla del río Níger situado en el extremo sur del Sahara, como Wala; o de los pueblos misteriosos del este, donde, según contaban los viajeros, existían cuevas con pinturas antiquísimas de hombres nadando; o de más al norte, del valle del T'bal, la tierra del viejo esclavo; e incluso vi un puñado de jóvenes que procedían de la zona minera.

Ahmed se encontraba charlando con un grupo de hombres y apenas se acercó un momento para llevarse a su hijo. Latif estaba contento de ir con su padre. Tel-lia, cómo no, tuvo que quedarse con nosotras. Latif, cuando su padre se lo permitió, se puso a perseguir a Jazmín y a otros niños mayores ayudado por el gato de arena. Ahmed le dejaba hacer con esa actitud blanda y distante con que los hombres tuareg trataban a sus hijos. Escuché que, como casi siempre, los hombres hablaban de los soldados negros. El mundo masculino y el femenino parecían transcurrir en paralelo.

Tras organizar el campamento, Leila y yo dejamos a Tel-lia con su abuela y fuimos a dar una vuelta. Nos perdimos por los puestos del mercado, donde se escondían siglos de sabiduría de una cultura milenaria al servicio del amor. Habían acudido a la fiesta vendedoras de afrodisíacos tan antiguos como el tiempo. Nos detuvimos ante el puesto de una mujer vestida de grana con un gran pañuelo atado en la parte superior de la cabeza.

—Poned hojas de lirio, flores de azahar bien secas, almizcle y alcanfor, todo bien molido —la fórmula del perfume de Afrodita parecía un milagro por su sencilla ejecución y las mujeres de Belhadi procuramos retener las palabras de la vendedora en la memoria—. Un día antes, echad la mezcla en agua de rosas y dejad que se macere la mezcla en una botella de vidrio bien cerrada. Añadid unas gotas en la cama y ya veréis... —La lección terminó con un guiño.

Esos productos misteriosos sembraban la vida en el Sahara, porque la reunión de Belhadi era una parada nupcial. Y eso lo sabía el joven Omar, que necesita más que nadie encontrar esposa; y por el mismo motivo lo sabía Wala, para quien la primavera se había convertido en una obsesión.

La verdadera fiesta dio comienzo cuando los hombres jóvenes formaron la fila. Fue el espectáculo más extraño que presencié en mi vida. Debían de ser no menos de treinta y se habían desvestido para la ocasión con la única salvedad del sexo. Piernas firmes y musculosas se alternaban con otras demasiado delgadas, pero en cualquier caso los pies descalzos se mecían sin pausa al son de un par de tambores. El cuerpo de los muchachos brillaba untado en aceite de coco y ungüentos. Tras una faldilla corta, los músculos del abdomen se hinchaban y contraían siguiendo el ritmo de unos movimientos que intentaban ser provocativos y a veces lo eran. Sobre sus pechos colgaban amuletos y adornos de todo tipo; sus brazos permanecían estáticos, tensos, y sus cabellos caían sueltos sobre los hombros, a veces lacios, la mayoría ensortijados. Algunos se habían excedido en la pintura de los labios, que resaltaba aún más cuando emitían gritos agudos y hacían muecas. No podía apartar la mirada de esos ojos masculinos maquillados de manera tan ostensible, de esos contornos ennegrecidos como si fueran los de los faraones del antiguo Egipto, de esas órbitas que giraban, se abrían o se cerraban con el único y no disimulado fin de seducir.

Seducir a cualquier mujer, pensé, a mí, por ejemplo, que se me iban los ojos tras el cuerpo firme de Omar; pero sobre todo tenían que llamar la atención de aquellas a quienes ese año les tocaba el privilegio de elegir. Porque la fiesta de primavera de Belhadi consistía en eso, en que la fila de machos recién salidos de la pubertad exhibiera sin pudor las armas de seducción de que disponían; y que las muchachas en edad de matrimonio dijeran: éste. Eran ellas quienes, una a una, iban pasando ante la fila para observar. Cada vez que eso sucedía, los jóvenes ponían en funcionamiento todos los recursos a su alcance con el fin de exhibir sus encantos. Fui testigo de cómo se hacía realidad un fenómeno que había visto muchas veces en los libros de la escuela. El mecanismo antiguo que utilizaban los seres vivos para atraer a sus posibles parejas se puso en marcha sin tapujos. La singularidad de Belhadi consistía en que esa exaltación de la belleza corría a cargo de ellos, no de ellas.

Yo tenía una gran rabia dentro y rezaba para que Omar volviera solo a Mahabarat Zidu.

Entre las muchachas destinadas a encontrar marido en Belhadi, Leila se fijó en ella. Se trataba de una joven etíope de pequeña estatura que llevaba el cabello recogido en dos trenzas de pelo rizado. Tenía la piel negra, pero no negrísima, y un rostro de facciones rotundas y pómulos abultados donde sólo la nariz parecía escondida. Bajo un vestido amplio y sencillo, se distinguían los contornos de unos senos que duplicaban los de Leila e incluso los míos. Había muchas jóvenes de senos poderosos, cabellos color alheña y labios sensuales, pero ninguna se paseaba frente a la fila de muchachos como ella. Miraba a los ojos con una mezcla de ironía y admiración. El goce aparecía en su cara de una manera mucho más evidente que la necesidad de buscar marido, y eso no era habitual, ni siquiera en Belhadi. Se notaba que quería tocar, que deseaba el contacto. Sus ojos recorrían los labios masculinos, los cuellos, traspasaban las faldillas y se perdían en la parte alta de sus muslos. A su lado las otras chicas resultaban insípidas.

Y cuando se produjo el segundo pase de las jóvenes frente a la fila, descubrí otra verdad más sutil, tanto que ni siquiera Leila pensó en ella: no había más que tres muchachos negros. Y al verlos más de cerca, tuve la certeza de que la chica etíope preferiría a Omar. Debo decir que sufrí un arranque de ira irreflexivo.

—Lo que sucede es que las pobres tienen poco dónde elegir —estábamos las dos frente a un puesto donde se vendían garbanzos y nueces de la fertilidad, canela y pimienta para calentar la sangre e incluso cuernos de rinoceronte de uso inespecífico pero universal.

—Los chicos son demasiado jóvenes, es cierto —Leila debió de notar algo raro en mi voz—, pero yo no sería tan radical.

—Estoy segura —continué— de que con hombres de verdad ellas estarían mucho más contentas.

—¿Piensas en Ahmed? —la cara de Leila hizo una mueca pícara—. Me encantaría verlo. Estuve hace años en otra fiesta como ésta. Los hombres casados hacían bromas continuamente y se colocaban en la fila —prosiguió Leila—. Más de una eligió en el lugar equivocado…

—No te entiendo.

—Bueno, equivocado no. Quiero decir que algunas prefirieron ser segundas esposas; no me extrañó.

Miré a Leila. ¿Era así como había entrado ella en nuestra casa? Esa pregunta era un asunto pendiente, pero en aquellos momentos yo tenía la cabeza en otro sitio. La fila se deshizo; dejé a Omar y me di por vencida.

Tel-lia y Latif se fueron a dormir con su abuela y de ese modo la tienda nos acogió a Leila y a mí en espera de Ahmed. Nada más llegar, él se colocó entre ambas. Fue la primera vez que dormimos los tres juntos, pero no sería la única. Ahmed estaba muy excitado, de eso no me cabe la menor duda. Supongo que las dos adivinamos lo que quería, pero como siempre quien empezó fue Leila. Ella se incorporó para dar un beso a su esposo y acto seguido, con ligereza buscada, dejó otro en mis labios. Ahmed se quedó rígido y la invitó a continuar. Al principio me sentí cohibida, no sabía ni cómo responder a Leila ni qué hacer cuando él se empeñaba en acercarnos tanto. Luego, desprendida del temor, cogí las manos de mis dos compañeros y las coloqué sobre mi vientre para gozar del contacto de ambos. No llegamos mucho más allá, pero aquella noche se abrió una senda en la que jamás había pensado.

Al amanecer, puestas otra vez en el papel, ayudé a Leila a despojarse de sus ropas, lavé con mimo suave los rincones de su cuerpo ayudada por un paño perfumado de azahar mientras ella permanecía quieta. Ahmed no podía quitar los ojos de nosotras. Después Leila desenredó la maraña de mi pelo y cada vez que el peine se deslizaba hacia la cintura, recorría mis vértebras con los dedos como si fueran eslabones de una cadena de oro. Nuestro marido también se mantuvo distante mientras nos vestíamos la una a la otra con dedicación mutua. Actuamos con naturalidad e incluso puedo decir que él, con su asombro, nos obligó a ir más lejos de lo que nunca habíamos imaginado. Fue una actuación bastante digna, es justo reconocerlo.

Pero a pesar de todo yo seguía insatisfecha.

El sol aún no había calentado las piedras de la explanada de Belhadi y los toldos ondeaban azotados por el viento. Muchas mujeres, madres, tías y abuelas, despiertas ya a esa hora temprana, se ocupaban de preparar remedios para que la estancia en Belhadi fuera todo lo provechosa que esperaban. Mientras tanto ellas, las muchachas jóvenes, escuchaban y aprendían.

Leila y yo volvimos al mercado. Pasamos al lado de mujeres cargadas de remedios que practicaban la medicina natural, de comerciantes de perfumes que olían a rosas y violetas, de aromas para aletargar la conciencia, de jazmín de bodas... La vieja que vendía hierbas discutía con una mujer que parecía tener pocas probabilidades de que su hijo encontrara compañera.

—No necesito tus remedios —la madre lo dijo de forma despectiva—. Lo que pasa es que tú tienes que defender todo este circo por conveniencia.

—Hablas demasiado —advirtió la dueña del puesto.

—Di lo que quieras, pero ¿tengo o no tengo razón? —argumentó la mujer de manera retórica.

—Yo no me quejo —terció la herborista.

Encima de la mesa expositora había cortezas de árboles vigorizantes, té y café que aceleraban el corazón y pistachos del deseo.

—Todas las ventajas son para ellas.

Esas palabras no me dejaron indiferente.

—¿Qué ventajas? —pregunté.

—¿Acaso no sabes las reglas de Belhadi? —preguntó la madre. Contesté que no con la cabeza y ella recurrió a la vendedora—. Cuéntaselo tú.

—No es ningún misterio —la herborista por toda explicación miró alrededor.

—Pero dile lo otro, anda —insistió la madre—. Dile qué pasa si la cosa sale mal.

—Pues que se arregla, qué va a pasar —para la vendedora no había más que pura lógica—. Para eso están los matrimonios temporales.

«¿Temporales? —pensé—, imposible.» Ni siquiera entre los chiítas de Beirut existía ya el matrimonio temporal. Recordé que un día había escuchado que mi madre y el abuelo Abssussaham discutían sobre el *mut'ah.* El abuelo recordó que la prohibición del matrimonio temporal no venía del Profeta, sino del segundo Califa. Mi madre salió del paso con una evasiva, «eran otros tiempos», pero mi abuelo insistió en que tanto el Libro sagrado como la tradición lo permitían. «¿Cómo responder a las necesidades de un joven que no dispone de medios para casarse? El islam tiene soluciones para todo», argumentó. Mi madre se volvió hacia él con las manos en la cintura. «¿Puede llamarse matrimonio a algo que dura una hora, un día, una semana o un año? Claro que no, es sólo una excusa para la fornicación.» Eso fue también lo que aprendí en la escuela de la señora Imah. Lo que acababa de decir la herborista de Belhadi me pareció otra leyenda del desierto.

—¡No puede ser! —expuse de ese modo mi incredulidad.

—¡Vaya que sí! —intervino de nuevo la vendedora creyendo que yo era una enemiga más—. Llevamos siglos y siglos con esa costumbre y siempre hemos tenido muy buenos resultados.

—¿Pero es eso justo? —la madre contrariada me cogió de la manga.

—¿Por qué no va a ser justo que las muchachas tengan un año para convivir con el elegido antes de decidir si les conviene? —la pregunta de la vendedora iba dirigida a mí, pero yo preferí escuchar.

—Y si no, adiós. Y al año siguiente, como si no hubiera pasado nada, ¡otra vez a Belhadi! No, no es justo para los pobres muchachos.

—Pues a mí me parece genial, ¿y a ti? —preguntó Leila.

Yo estaba atónita: ¡un matrimonio temporal en el que, encima, ellas tomaban las decisiones! Era una forma imaginativa de adaptar las normas del Libro santo sobre el *mut'ah* a las costumbres de África. En el desierto ese tipo de sustituciones se hacían a menudo, aunque yo no lo percibí hasta ese día. Quizás lo acepté porque me convenía, pero pienso también que las ideas se iban asentando poco a poco en mí. Después de cuatro años, Beirut estaba ya demasiado lejos. En el Sahara se conservaba intacto el poder ancestral del matriarcado, en otros lugares no. Aun así, nada de lo que había vivido en Mahabarat Zidu tenía la misma trascendencia que el inesperado *mut'ah* de Belhadi.

—Jamás me lo hubiera podido imaginar.

—¡Sentido común! —prosiguió la vendedora. Estaba preparando un cucurucho en el que mezclaba coco enriquecedor del semen y dátiles para incrementar la potencia viril—. Es fácil equivocarse a primera vista y en Belhadi no hay tiempo para mucho más.

Yo necesitaba pensar.

—Leila, vamos a ayudar a nuestra suegra, que si no la tendremos encima toda la mañana.

Nos alejamos cogidas del brazo.

—Hay algo en la atmósfera de la primavera que nadie puede explicar, ¿verdad? —las palabras de Leila tenían un tono nostálgico—, algo que existe más allá de la fila y de las vendedoras de afrodisíacos.

La oí pero no la escuché. En esos momentos estaba empezando a vislumbrar una carambola con la que, si todos nos moviéramos en la dirección adecuada, a lo mejor era posible evitar que una muchacha demasiado lista se llevara al hijo de Wala.

Me resultó bastante sencillo enterarme de que la muchacha etíope era muy pobre y que había llegado desde su lejano país acompañada de una tía. Si Belhadi no ponía remedio, el único futuro para ambas sería el duro trabajo de la zona minera. Y el color de su piel no iba a resultar ninguna ventaja como esposa permanente, excepto con Omar o con alguno de los otros dos muchachos negros. Ése era el obstáculo que yo tenía que salvar. Contaba con un aliado de lujo: el *mut'ah* africano que había descubierto en Belhadi.

Dejé a Leila con la excusa de que debía vigilar a Latif y fui en busca de la tía. Aquella mujer, fea y codiciosa por necesidad, no se inmutó cuando le dije que quería hablar con ella. Se había parado a comprar huevos de ave que, según leí allí mismo en un cartel, estaban cargados de energía erótica.

—Es un asunto relacionado con tu sobrina. Me ha parecido una muchacha muy lista y es una lástima que desperdicie las mejores oportunidades.

—Te escucho —dijo dando la espalda al vendedor de huevos.

—Verás, he oído que hay varios hombres casados que se interesan por ella. ¿Has pensado en un matrimonio temporal?

—¿Qué ventajas puede tener el *mut'ah* para mi sobrina? —me pareció una tratante de camellos.

—Muchas. Los hombres casados de que te hablo están en buena posición.

—¿Mejor que la de todos los muchachos de la fila?

—Tú sabes que todos es mucho decir. Cuenta sólo los que están a vuestro alcance y entonces te digo que sí —no creí necesario mencionar de forma explícita que su sobrina era de raza negra y que eso reducía de manera radical sus posibilidades de un matrimonio normal—. He oído que este año esos muchachos no son pudientes. Ya sabes lo que significa, trabajo y más trabajo, poca comida... Sólo te lo cuento para que recuerdes que tenéis otras posibilidades.

—No sé qué decirte. ¿Qué hombres son esos?

—Amigos de mi marido. Él no, por supuesto, que quede claro. Puedo ayudarte.

Hice un recuento de los que, a mi juicio, no les iba a desagradar ser los elegidos. La mujer se quedó pensativa. Al final dijo que no se perdía nada intentándolo. Estoy segura de que cuando me alejé de allí continuaba haciendo cálculos.

El siguiente paso lo tenía que dar con Leila. Pensé que era muy impulsiva y le gustaba el riesgo. Pero debía tener cuidado: me conocía mejor que nadie. Si no se lo planteaba bien, Leila podía sospechar que había algo detrás y yo no quería descubrir mi secreto ni siquiera a ella. La busqué entre los puestos de venta de aceites y ungüentos para la piel.

Según Leila, los peores enemigos de las mujeres eran el aire, el sol y la sequedad de la atmósfera.

—Me gustaría ver a Ahmed y a sus amigos en la fila, tal y como me contaste ayer —dije nada más llegar junto a ella, procurando que mi voz tuviera el tono de ligereza que se esperaba de un comentario trivial—. ¿Cómo crees que se comportarían?

—¡Bien! —noté de manera instantánea que a Leila le seducía la hipótesis—. Ninguno de esos muchachos se puede comparar a Ahmed. Pero ¿y si lo elige alguna?

—¿Sabiendo que tiene dos esposas jóvenes? Nadie con dos dedos de frente correría semejante riesgo —por un instante, mi propio argumento me pareció muy débil, pero enseguida encontré su punto más fuerte—. Además, él no aceptaría.

—Tienes razón. Otros quizás sí, pero Ahmed... —mientras acercaba su hombro al mío, Leila hizo un guiño muy sugerente con su ojo derecho—. No, nunca, estoy segura.

La lealtad de Leila me hizo mucho daño, pero yo estaba dominada por una obsesión que me hacía pasar por encima de todo. Mi juego, si tenía éxito, podía hacer daño a alguna mujer del poblado y tal vez a Omar. A pesar de que me sentí sucia, seguí adelante. Yamal dijo una vez que mi mente era enrevesada. Tenía razón, pero se quedó corto.

—Podríamos intentar convencerles. Sería divertido, ¿no? —con esfuerzo, mis palabras parecían hasta espontáneas.

—Sobre todo para ellos —Leila ya estaba atrapada—. Pero lo mejor de todo es que Kauthar se va a poner furiosa, ¿te la imaginas?

—¿Por qué no lo intentamos?

Fuimos juntas hacia los tenderetes de *kohl*, tinte de alheña, velas y aceites aromáticos. No pude disfrutar de todas aquellas mercancías que tanto me gustaban. Pasé todo el día alimentando la semilla que había plantado en Leila y me cegó la evidencia de que podía ser factible. Belhadi permitía ese tipo de juegos, e incluso los estimulaba. Estoy segura de que en otro lugar y con otra atmósfera yo no hubiera caído en semejante locura.

Por la noche Ahmed llegó a la tienda cuando los niños ya estaban dormidos en la de su abuela. Habíamos preparado para los tres un refresco hecho con miel espesa que, como ya sabíamos, daba vigor a los amantes. Entonces, antes de que él nos intentara llevar por otros caminos, Leila y yo le expusimos el plan.

—Deberíais poneros en la fila —susurré.

—Díselo a tus amigos —continuó Leila acercando los labios a su oreja—, lo estáis deseando todos.

—Es un juego excitante.

El amanecer nos sorprendió a los tres abrazados. Nada hablamos, pero la sugerencia de la noche seguía en pie. Lo que sí recuerdo es que Ahmed estaba muy serio.

Engalanamos a nuestro marido como a uno más de la fila. Las esposas de sus amigos, casi todas con muy mala cara, hicieron lo mismo. Me pregunté si, de haber acudido a Belhadi cinco años atrás, yo hubiera elegido a Ahmed; no tuve más remedio que reconocer que no. Me vi, en ese pasado hipotético, caminando delante de los chicos con los ojos cerrados para dejar que el azar hiciera todo el trabajo. A lo mejor el agraciado podría haber sido un muchacho con cara de niño. Jamás la elección hubiera caído en Ahmed, ni siquiera en Omar. Pero sobre todo en mi esposo no, pensé mientras colocaba los adornos en su pecho desnudo. Quizás tampoco le hubiera elegido Leila, porque Ahmed, sin sus dos esposas, no habría sido el mismo. Los niños, que ya estaban despiertos, le observaban entre divertidos y asustados. Tal vez si volvían a Belhadi años más tarde, al recordar el disfraz de su padre, encontrarían un sentido a aquel juego que en ese momento se les escapaba.

El experimento, como habíamos previsto, tampoco gustó a Kauthar, pero no tuvo más remedio que aceptarlo. Sería un divertimento, nada más, dijimos a nuestra suegra para consolarla. Ella, cómo no, echó la culpa a Leila.

Ver a los hombres que creíamos conocer despojados de sus ropas azules era muy revelador. Leila hizo alguna que otra observación pícara no muy favorable sobre algunos y Wala le fue dando la réplica con aportaciones aún más picantes. Eso me permitió aislarme de ambas. Observé la forma tan llena de matices con la que Ahmed miraba a las muchachas que iban pasando ante él y me olvidé del resto, incluido de Omar. La chica etíope pasó junto a Ahmed. Él miró hacia el lugar donde estábamos Leila y yo con aspecto muy serio. Su rostro permanecía tranquilo lejos de los gestos exagerados de sus amigos casados. La pintura en torno a los párpados le daba una profundidad estática. Leila se puso a aplaudir y yo busqué a la tía de la joven etíope por precaución.

—Ése —dije señalando a Ahmed— es mi marido y su otra esposa es ella —señalé a Leila, cuyo entusiasmo por Ahmed no pasó desapercibido al instinto de la mujer—. Tu sobrina debe pensar en otro, te lo advierto.

No hubo necesidad de añadir nada más: Ahmed pareció cansarse del juego y se retiró de la fila. Leila dio un suspiro y empezó a disfrutar de verdad de la supuesta broma. Yo, aliviada también, me entretuve en señalar las virtudes de cada uno de los amigos de Ahmed a la tía de la joven. Pero cuando la muchacha etíope terminó de pasar por delante del grupo de los hombres casados, la mujer seguía preocupada.

—¿Y qué me dices de los solteros? —insistió.

Aún le seducía esa posibilidad de un matrimonio permanente para su sobrina. Y encima me pareció que a quien miraba era a Omar. Decidí afrontar el problema cara a cara.

—¿Cuál os interesa?

Me preparé para recibir la respuesta más temida con elegancia y también para luchar contra ella con todas mis fuerzas.

—Cualquiera que tenga la piel clara y el bolsillo lleno —contestó la mujer sin demasiados miramientos.

«¡La piel clara!», repetí para adentro. Comprendí en ese instante que la tía de la muchacha etíope, como les sucedía a muchos habitantes del desierto, ¡no se consideraba negra! Entendí que la piel clara a la que ella se refería sólo dejaba fuera a los llegados del sur del Sahara. Ante esa mujer, Omar y Wala eran negros, ella y su sobrina no. Aún hoy me siento incapaz de valorar unas diferencias de color que los habitantes del desierto llevaban grabadas en la sangre. En ese instante caí en la cuenta de por qué todos los vendedores de Belhadi tenían almendras de Cleopatra para aclarar la piel. ¡Tanto esfuerzo para eso!, pensé. Omar quedaba descartado por un matiz de pigmentación que a mí me parecía sólo relativo.

Di un suspiro y me preparé para deshacer el entuerto que yo misma había fabricado. Me vi en la tesitura de tener que argumentar lo contrario de lo que había hecho hasta entonces. Lo resolví de una forma torpe, desganada: el juego ya no tenía interés para mí y ni siquiera me importaba nada lo que pudiera pensar esa mujer. Tampoco era necesario poner en peligro el matrimonio de ningún amigo de Ahmed, otra pesadumbre que podía quitarme de encima. Con aparente ligereza di un giro falto de lógica que, de un solo golpe, destruía el engranaje de todos mis razonamientos anteriores.

—Tenía pensado decirte justo eso, que he cambiado de opinión, pero te has adelantado. Tu sobrina ha ido ganando puntos, es muy guapa. La verdad es que me ha sorprendido. Desde luego, los jóvenes de piel clara a los que tú te refieres son menos inconvenientes que los negros en cuestiones de dinero y hay un par de ellos que... Sí, quizás podéis llegar a un acuerdo. A lo mejor el *mut'ah* no resulta ahora tan necesario como parecía al principio.

—No quiero ningún negro ni ningún muerto de hambre —la tía de la muchacha etíope carecía de sutileza—. Podrías informarme de éste, por ejemplo...

No tuve más remedio que atender su petición. Antes de retirarme a la tienda con Leila, sonreí a mi marido. Vi que

Omar me estaba mirando. A él también le dediqué un gesto amable.

—¿Habéis observado en las chicas alguna preferencia por Omar? —preguntó Wala cuando nos reunimos para preparar la comida. Todas negaron con la cabeza menos mi suegra.

—Hay una que le mira con muy buenos ojos... —contestó el ama—, os lo digo yo, que entiendo de estas cosas. Pero estoy deseando que se acabe de una vez el pase de hoy, ¡este hijo mío me va a matar! Menos mal que la locura le ha durado poco.

—Nuestra suegra se lo inventa —me dijo Leila por lo bajo—. Yo no he visto nada de lo que dice de Omar, ¿y tú?

—¿Yo? No me he fijado mucho, pero ahora que lo dices creo que tampoco.

Por la noche vimos a Ahmed charlando con sus amigos, supuse que comentaban el suceso del día. Me fijé en que estaban todos muy contentos excepto mi marido. Él seguía tan serio como lo había estado durante toda la jornada, quizás me di cuenta de ese detalle porque tenía mala conciencia. Estoy segura de que Leila ni lo notó.

Los últimos minutos de la fila llegaron sin que Omar hubiera sido elegido por ninguna de las chicas. Su rostro, a pesar del fracaso, parecía sereno. Wala no pudo reprimir las lágrimas, yo respiraba cada segundo con más alivio.

Cuando iba a deshacerse el escaparate de chicos, la muchacha etíope llegó con el ímpetu del siroco y se colocó delante de todas las demás. Vimos con infinito estupor cómo se desentendía de los jóvenes solteros, cómo pasaba su vista por delante de los amigos de mi marido que se habían colocado a ambos lados de la fila y cómo volvía la vista atrás... ¡para solicitar que fuera Ahmed quien se la llevara! Leila se echó las manos a la cabeza y yo busqué a la tía de la joven para matarla; intento vano, la pobre mujer estaba ya casi difunta.

—¡Estúpida, más que estúpida! ¿Acaso no sabes que Ahmed ya tiene dos esposas? —gritó Leila sin avergonzarse de que todo el mundo la oyera.

—¡Calma, muchacha! —gritó el viejo esclavo.

Yamal tuvo que sujetarla con fuerza. Conocía a Leila y por eso trataba de evitar una pelea cuerpo a cuerpo entre las dos. La joven etíope no tenía las mismas intenciones y siguió inmóvil. Tampoco parecía muy preocupada por las consecuencias de su decisión. Leila, desesperada, se encaró con Ahmed.

—¡Díselo tú!

Incomprensiblemente él permaneció impasible.

Kauthar empezó a dar gritos de plañidera; Yamal, sin soltar a Leila, se puso a dar brincos sobre las puntas de los pies; los amigos de Ahmed, estoy segura, se morían de celos. El llanto de Leila llegó por fin y Omar, muy compungido en apariencia, buscó a su madre. A Wala se le notaba demasiado el resentimiento, ni ella misma parecía saber si contra Omar, contra Ahmed, contra la chica etíope, contra Belhadi o contra el mundo entero. Pero quien peor se encontraba era yo, la urdidora del desastre. Yamal se olvidó de Leila y corrió hacia mí; le pareció que estaba a punto de desvanecerme.

—Quisiera morir —murmuré—, es culpa mía.

Entonces Ahmed nos condujo hacia lo insólito. Sin hacer el menor caso a lo que sucedía a su alrededor, recogió las pertenencias de la chica etíope y las dejó junto a las tiendas de la familia.

—Se llama Makeda —dijo bien alto.

Recordé con desolación que Ahmed había utilizado una fórmula parecida para presentar a Leila el día que la trajo a Mahabarat Zidu.

La muchacha etíope dio unos pasos hasta situarse delante de Ahmed y le miró como pidiendo permiso. Él hizo un signo afirmativo con la cabeza. El silencio se podía hasta pesar. Y entonces Makeda continuó andando con aplomo, segura como una reina…, ¡hasta situarse al lado de Omar! Se oyeron muchos suspiros, el de alivio del ama, el de júbilo de Wala, el de disgusto de la tía, el que se mezclaba con la risa de Leila y el de mi resurrección. Noté la felicidad del muchacho cuando pasó el brazo por la cintura de la joven etíope. «Se ve que esta chica no hace demasiado caso a su tía», pensé. «Y tampoco está obsesionada por el color de la piel, ¡bravo por ella!»

La esclava negra entró en la tienda y salió con una corona de flores secas para Makeda. Luego, ella y Omar se fueron con el resto de las parejas de la primavera para hacer un recorrido por la explanada. Todas las mujeres menos yo se fueron tras ellos. Wala dejó la corona de flores a mi cuidado por temor a que la multitud la deshiciera.

Ahmed, que parecía cansado, se metió en la tienda sin decir ni una sola palabra. Pasados unos momentos de duda, decidí seguirle. Estaba sentado en el suelo con las piernas cruzadas.

—¿Qué quieres? —dijo. No había asomo de incomodidad en la pregunta, sólo era un recurso para comenzar.

—He pensado que a lo mejor querías hablar con alguien —contesté.

—Sé que ha sido una sorpresa para vosotros, pero Omar se estaba convirtiendo en un problema, así que no he tenido más remedio que intervenir —nunca había visto tal intensidad en la mirada de Ahmed—, ¿no crees?

En aquel momento caí en la cuenta: la puesta en escena que acabábamos de presenciar era obra suya. Mientras yo trataba de manipular a la tía de la chica etíope, él fue directamente a Makeda. Entre los dos, quién sabe si con el consentimiento de Omar, tejieron el plan. Mi marido me había colocado ante el abismo a propósito, para que supiera lo que se siente cuando alguien está a punto de perderlo todo. Y me recordaba que el control de nuestra familia era cosa suya. Empezaron a encajar una serie de piezas que nunca hasta entonces habían estado en su sitio. Me di cuenta aún más de lo poco que conocía a mi marido, ¿qué sabía de él? Y no tenía escapatoria. ¿Qué había visto Ahmed en los ojos de Omar? ¿O había sido en los míos?

—Está bien, quizás necesitamos tiempo para saber qué nos ha sucedido —las cartas ya estaban a la vista.

—No es un reproche, sólo digo que no lo comprendo —se apresuró él a justificar. Pedir explicaciones no era su estilo—. A veces pienso que vais mucho más deprisa que yo.

Es muy difícil saber hasta dónde llega el subconsciente. Me he preguntado a menudo qué me hizo responder de esa manera. Quizás el agravio que yo creía olvidado no lo estaba del todo y había llegado el momento de saldar una deuda antigua. Otras veces pienso que actué en defensa propia, y entonces, ¿qué mejor que un ataque?

—Tengo que decirte algo importante —estoy segura de que no se lo esperaba—. ¿Por qué tú tuviste la posibilidad de traer a Leila a nuestra casa sin contar conmigo y a mí no se me permite nada? Me humillaste, ¿lo sabes? Y ahora tú crees que ni siquiera puedo sentirme halagada porque Omar me desea. ¿No te parece que es desequilibrado? Mi sitio estará siempre contigo, pero déjame tener los mismos derechos que tú.

Me puse la corona de flores en la cabeza y avancé hasta quedar frente a él. Yo sabía que no era fácil. Sólo teníamos una ventaja: en Mahabarat Zidu todas las leyes estaban por hacer y hubiera sido absurdo empezar por las prohibiciones. Me senté a su lado. Cuando sus dedos recorrieron mi cara, interpreté el gesto como una señal. Deposité la corona de hojas secas en el suelo y los dos nos arrodillamos ante ella.

La última noche en Belhadi fue muy melancólica, tanto que casi no hubo lugar para celebraciones. De madrugada salí un momento de la tienda y vi a Yamal recorrer los pozos; quizás intuyó que aquella despedida era un adiós para siempre a la explanada de la primavera. No se veía a nadie más levantado a esas horas de la mañana, aunque estoy segura de que había muchos ojos abiertos tras las tiendas que el viejo esclavo iba dejando a derecha e izquierda. En la nuestra sólo los niños seguían descansando. Leila salió también y nos quedamos las dos en silencio, mirando el amanecer.

Pero la fiesta de Belhadi era así de contradictoria. La melancolía se escapó cuando el sol empezó a situarse en lo alto. Teníamos que recoger el campamento.

—¿Lo veis? —comentó Kauthar llena de autoridad mientras ayudaba a Wala con el desayuno—. Os dije que había una muchacha interesada en Omar. Soy la única que se dio cuenta.

—¿Te referías a Makeda? —preguntó Leila con incredulidad—. No me lo creo.

Y el ama, cómo no, recogió el guante.

—¡No me tientes, no me tientes! —la voz de Kauthar sonó amenazadora.

Pero Leila estaba contenta y eso hizo que perdiera el sentido de la prudencia, tan necesario para tratar a nuestra suegra.

—Siempre se cree más sabia que nadie —se oyó la voz de Leila dirigida, en apariencia, al viento.

Kauthar pasó de la amenaza a la acción.

—¡Tú te lo has buscado, descarada! ¡Empieza a recoger la tienda! —al ver que yo iba tras de Leila, el ama me cogió del brazo—. ¡Ella sola!

La cara de Leila era demasiado elocuente, lo mismo que la de nuestro marido. Ahmed estaba muy serio mientras preparaba la carga de los dromedarios, aunque no sé si alguien más que yo se dio cuenta.

—Nuestro pueblo es lo bastante grande como para que te instales en él si lo deseas, y tu tía también —Ahmed habló a Makeda con gran suavidad.

Y Omar, el espía nocturno que se debía de sentir culpable, dio las gracias y bajó los ojos.

Pero con el trajín de la despedida de Belhadi, los problemas de Kauthar volvieron.

—¿Dónde habré puesto el peine? ¡Wala!, ¿has visto mi peine? ¿Quién se lo ha llevado? Niños, ¿habéis visto mi peine?

—No, abuela —Jazmín tenía pocas ganas de jugar.

—Por favor, Leila... —dije por lo bajo a la segunda esposa. Me dolía un poco la cabeza. La desaparición del peine del ama podía convertirse en una pesadilla si no se solucionaba cuanto antes.

—Esta vez no he sido yo, te lo juro —contestó Leila en voz muy baja.

La multitud acampada en Belhadi se deshizo en finas hileras móviles que surcaron los caminos del desierto. Dos días después apareció el *harmattan* para barrer todo lo que se había quedado en la explanada de la primavera.

Del cuaderno de notas y reflexiones del doctor Aldo Mangino Médicos sin Fronteras

Tenemos muchos frentes abiertos: la malaria de toda la vida, la cepa de meningitis W 135 para la que no disponemos de vacuna (cuestión de dinero), la tuberculosis, el cólera... y el sida. En el hospital, llamémoslo así, estamos haciendo un estudio de cómo el virus VIH y el de la malaria se ayudan para propagar las dos enfermedades por toda África. Macabra asociación. Esos colaboradores de la pobreza son los verdaderos responsables, y no las caravanas como pretende el gobierno. De hecho, los nómadas que viven al estilo tradicional a la larga resultan ser mucho más saludables que todos los de Ciudad Anónima, por ejemplo. La estadística no admite dudas, aunque sí manipulaciones.

Los enfermos africanos no suelen perder la sonrisa con facilidad, pero en la sala de los del sida no se oye ni una mosca; excepto cuando aparecen los Payasos sin Fronteras. ¡Magníficos muchachos! Son los únicos que hacen reír entre tanta miseria.

Una vez finalizada la campaña de vacunación de la meningitis, le toca el turno a la malaria. Cualquier europeo en África tendría que ser médico y no explotador, por ejemplo, una «profesión» bastante más extendida.

¡Qué le vamos a hacer!, se hará lo que se pueda.

Un día Leila me dijo: «He estado buscándote, ¿dónde te habías metido?». «Hablando con Nadia», contesté, y ella, «¡ah!». Otra vez fui yo la que hizo el comentario: «Wala y tú estáis todo el día juntas», y Leila, como si le hubiera picado una avispa, respondió: «Igual que Nadia y tú». ¿Qué podía yo añadir, sino «¡ah!»? Más o menos, así empezó.

Como había sucedido desde los últimos días del verano, aquella tarde estaba sola en mi habitación, sentada frente a la máquina de escribir, pero sin pulsar ni una tecla. No tenía la cabeza más que para el rencor. No me costó localizar la causa que lo provocaba: la envidia. Leila me tenía envidia.

Mi hijo debía empezar en la escuela, pero, lo mismo que pasaba con Jazmín o Samir, en la familia no había nadie que pudiera perder el día entero con ellos como le sucedía al señor Esan. Lo cierto es que Nadia se había convertido en el mejor enlace que teníamos con el señor Ahmad Ag Sabibi, el profesor de Latif, quien me orientaba acerca de lo que podíamos hacer en la distancia para que el niño siguiera bien el ritmo de la clase; por tanto, yo tenía que hablar casi todos los días con ella. A Leila, creía tener datos para afirmarlo, no le hacía ninguna gracia.

Claro, pensé, que la versión de ella debía de ser muy distinta, «igual dice que la que tiene envidia soy yo». Estaba claro que Tel-lia y Nagib eran cada vez más amigos, y que sus madres compartían muchos problemas que para mí ya eran del pasado. Pero yo me decía «¿qué tiene que ver todo eso con la cocina?». Ya ni siquiera me llamaban para hacer la mezcla de cilantro, alcaravea, ajo y pimienta roja con la que condimentábamos los alimentos. Ahora se las arreglaban las dos solas. Las escuchaba cuchichear y me ponía enferma. Por eso cada vez que no estaba mi suegra en la cocina o en el patio me encerraba en la habitación, como había sucedido esa tarde, a esperar la llegada de Nadia.

Me dediqué a repasar el libro de los agravios que yo misma seguía engordando: según mi particular visión, había soportado las impertinencias de Leila, sus aires de odalisca egipcia, sus momentos bajos; me situé a su lado en los continuos rifirrafes que tenía con Kauthar; le serví de paño de lágrimas cuando recordaba a su familia, puse a su disposición todo lo mío; cuidaba al demonio de Tel-lia cuando ella estaba harta. «Latif jamás se portaba tan mal», pensé, para que ese dato fuera sopesado también. ¡Incluso le había perdonado que me robara la mitad de mi marido! Todo eso, ¿para qué? «Ingrata, más que ingrata.» Di un puntapié en la pared que me hizo un daño tremendo. Era lo que faltaba. «Bueno, si así lo quiere, así seguirá», repetí una y otra vez.

Cuando le devolví su anillo de «rubíes» se limitó a darme las gracias. No voy a negar que sufrí una gran decepción, esperaba que me dijera que me lo quedara. «Toma, te devuelvo tus pendientes», contestó con frialdad. Se los quitó allí mismo y los dejó en la palma de mi mano.

Con el nuevo estatus de la casa, Kauthar y yo hablábamos muchísimo. Me entretenía simulando venganzas estúpidas, como por ejemplo que estaba encantada de que mi suegra me enseñara su forma de bordar. O una más sibilina todavía: cantaba en francés mientras hacía las tareas de la casa. Leila se ponía histérica escuchándome.

Seguí en mi cuarto desmenuzando lo sucedido esa misma mañana. Estábamos con Yamal en los pozos de índigo, Kauthar y Wala escurriendo las telas, nosotras poniéndolas a secar. Un poco más lejos, Amina y Makeda tendían también. Se me ocurrió hacer un comentario a Leila. «Deberías utilizar dos cuerdas. Las telas van a tocar el suelo y se mancharán.» Y ella: «Mejor te ocupas de tus asuntos, ¿no te parece?». Kauthar intervino: «Legazal tiene razón, no cuesta hacer las cosas como Dios manda, porque luego tendremos que trabajar el doble». Leila saltó como si tuviera un muelle en la garganta. «¿A que no se manchan?», se puso en jarras y desafió a nuestra suegra y a mí. Makeda y Amina nos estaban mirando. «Tiene razón —intervino Wala refiriéndose a Leila—, cuando la cuerda empiece a combarse, las telas ya estarán secas. Se recogen y basta.» Leila dedicó una mueca de resignación a su aliada. «Deja, Wala, sólo son ganas de fastidiar.» La esclava negra le hizo caso y aun así la venganza de «ella» llegó donde más dolía. «Es mejor que te ocupes de las piezas pequeñas», me dijo Leila con un tono enervante. Y luego dirigiéndose a Wala añadió: «Como la señora es tan frágil, a lo mejor se rompe». Mi suegra me defendió como siempre. «¡La cara es lo que te voy a romper yo si sigues molestando a Legazal de esa manera!» Yo me dirigí a mi suegra. «No te preocupes, Kauthar, haz como si no oyeras», procuré que mi tono fuera tranquilo. «De todos modos, quizás tenga razón, yo soy una señora...» Mi suegra reaccionó con su habitual calor. «¡Desde luego que lo eres!» La respuesta de Wala sorprendió a mi suegra. «A veces demasiado señora...» Kauthar puso los brazos en jarras. «¿Qué has dicho, Wala?» La esclava negra pareció dar marcha atrás. «Nada». Pero su «amiga» la sacó del atolladero. «Ha dicho —Leila había esperado el momento oportuno para intervenir de nuevo—, que a veces la primera esposa de tu hijo es demasiado señora, por eso sólo puede hacer ciertas cosas sencillas, porque si no se estropea.» Cualquiera puede imaginar lo que Kauthar contestó a Leila: «¡Beduina impertinente!», etc., etc., y también que en pocos minutos las pinzas del ama desaparecieron de su vista. «¡Pero si hace un momento estaban aquí mismo!», dijo mi suegra. Me apresuré a destapar el trozo de tela con el que Leila las había tapado y lo hice cantando en francés, claro. «*Et moi, je vis ma vie, a pile ou face, indifféremment, a pile au face...*»

La cena sólo sirvió para ponerme más tensa todavía. Hasta Latif se portaba fatal y esa tarde tuve que buscarle durante una hora; como siempre, se había escondido en la arena con su gato y no hacía caso de mis llamadas. Por la ventana de mi habitación oí la llegada de Nadia. La noche estaba instalada en el cielo desde hacía rato. Bajé corriendo los ocho peldaños blancos y ni siquiera me paré al ver a Leila y a Wala sentadas arreglando las cestas a la luz del farol. Sólo la oí decir: «¡Se va a matar, cuántas prisas!». Era Leila, por supuesto. Me pareció que había cierta rabia en su voz y eso me puso muy contenta.

Pasé con Nadia todo el tiempo que pude y decidí que iría a Geeda al día siguiente. Permanecer unas cuantas horas fuera de casa me vendría bien, pensé. A Nadia no le dije eso, ella sólo me oyó comentar que debía hablar un poco más extensamente con el señor Ahmad Ag Sabibi. Mi hijo era un niño muy revoltoso a quien le costaba sentarse frente a los libros y además esa manía de enterrarse con el gato en la arena me ponía aún más nerviosa.

De hecho, casi todo me ponía nerviosa por esa época. Llevaba dos meses de retraso y por tanto era bastante probable que estuviera embarazada. No se lo dije a nadie. Ahmed se pondría contento, había manifestado en numerosas ocasiones que quería más hijos.

Así era yo por aquellos días. Tengo la sensación, ahora que estoy muerta, de que desde que llegué a Mahabarat Zidu hasta el último día viví sobre una ola de arena. A veces volé alto; en otras ocasiones, caí en la estupidez más profunda, como ese otoño. ¿Se trataba de la misma mujer calculadora, egoísta y osada que, sólo unos meses antes, había defendido su libertad en Belhadi? Analizando los hechos con la perspectiva del tiempo, me cuesta creerlo.

Informe de la conversación telefónica del puesto de Immara, Ciudad Anónima, con la patrulla 47 17 de octubre, 13.02 horas

Al habla: Responsable del puesto de Immara. Responda... Responda...

Patrullero: Aquí la patrulla 47. ¿Qué pasa?

Responsable: Es la tercera vez que intento ponerme en contacto con ustedes. Por favor, mantengan la comunicación con el puesto.

Patrullero: Sí..., claro.

Responsable: ¿Situación?

Patrullero: Un momento (palabras ininteligibles).

En vista de que se corta la comunicación, el responsable del puesto de Immara vuelve a llamar.

Responsable: ¿Qué le sucede?

Otro patrullero: Disculpe, estamos agotados.

Responsable: No tengo más remedio que informar a los superiores. Insisto, ¿situación?

Otro patrullero: La verdad, señor, no sé… ¡Puff! No nos suena nada.

Responsable: Zona desconocida. Retrocedan cuanto antes.

Otro patrullero: Es que…, ninguno de los dos nos encontramos bien…, tenemos la tripa algo descompuesta. Y la cabeza… Pasaremos la noche por aquí y saldremos de madrugada.

Responsable: Si no hay más remedio, hasta mañana por la mañana. ¡Sin falta!

Patrullero: Cambio y corto.

Me levanté mucho antes del amanecer para preparar el viaje. Dejé que Latif durmiera hasta el último minuto y, llegado el momento, le costaba abrir los ojos.

—¡Vamos hijo, que nos vamos a la escuela!

Jazmín ya estaba lista: limpia, reluciente, repeinada; con su vestido de rombos blancos y negros, parecía un cuadro *Op Art* de los que tanto hablaba mi hermano mayor. A Latif no había forma de ponerle la ropa. Por fin pudimos subirle al dromedario y después el viejo esclavo instaló a la niña detrás de mí. Llevábamos también cuatro burros cargados con pellejos para el agua y un par de cestas de la compra.

Cuando llegamos a la escuela de Geeda, Nadia ya llevaba una hora de estudio en el aula de los Elegidos. Al ver al maestro, Latif se convirtió en un niño distinto, que daba los buenos días con educación e inclinaba la cabeza en señal de respeto. Mi hijo ocupó su sitio en la segunda fila sin mirarme, avergonzado de que su madre estuviera en el lugar equivocado. Era su forma de decir que no me necesitaba.

Lo primero que hicimos Yamal y yo al salir de la escuela fue llenar los pellejos en la noria. Al terminar, dejamos el agua a la sombra y el esclavo llevó los animales al abrevadero. Luego Yamal dijo que quería ir al zoco del ganado, situado a las afueras de Geeda. En la visita anterior, Ahmed no me había enseñado esa zona del oasis. Los tratantes de dromedarios compensaban, a base de gritos, los métodos poco ortodoxos con que compradores sin escrúpulos examinaban la mercancía. Bastón en mano, los contendientes se batían como alacranes en una batalla de voces y aspavientos que presagiaba lo peor. Hasta que de pronto se hacía el silencio, los oponentes se daban la mano y sonreían. Trato hecho.

Dejé allí al esclavo negro para ir al mercado. En la calle principal, mientras compraba en los puestos de frutas y verduras, me encontré con el abuelo de Nadia. El señor Esan estaba charlando con el señor Ayud, el dueño de la guarnicionería, su amigo de siempre. Por lo visto, un médico italiano le había recomendado reposo. Según el señor Esan, desde que sus corazones empezaron a latir sin ritmo alguno, el viejo guarnicionero y él ya no eran los mismos. El señor Ayud pasaba las horas sentado en una cómoda silla, mientras su hijo mayor, Hashim, se ocupaba del negocio. Siempre había alguien que se paraba a charlar con la persona que lo sabía todo en el oasis.

—Hay soldados negros por todas partes —oí que decía el señor Ayud.

—¿Qué pasa? —preguntó el abuelo de Nadia.

—Lo de siempre, temen alguna revuelta. La culpable es la sequía.

—No me huele nada bien.

—Ni a mí tampoco. Y hablando de otra cosa, ¿cómo va tu corazón?

—A ratos mal y otros peor, de ahí no salgo. ¿Y el tuyo?

—Como un gallinero sin gallo.

—¡Estamos buenos!

—¡Ya puedes decirlo!, amigo mío. *In cha Allah.*

—*In cha Allah.*

Se lo comenté a Yamal.

—Saldremos pronto, no te apures. Estaremos en casa mucho antes del atardecer —el viejo esclavo siempre tenía un perfecto control de los tiempos.

Nada más llegar a Mahabarat Zidu me metí en la habitación. Abrí la ventana para ver el vuelo de las cigüeñas, que iban regresando a casa poco a poco después de pasar el verano en Europa. Escribí una carta a mis padres diciéndoles que estaba otra vez encinta. Si la noticia se confirmaba, la carta emprendería el camino de Beirut. Si no, habría que romperla y escribir otra. Estaba muy aburrida. No tener con quién hablar me estaba matando.

La tarde empezó a decaer. Salí a buscar a Latif temiendo que estuviera, como siempre, enterrado en la arena con su gato.

—¡Vamos, hijo! —grité sin saber hacia dónde ir—, es hora de volver a casa.

—¡Está con nosotros en el establo!

Era la voz de Jazmín. Ella y mi hijo simulaban ordeñar sendas cabras, cada uno sentado en su taburete. Un poco más lejos Leila lo hacía de verdad con el rostro tenso. «Siempre hace un gesto raro cuando ordeña», me dije, pasando por alto que ella era la única mujer que sabía hacerlo. Tuve que reconocer que tenía una pericia extraordinaria. Los niños la miraban embobados, mientras la leche salía a suspiros y llenaba la olla. Preferí no interrumpir.

En la esquina que había junto a la halconera estaba el viejo esclavo. Tenía uno de esos días malos en los que veía diablillos juguetones por todas partes y los perseguía con una vara de eucalipto en la mano.

—¡Salid, salid de aquí, malditos! Venís a traer la desgracia y os reís de mí porque ya no me acuerdo del conjuro, «*Samaa saraocora, muri faraca to berugh. Saraa, samaa, saraocoraa...*». ¿Cómo sigue? Escuchad, el viento que viene del este no es buen augurio. ¡Agh!, apartaos de mí, *djinns* inconscientes, ¿no veis que se acerca? Temed a Dios, «*Samaa saraocora, muri faraca to berugh...*».

«¿Del este? —pensé—. Será el siroco.» No se veía nada en el horizonte... «O quizá sí», me dije después de recorrerlo con más detenimiento. «Ese pequeño remolino negro...» En medio de un azul grisáceo, brillaba ya el círculo de la luna llena.

—Parece un animal solo —oí la voz de Yamal.

—Se acerca a toda velocidad —Leila se había puesto en pie para ver mejor.

No éramos los únicos que mirábamos hacia ese punto. Poco a poco, el poblado entero se fue acercando para observar la nube oscura de polvo.

—Es un dromedario —Amina verbalizó lo que todos estábamos viendo.

—¡El nuestro! —contestó la madre de Nadia. Ella y otras mujeres de la familia lo habían reconocido.

—¿Por qué corre tanto? —preguntó su hermana Fátima—. Parece desbocado.

Salimos en su busca levantando los brazos. Y al percibir los movimientos agitados del viejo la inquietud se hizo certeza. Se oía por todas partes una sola pregunta.

—¿Dónde está Nadia?

Cuando el señor Esan llegó a Mahabarat Zidu, su cuerpo no pudo resistir más el cansancio y cayó al suelo. El dromedario continuó en pie, mientras un reguero de sangre bajaba junto a su pata trasera derecha.

El relato que hizo el señor Esan fue rápido y preciso. A las cinco de la tarde, Nadia terminó la última de las clases del día y fue a buscarle. El viejo continuaba charlando con el señor Ayud.

—Ya es hora, abuelo.

—¿Todo bien? —preguntó a Nadia.

—Como siempre.

El señor Esan se despidió de su amigo y fue tras Nadia. Se montaron en el camello y salieron del adarve que protegía el oasis de Geeda con el sol todavía alto.

Oyó como si estuviera lejos la voz limpia de su nieta.

—Mira, es una bandada de pájaros.

—Tú que tienes buenos ojos describe cómo son.

—No sabría decirte, abuelo, están lejos. Grandes.

—Serán buitres, aves de mal agüero.

Un vehículo 4×4 iba a través de la zona arenosa. Los campos de dunas se le resistían, pero el conductor, según dijo el señor Esan, sabía cómo sortearlas. El coche circulaba siempre a través de la vertiente azotada por los vientos dominantes, una superficie lisa surcada por gruesos macarrones. Cada vez que frenaba o aceleraba, las ruedas rompían la resistencia de la capa externa y se hundían en la arena. Luego, con pericia, conseguía reanudar la marcha. El vehículo realizó una amplia maniobra de giro y logró salir indemne. Se colocó junto a Nadia y su abuelo.

Al volante iba un hombre joven y a su lado otro unos cuantos años mayor que daba órdenes. Llevaban la cabeza cubierta por un gorro triangular y grandes gafas de cristales tan negros como el color de su piel. El jefe tenía en sus manos un plano.

—¿Por dónde está la hondonada? —preguntó a Nadia.

Ella tenía mejores ojos, explicó el señor Esan. Después Nadia comentó por lo bajo a su abuelo que el mapa era muy rudimentario y que apenas había cuatro o cinco zonas señaladas.

Una botella de licor iba de mano en mano dentro del coche. Cuando se acabó, fue lanzada al aire, mientras otra emergió desde el asiento trasero. Allí, según vio el señor Esan, había alcohol en abundancia y también garrafas de gasolina, agua, ropa, alimentos... Mucho desorden, contó el viejo.

—Vamos a escoltar a estos señores —dijo el conductor—, dentro de poco empezará a anochecer.

—A sus órdenes.

Sonó una carcajada.

Los soldados bajaron del coche y se acercaron al camello. Llevaban la mano en el revólver. En el cielo la banda de pájaros detuvo su camino.

—Oye, viejo, ¿qué pájaros son éstos? —preguntó el que daba las órdenes.

—Mi nieta cree que buitres —contestó el señor Esan.

—A mí me parecen cigüeñas negras y blancas de cuello rosado —repuso el más joven.

—¡Oh, señor!, ya sé —para el abuelo de Nadia ese detalle era suficiente—, se trata del marabú. Es el ave de carroña más repugnante que existe.

—Entonces no se parece en nada a tu nieta, viejo —el mayor de los dos tenía la mano sobre la rodilla de la Elegida—. Deja que la mire...

Y por segunda vez se oyó una carcajada en el desierto que asustó hasta al pájaro más feo del mundo.

El abuelo de Nadia fue hacia ella desesperado. El soldado más joven le dio un golpe en el pecho con la culata del revólver y el viejo cayó al suelo.

—Déjale, no merece la pena. Es demasiado viejo —dijo el jefe cuando vio que el otro estaba a punto de disparar al señor Esan—. Andamos escasos de munición. Ocúpate sólo del camello.

El aludido estaba tan borracho que la bala rozó la pata

del animal, nada más. Cogieron a Nadia y se marcharon despacio en el 4 × 4 hasta perderse de vista.

Lleno de impotencia, dolorido, el pobre viejo se incorporó y volvió a montar en el *mehara*. «¡Tengo que llegar!» El señor Esan se culpó de cobardía. Quienes escuchábamos sabíamos que no tenía otra opción que la de pedir socorro.

—¿Se fueron hacia la depresión? —preguntó Kauthar.

El viejo asintió sin dudarlo.

—Es el único sitio a muchos kilómetros a la redonda por donde puede circular un coche —Yamal, de ese modo, añadía credibilidad a las palabras del señor Esan.

—La banda de marabúes les siguió —el abuelo de Nadia se impacientaba—. ¡Hay que darse prisa!

—¿Qué depresión? —pregunté. Todos menos yo conocían ese lugar, pero nadie se entretuvo a explicármelo.

—No tardarán en acampar —dijo Amina—, así que me temo que tenemos poco tiempo.

Y en Mahabarat Zidu el matriarcado se puso en marcha.

Leila corrió hacia casa. Yo, por alguna razón que aún no puedo explicar, fui tras ella. La vi entrar en la cocina y salir de allí con el cuchillo más grande. Se dirigió al patio, subió los ocho escalones de piedra blanca y entró en mi cuarto. Cuando llegué, ya había abierto el arcón de Ahmed para sacar un rifle.

Yamal rezaba postrado en el suelo. El ama cogió de la mano a Jazmín y a Latif, mientras Wala se ocupaba de Nagib y de Tel-lia.

En pocos minutos Leila se encontraba ya en el establo sobre el caballo de Ahmed. Miré alrededor y vi la yegua favorita del purasangre. Como una autómata, me monté en ella.

Salimos las dos al galope. Me coloqué siguiendo la estela de Leila, con la sola preocupación de no quedarme atrás: el macho era más veloz que la hembra y Leila bastante mejor jinete que yo. Ella cabalgaba tan deprisa como podía, a pesar de la arena, pero cuando llegó a la zona de terreno pedregoso parecía un trueno. La vi saltar sobre el lomo del animal con las ropas al viento, el estribo calado hasta el fondo, la rodilla hacia delante y el talón bien hincado en la cincha. Miré hacia atrás y descubrí que nos seguían siete caballos más. Los de mi marido debían de ser los más veloces del poblado, puesto que la distancia que nos separaba se iba incrementando poco a poco. Noté con angustia que Leila se me escapaba y sentí mucha rabia. En el cielo sólo parecía estar la luna llena. «Al menos tendremos luz», me consolé.

El cabello de Leila ondeaba en la penumbra. Era la primera vez que la veía montar de una forma tan frenética. Más que en mis ojos, confiaba en que la yegua siguiera la estela del macho con el olfato o con el instinto. Me dolía todo. El cuero de la montura empezaba a erosionar la parte interna de mis muslos y los herrajes se clavaban en ellos en cada salto. Las clases de equitación que había recibido de Yamal nunca pretendieron tanto.

La había perdido de vista y los otros caballos se iban quedando atrás, pero mi yegua seguía corriendo sin dar muestras de desorientación. No sé el tiempo que estuvimos cabalgando. Me pareció una noche entera de invierno polar. Aun en esas circunstancias, no tenía temor alguno a lo que pudiera pasarnos. Era como si nada de aquello estuviera ocurriendo.

La vi a lo lejos. Leila se había parado al borde de una hondonada y levantaba los brazos para que yo hiciera lo mismo. Cuando llegué junto a ella, descubrí allá abajo la luz del fuego. «¿Y ahora qué?», pregunté sólo con el pensamiento. Me sentía bloqueada.

Como si me hubiera escuchado, Leila dio un golpe con las piernas. El animal emprendió la carrera, en esa ocasión de una manera feroz. Una vez alcanzada la máxima velocidad, se puso en pie sobre los estribos para sostener mejor el fusil.

«¡Dios Misericordioso, ayúdanos!», rogué al cielo. Fui tras Leila, que seguía al galope con el arma hacia delante. Cuando uno de los soldados negros descubrió el cañón, ya era demasiado tarde. El disparo sonó en la noche y su eco se dispersó en todas las direcciones sin encontrar obstáculos. El soldado se desplomó y Leila no se detuvo. Cabalgó enloquecida hacia el círculo que rodeaba el campamento, y yo fui tras ella. Pude apreciar los colores ocre y blanco de su ropa mientras se aproximaba. El otro soldado aún estaba encima de Nadia y lejos de su rifle. Era un blanco fácil. A pesar de todo, Leila apuntó con mucho cuidado para no herir a la Elegida. Conté uno, dos, tres..., diez. Un segundo disparo acertó la espalda del hombre. Se oyó un gemido tenue primero, otro espantado después y la blusa verde hecha jirones de Nadia emergió del cuerpo del muerto. Sólo entonces Leila se apeó del caballo con el fusil en la mano. Yo la seguí. Echó arena sobre el fuego sin mirar a los muertos.

—Tápala con una manta —me ordenó. La pobre Nadia estaba aterida.

Leila inspeccionó el campamento. Después, quiso acercarse uno a uno a los hombres abatidos para certificar la victoria. Al inclinarse sobre el segundo, percibí en ella una sacudida. Hizo ademán de retroceder. Fue un instante de inseguridad, en el que el rostro de Leila se contrajo a la luz de la luna. El temblor de Nadia, mientras tanto, lo sentía sobre mi hombro.

Cuando llegaron el resto de las mujeres jinete, la operación había terminado. Por mucho tiempo que transcurra en la soledad del desierto, nunca olvidaré los gritos de júbilo del matriarcado.

Pasé por delante del cuarto de Leila antes de subir al mío.

—¿Puedo entrar? —pregunté sin atreverme a empujar la puerta.

—Adelante —se oyó la voz que llegaba del otro lado.

—Sólo quería decirte que has estado magnífica.

Leila me miró despacio, de arriba abajo, pero no dijo nada. Estaba sentada en la silla cepillándose el pelo. Me sentí intrusa.

Conversaciones telefónicas del puesto de Immara, Ciudad Anónima. 18 de octubre, 10.41 de la noche

Responsable: ¿Me escucha, patrulla 48?

Patrullero: Sí, señor. ¿Sucede algo?

Responsable: Afirmativo. Quisiera saber si alguno de ustedes tiene noticias de la patrulla 47.

Una pausa.

Patrullero: No, señor. Quizás no funciona la radio.

Responsable: Ojalá sea sólo eso. Bueno, seguiremos buscando cuando amanezca.

Patrullero: Esperamos órdenes, señor.

Responsable: Cambio y corto.

Conversaciones telefónicas del puesto de Immara, Ciudad Anónima. Mañana del 19 de octubre

6:08 de la mañana.

Responsable: ¿Me escucha, patrulla 46?

Patrullero: Sí, señor, claro y alto. Aquí seguimos, sin novedad.

Responsable: ¿Saben algo de la patrulla 47?

Patrullero: ¿De la 47? Pues no, desde hace días. ¿Pasa algo?

Responsable: Es posible. Voy a comunicarme con los superiores, a ver qué deciden. Tengan esta comunicación operativa. Si hay que salir a buscar, ustedes serán los encargados de reunir a sus compañeros y de organizarla. Prepárense. Pónganse en contacto con las patrullas 48 y 49, sobre todo con la 48, que es la más próxima.

Patrullero: ¿Qué se sabe del siroco?

Responsable: Desde hace un par de días el parte meteorológico dice que estamos en alerta. De momento el pronóstico es que la situación se mantendrá en calma, al menos hasta que acabe la semana. Ése es otro problema, hay que darse prisa.

Patrullero: ¿Rebeldes?

Responsable: Tiene toda la pinta.

Patrullero: ¡Vaya! Nos ponemos a trabajar ahora mismo.

Responsable: Cambio y corto.

6:22 de la mañana.

Responsable: Señor, siento molestarle tan temprano, pero la patrulla 47...

Transcripción del testimonio de los señores Conrad Bristol

Amelia Conrad: Lo que sí recuerdo es que salimos muy pronto, nada más amanecer. Íbamos a estar dando vueltas hasta el mediodía.

Edward Conrad: ¡Qué espectáculo!, nunca podré olvidarlo. Llevábamos una hora de vuelo cuando descubrimos la mancha de hormigas rojas.

Amelia Conrad: Uno lee esto y aquello, pero hasta que no se ve… Fuimos testigos de cómo se ponían en marcha, ¡se lo juro!

Edward Conrad: Es imposible que haya existido nunca un ejército más numeroso; ni siquiera el de los mongoles de Gengis Khan, usted debe de conocer esa historia mejor que nosotros. Eran más de diez millones de soldados en formación, me refiero a las hormigas, claro, terribles depredadores armados dispuestos a arrasarlo todo con tal de conseguir su objetivo. Hasta desde el cielo se notaba su poder. Dawud descendió todo lo que pudo para que pudiéramos verlo de cerca.

Amelia Conrad: Se desplazaban ordenadas en columnas de a cinco. Es su pauta habitual de comportamiento, la llevan en los genes.

Edward Conrad: Hágase una idea: varios kilómetros de seres disciplinados con un objetivo común. Los tres sabíamos que no se pararían ante nada ni ante nadie.

Amelia Conrad: Dawud nos explicó algunos detalles importantes. El cuerpo completo, conducido por los jefes, avanzaba en formación. Los exploradores iban delante, reconociendo el terreno en todas las direcciones para informar a sus superiores. La tropa les seguía a una distancia prudente.

Edward Conrad: De vez en cuando se detenían y cuando los oficiales daban orden de continuar, el avance era otra vez inexorable.

Amelia Conrad: Estábamos hipnotizados. Por eso no vimos la nube de mariposas gamma que se nos venía encima.

Edward Conrad: Fue como meternos en un túnel. Usted no sabe lo que es encontrarse en medio de una legión de mariposas de color marrón, grandes, cegadas por el sol. Estaban histéricas. La máxima luz que pueden soportar es la del farol mortecino de un parque. No me extrañaría que volvieran de pasar el verano en Bristol.

Amelia Conrad: ¡Qué bichos tan molestos!, echaron por tierra un día excepcional. Nos hubiera gustado saber hacia dónde iban las hormigas.

Edward Conrad: El cristal delantero de la avioneta se llenó de mariposas gamma. No había ninguna visibilidad, te-

níamos que pensar algo con urgencia. Dawud hizo todo lo que pudo.

Amelia Conrad: Sí, es un excelente piloto, pero no se veía nada. Lo mismo les debió de pasar a unos pájaros enormes que llevaban el mismo rumbo que las hormigas.

Edward Conrad: Tuvimos que olvidarnos de las hormigas y volver a Ciudad Anónima. ¡Qué lástima! Además Dawud dijo que en pocos días llegaría el siroco y que no podríamos volver.

Amelia Conrad: El azar nos había colocado ante un fenómeno muy difícil de observar y de pronto las dichosas mariposas gamma lo estropearon. No me diga usted que no es mala suerte.

Edward Conrad: Y para colmo, por poco se rompe la hélice de la avioneta. Hacía un ruido atroz. Luego se estabilizó y pudimos llegar sanos y salvos.

Amelia Conrad: Gracias a Dawud, Ed, que la verdad estuvo espléndido.

Edward Conrad: Como siempre.

Al día siguiente volvió la rutina de barrer, fregar, coser, cuidar a los animales y vigilar el viento. Yamal ordenó que tapáramos los pozos de índigo para hacernos aún más invisibles y que trasladáramos todos los animales del establo a intramuros. Sellamos un pacto de silencio: jamás haríamos ni una sola referencia al suceso. Los niños no serían informados; ni siquiera los hombres tendrían que enterarse de nada, excepto el padre de Nadia, en el peor de los casos. «¡Que Alá sea piadoso!», decía mi suegra cada vez que pensaba en que nuestra Elegida ya no era virgen. Recuerdo haber rezado mucho esos días. Extendíamos nuestras alfombras en el suelo en la dirección justa, para dirigirnos al Misericordioso pidiendo clemencia.

La madre de Nadia pasó la noche de autos cosiendo la falda y la blusa de su hija. Cuando nos levantamos para verla salir con su abuelo hacia Geeda, parecía que no hubiera pasado nada. Noté que el señor Esan respiraba con síntomas de fatiga, aunque le oí decir con un hilo de voz que estaba bien. Los niños ni siquiera se dieron cuenta de que nosotras teníamos ojeras. Es posible que Yamal rezara más a menudo que otros días, pero ¿a quién le extrañaban los cambios de humor del esclavo loco?

El viejo y su nieta volvieron al oasis de Geeda todos los días. Tenían mucho miedo, pero no podían hacer otra cosa. En Mahabarat Zidu esperábamos con angustia hasta la noche. Cuando alguien los veía llegar, dábamos gracias a Dios. Como siempre, Nadia iba vestida de verde. Y en el oasis, mientras su nieta estudiaba, el abuelo Esan, que ya estaba algo más recuperado, iba a la abacería para comprar los garbanzos que le encargaba su nuera o a hacer cualquier recado. Después se sentaba como siempre a charlar con el señor Ayud. Cada tarde, el viejo Esan nos contaba lo que había hecho en el oasis de Geeda. Creo que se sentía mejor compartiendo sus miedos.

Leila, por el contrario, seguía muda.

Del cuaderno de notas y reflexiones del doctor Aldo Mangino Médicos sin Fronteras

Esa noche me tocaba guardia en el hospital. Acababa de quedarme dormido en el sofá de urgencias cuando oí ruidos. En la primera fase del sueño, si me despiertan de manera brusca, sufro un periodo más o menos largo de desorientación. Los soldados apuntándome con sus rifles parecían formar parte de una pesadilla. Me vestí a toda prisa. Sólo al salir a la calle y ver el helicóptero empecé a ser Aldo Mangino el cascarrabias o, como dice Sandra, el molesto individuo capaz de cuestionar que la pobreza tiene cura. No quiero pecar de egocéntrico, aunque más de uno dirá que eso es imposible. La cuestión es que los soldados no me hicieron ningún caso. Pasaron por alto mis exigencias de explicaciones con un golpe en la espalda muy convincente. Subí al helicóptero, a pesar de que esos mosquitos mecánicos no me hacen ninguna gracia. Si puedo evitarlos, prefiero ir pegado al santo suelo. La luna aún no había abandonado su apariencia de muchacha anémica. Estaba empezando a amanecer.

En ningún momento me dijeron sus nombres. Ellos hablaban en una jerga para iniciados, que si la patrulla no sé cuantos, que si el retén de no sé donde, que si cambio y corto, que sí señor, que no señor, que a sus órdenes… Tampoco me dieron ni una sola pista útil para saber adónde íbamos.

El piloto, con el grado de teniente en las hombreras, era un tipo flaco y autoritario. Pensé, al observar cómo se comportaba, que era el paradigma de cierta especie humana que para mí representa lo más peligroso del planeta: la de los trepas. El otro no, el otro era un soldado raso disciplinado, el típico tonto útil, me dije sin ánimo de disculpar a nadie, un individuo necio y responsable que estaba convencido de que obediencia y rectitud eran una misma cosa. Los dos iban en los asientos delanteros y a mí me colocaron detrás, en la zona de las mercancías. Dudo que, de haber viajado junto a una ventanilla, hubiera podido obtener información alguna de hacia dónde íbamos. En esas condiciones, puedo afirmar sin remordimientos de conciencia que no me enteré de nada.

Volamos alrededor de dos horas, y cuando empezó a haber visibilidad, me di cuenta de que estábamos justo al borde de una gran hondonada. Desde arriba conté siete colinas de arena alrededor, siete como las de Roma, ¡qué ironía! No quiero ni recordar cómo fue el aterrizaje, por poco nos matamos, ¡hasta las orejas se me llenaron de arena! Aparecieron otros dos soldados que, tras saludar al teniente, me miraron de arriba abajo. Sólo entonces empecé a comprender por qué estábamos allí.

Era como si hubieran pasado batallones de tanques sobre cada una de las siete dunas periféricas. Su capacidad destructora estaba dirigida hacia el centro del agujero. Todo eso en medio de un vacío absoluto, en el que sólo se veían los hierros del 4 × 4, dos fusiles M-14, los revólveres y poco más. Desde las alturas, habiendo pasado ya cinco días y pico según me informó el «eficiente», las aves carroñeras planeaban haciendo círculos sin atreverse a descender.

Un individuo solo no supone nada, dos ya es otra cosa, y decenas de millones, el poder. Las hormigas rojas no dejaron a marabúes y buitres más que la médula de los huesos. Es posible que sean ciegas, eso se dice, pero el olfato lo tienen desarrollado como nadie. Sus uñas-pinza hurgaron las cuencas de los ojos, las venas, los intestinos, todo resultó provechoso para saciar un apetito voraz. Habían hecho el viaje dispuestas a arrasar con cualquier estorbo que se interpusiera en el camino de su objetivo. Cuando localizaron la depresión, se lanzaron sobre ella sin piedad. El resultado saltaba a la vista.

El teniente me dijo que debieron de sorprender a los soldados de noche, mientras dormían. «Su olor tuvo que excitar los instintos de los depredadores», comentó, tratando de buscar explicaciones. El «eficiente» sabía mejor que nadie que no se podía hacer nada, pero necesitaba una especie de certificado médico que avalara el acta de defunción de sus compañeros. Nos acercamos a los restos de los cadáveres. No era difícil imaginar ni la impotencia de los soldados ni su ira.

Lo más tranquilizador fue escuchar, cuatro días después del suceso y de boca del propio señor Esan, la conversación que acababa de mantener esa misma tarde en Geeda con el viejo guarnicionero. La luna seguía disminuyendo de tamaño jornada a jornada. Por fortuna, en los pozos de índigo había visibilidad suficiente para que, cada atardecer, el matriarcado esperase allí al dromedario de la Elegida.

—¿Te has enterado? —el señor Esan imitaba muy bien la voz de su viejo amigo—. Hace unos días encontraron muertos a dos soldados negros. Continúan investigando, pero hay rumores de que fueron devorados por un ejército de hormigas rojas…

En este punto, el señor Esan tuvo que parar la narración para atender a un alud de preguntas:

—¿Hormigas rojas?

—¿Cómo hormigas rojas?

—¿De dónde han salido esas hormigas rojas?

—¿Seguro que el señor Ayud dijo hormigas rojas?

El abuelo de Nadia, atropellado por unas y por otras, hacía gestos de calma con su mano derecha.

—Dejadle que continúe —Kauthar nos cortó de raíz—. A ver, señor Esan, ¿qué más le dijo el señor Ayud?

Él también había hecho de inmediato una pregunta similar al viejo comerciante.

—¿Les han matado las hormigas rojas?

—Eso parece —fue la escueta información de su amigo.

—Tendrían que marcharse todos los intrusos del desierto cuanto antes —contestó el señor Esan, a pesar de que, según contó, le entraron muchas ganas de dar gritos de alegría—. No traen más que desgracias.

—¿Lo dices también por el viento del este?

—Hace días que se hace notar. Dios quiera que nos equivoquemos, pero me temo que no tardará.

—El siroco… Malo.

—Si no fuera por Nadia, me quedaría en casa.

—¿Cómo va el corazón?

—A ratos mal y otros peor, de ahí no salgo. ¿Y el tuyo?

—Como un gallinero sin gallo.

—¡Estamos buenos!

—¡Ya puedes decirlo!, amigo mío. *In cha Allah.*

—*In cha Allah.*

Al terminar el relato del señor Esan, el matriarcado de Mahabarat Zidu dio un aplauso y cada cual se fue a su casa. Todos oímos el avión que pasó por encima del poblado. «No importa —pensé—, estamos escondidos en la arena.» Como Latif y su gato.

Del cuaderno de notas y reflexiones del doctor Aldo Mangino Médicos sin Fronteras

Pero ni las hormigas rojas ni los marabúes habían sido capaces de hacer que desaparecieran los restos de las balas.

«¿Balas?», preguntó atónito el teniente. «Una para cada uno», contesté. «¿Pero de qué murieron, doctor?», quiso saber. Para mí estaba más que claro. «Las hormigas rojas se los comieron cuando ya estaban bien muertos.» Le enseñé las balas y él me las quitó de las manos. Miró hacia los fusiles M-14 que estaban en el suelo y los cogió; luego hizo lo mismo con los dos revólveres de los muertos. Armas y balas fueron a parar juntas a un macuto de lona que habíamos traído en el helicóptero. Luego entre todos recogieron los escasísimos restos de sus compañeros, los metieron en sendas bolsas de plástico y volvimos a casa.

Me ordenaron que tuviera la boca cerrada y así lo hice; que lo digan Sandra Kaltenhausen, Delacroix o cualquiera. No solté ni una sola palabra: los soldados no estaban para bromas. Tuve que pedir disculpas por haberme ido del hospital sin informar a nadie. «Creí que iba a volver enseguida», añadí. Los colegas estaban enfadados. Lo entiendo, pensaban que debía haber avisado, pero ya he dicho que no pude. Por lo que contaron, se habían pasado la mañana buscándome. ¡Hasta en el convento de los Padres Redentoristas!

Nada más, por el momento asunto archivado; al menos para mí, dudo que piensen lo mismo los soldados negros. La cara del teniente durante el viaje de vuelta era de lo más reveladora.

El siroco llegó bramando al atardecer y con él la calma se hizo añicos. A medianoche Leila llamó a la puerta de mi cuarto.

—¿Podemos pasar?

Fuera se oía la furia del viento del este, que no iba a dar tregua durante cuatro jornadas. Trajo a Tel-lia dormida en sus brazos. La niña chupaba de vez en cuando su puño derecho, igual que Latif tres años antes. Según Kauthar, Ahmed tenía la misma costumbre cuando era pequeño. Hice un hueco para Tel-lia en la cama de su hermano y me quedé mirando a los dos bajo la luz insegura de la lámpara de aceite. Ausentes a todos los males, los niños traían un mensaje de seguridad, de calma.

No estaba sorprendida. Los ojos de Leila habían ido cambiando poco a poco, la expresión irritada por otra mucho más benévola. Dejé que se tomara su tiempo. Esa misma mañana apareció su sonrisa. Sucedió antes de que llegara el siroco, al ver la cabeza de Yamal coronada por una pluma de halcón artísticamente prendida en ella.

—¡Qué guapo!, ¿verdad, Legazal?

Lo dijo en el tono justo que tanto había echado de menos. Pero faltaba dar el paso final y eso, por fortuna, se hizo realidad horas después.

Leila temía al peor de los vientos del Sahara más que yo. Ella, que fue capaz de hacer lo que hizo, estaba asustada. «Siempre será así de contradictoria», la exculpé. Se acurrucó a mi lado con la cabeza descansando encima del brazo. Sus cabellos reposaban en la almohada. Era la niña díscola que volvía otra vez a casa.

—Tengo la garganta seca —gimió Leila.

Fui a la cocina a por un vaso de agua. Me costó atravesar el patio en contra de la voluntad del viento, de los caballos asustados y de las jaulas de halcones. Con los animales dentro de las casas, apenas había espacios libres.

—¡Cuánto te he echado de menos! —le confesé, temiendo que se durmiera antes de hacer las paces.

—Cuéntame algo, a ver si podemos olvidarnos del siroco.

—Hay una noticia importante: estoy embarazada.

Leila se puso en pie de un salto. Temí que se hubiera enfadado otra vez.

—¡No es posible! —no sabía cómo interpretar su voz. ¿Me reñía o estaba contenta?

—Bueno, creo, ya llevo…

—¡Yo también!

—¿Embarazada?

—¡Claro!, un par de meses más o menos.

Nos pusimos a reír sin apenas hacer ruido.

—¡Mira que somos torpes! No llevamos ninguna planificación.

—¡Bah!, ¿qué importa? ¡Siempre quieres tenerlo todo bajo control! Si ha de salir bien, saldrá, y si no, no saldrá —su mirada fatalista se había vuelto grave de repente.

—Estamos en manos de Dios y él nos está ayudando hasta con las hormigas.

La cara de Leila recuperó la picardía.

—Habrá que tener mucho cuidado con Makeda.

Escuché su carcajada con horror. La llama de la lamparilla huía del siroco, que trataba de entrar por los entresijos de la ventana. A la risa de Leila le siguió un largo silencio en medio de sombras de marionetas. Ignoro qué hizo su pensamiento, pero el mío no dejó pasar una oportunidad tan propicia como aquélla.

—Me gustaría que respondieras a una pregunta que me he hecho mil veces —ella me miró extrañada—. ¿Cómo conociste a Ahmed?

—Piensa lo que quieras, pero no te metas otra vez en historias de áspides venenosas y todo eso.

—¿Sucedió antes de que tus padres te entregaran a él? Y si no es así, ¿por qué a él? ¿O acaso llegaste a nosotros sólo por casualidad? —insistí.

—Lo siento, ése es uno de los secretos que no quisiera compartir contigo ni con nadie —lo dijo muy despacio, midiendo las palabras, algo muy raro en Leila.

Se puso a pasear por el cuarto con paso ensimismado. La luz se hizo aún más avara. Tenía que ser así, yo tampoco estaba dispuesta a compartirlo todo con ella. Pero luego añadió de forma misteriosa:

—También aprendo, ¿qué te has creído?

Otra vez me pareció escuchar cierta irritación en Leila. ¿Pensaba que no le había sido leal? ¿Estaba Omar incluido en su reproche? Durante un rato se hizo el silencio.

Pero hay agravios menores al parecer difíciles de olvidar. Leila se levantó y rebuscó en mi armario hasta encontrar los zapatos rojos de tacón alto y fino. Yo se los había ocultado, ¿quién puede adivinar por qué? ¿Cómo sabía que estaban allí?, ¿acaso por Ahmed? ¿Qué importancia tenían esos zapatos rojos para Leila? Tuve que detener aquel cúmulo de preguntas que nunca iban a ser contestadas.

—¡Anda, sácalos de una vez!

—¡Dios Misericordioso, qué tacones! —Leila sonrió a pesar del siroco—. ¿Cómo se puede andar con eso? Póntelos.

—¿A estas horas?

Transcripción de la cinta que contiene una conversación telefónica del puesto de Immara, Ciudad Anónima, con la superioridad 17 de enero

Superior: Están siendo ustedes muy ineficientes. Hoy hace tres meses y aún no sabemos nada de los culpables.

Responsable: Señor, son muy escurridizos. Para colmo, apenas hay pistas por culpa de las hormigas rojas.

Superior: Se están riendo de nosotros. Eso mina la autoridad del ejército y por contra eleva la moral de los rebeldes. Deben de creer que son inexpugnables. ¿No tiene ni idea de dónde se esconden?

Responsable: Por desgracia, no. Pueden estar en cualquier sitio, incluso en Ciudad Anónima.

Superior: Pues hay que encontrar ya una respuesta contundente.

Responsable: Eso sí que está casi resuelto, señor. Hemos rastreado la zona en busca de colaboradores y ha habido resultados.

Superior: ¿Sólo colaboradores?

Responsable: Sólo, dadas las circunstancias no pueden ser otra cosa. Todo apunta a que les ayudaron a ocultarse, al menos la primera noche. Disculpe que no sea más explícito, señor, pero no conviene poner en peligro la operación dando datos por radio. Las comunicaciones no son seguras. En pocos días los rebeldes, estén donde estén, recibirán el golpe donde menos lo esperan. Se lo aseguro, señor, puede estar tranquilo. Esta vez hemos sido más listos que ellos. Por aquí se dice: «Buscad a las cigüeñas». Ya se sabe, en invierno es difícil esconderlas.

Superior: Muy bien, eso espero. Y ahora, póngame con el teniente Basij.

Cuando era pequeña vi un reportaje sobre la pesca del atún. Es una técnica milenaria llena de sabiduría, limpia, precisa, letal. Una vez localizado el banco de peces, hay que colocar la almadraba entre los barcos. Los pobres atunes van cayendo en el laberinto de redes. Luego marineros expertos seleccionan los que quieren llevarse y tiran al mar los pequeños y los inútiles. Nuestros verdugos pasaron por alto esa última parte de la técnica. Eran ciegos, igual que el ejército de hormigas rojas tras el que creímos estar escondidos. ¡Qué ilusos fuimos!

Lo hicieron de madrugada, con tanto sigilo que sólo los animales debieron notar lo que pasaba. Es fácil que alguien en Mahabarat Zidu escuchara los balidos de las ovejas y de las cabras, o algún que otro rebuzno; o el llanto inquieto de un caballo, o dos, no de todos; o el quejido gutural y lastimero de un dromedario, o dos, no de todos. Sólo eso. No hubo por nuestra parte ningún grito. Primer objetivo cumplido: cuando nos percatamos, ya no teníamos salida. Se produjo el cerco sin que nos diéramos cuenta. Los primeros atacantes, nada más recibir la orden, se colocaron junto a cada una de las puertas del poblado y nos dejaron aislados unos de otros. La captura fue quirúrgica. Por esa razón, me resulta imposible saber qué pasó fuera de nuestra casa.

Todo debió de suceder deprisa, pero a mí me pareció que los segundos transcurrían sobre una línea muy curva. Entraron en tromba. Aún estaba intentando situarme en la vigilia cuando oí el primer disparo, luego el segundo y el tercero, cerca, cada vez más cerca. La cama de Latif estaba vacía. Salí de la habitación sin pensar en nada, ni en los caballos que relinchaban asustados, ni en el arcón de las armas. «¡Latif, Latif!», grité. ¿Dónde estaba mi hijo? En el rellano de su cuarto vi a Leila, que llevaba en brazos a Tel-lia. Fuimos al encuentro una de la otra, pero Leila hizo más. Ella intentó salvarnos con lo único que tenía. Se puso de espaldas al soldado y delante de mí, dejando a la pequeña en medio de las dos. El primer disparo le dio en plena columna vertebral. La niña se puso a llorar. Yo, que hasta ese momento no había dejado de llamar a Latif, intenté sujetar a Leila, al menos para proteger a su hija. Pero Leila fue cayendo poco a poco, sin fuerzas, con sus ojos clavados en los míos. Tel-lia siguió enlazada a su madre sin que yo pudiera evitarlo. El arma cambió de dirección y acabó con la niña allí mismo. Le perforó el pecho sin apenas dificultad.

Me quedé frente a nuestro agresor. Volví a gritar: «¡Latif, Latif!». Mientras tanto el soldado preparaba otra vez su arma.

Lo hizo despacio. Luego giró el cañón del fusil hasta situar el ojo del áspid en la dirección en que yo estaba. Escuché el sonido del disparo y esperé a la bala quieta, resignada. La vi avanzar milímetro a milímetro. Si era algo inexorable, ¿para qué rebelarse? Mi cabeza no se ocupaba de esa bala viajera, ni del soldado que me estaba matando, ¿qué pensaría él en ese instante?, ni en lo que vendría después; sólo me hacía gritar «¡Latif, Latif!». La ausencia de Latif fue en esos últimos instantes la mayor de las angustias. Las otras, ¿qué puedo decir?, no me acuerdo, ¡qué injusticia! ¿Y el niño que ni tan siquiera iba a tener la oportunidad de morir? Me remuerde la conciencia pensar que la vida de ese pequeño amasijo de células no me dolía tanto como la de Latif. Sé que la bala tuvo que llegar por fin a su destino, a la altura del estómago. Espero, al menos, haber intentado protegerle con mis manos. El impacto hizo que me cayera hacia atrás. Allí, en el suelo, estaba Leila con los ojos abiertos, viva aún. La arena dibujaba ya los puntos de su cara. Nos miramos, íbamos a acabar juntas, con los caballos, con los halcones... Ella tenía que estar en paz, al menos hizo todo lo que pudo por su niña y por mí. Yo no, me dolía que mi hijo pasara los últimos instantes sin el consuelo de su madre diciéndole: «¡No pasa nada, príncipe, no te preocupes, estás conmigo, ¿lo ves?, con tu madre, tranquilo, tranquilo...». Eso me dolía mucho, más que la bala que hacía que la luz se fuera escapando de mis ojos; más que el ardor que sentía en el estómago; más que el no poder respirar; más que los rápidos latidos que me llamaban desde el abdomen; más que...

Del cuaderno de notas y reflexiones del doctor
Aldo Mangino
Médicos sin Fronteras

Sara y yo volvíamos a Ciudad Anónima después de pasar una semana yendo de un sitio a otro con el cargamento de terapias antirretrovirales. Visto y no visto: de pronto nuestro 4 × 4 estaba rodeado por un grupo de jinetes tuareg. Dejaron que la Kaltenhausen se fuera y nos pusimos en marcha. En dos semanas, dos secuestros, ¡vaya estadística! Las casualidades no existen. Ahora, con los datos que tengo, pienso que buscaban al mismo testigo que los otros. Pero en aquel momento no llegué a tanto.

Él me colocó una tela azul encima de los ojos, mientras otro ataba mis manos a la espalda. Apenas podía verlos. Subió al caballo y tiró de mí como si fuera un saco de patatas. Pregunté cien veces hacia dónde íbamos, protesté, amenacé, incluso me hice el importante diciendo que en pocos minutos el desierto entero estaría movilizado en mi búsqueda. Si no me lo creía ni yo, ¿cómo iba a convencer a nadie?

Fue el viaje más silencioso que he hecho nunca. Él no dijo ni una palabra, y para colmo, con ese antifaz gigantesco que me colocaron, ni siquiera podía escuchar las pisadas de los caballos sobre la arena. Si tuviera que hacer un cálculo, diría que el trayecto duró en total unas veintiocho horas, poco más o menos, con un descanso para dormir. Pagué la excursión con una lumbalgia atroz.

Hubiera preferido que no me quitaran nunca la venda de la cara. Jamás, repito, jamás mientras viva, volveré a ser testigo de una destrucción semejante. Cuando abrí los ojos, me encontré en el centro de una ciudad fantasma de muros derruidos, de puertas abatidas, de viviendas destruidas con la saña más salvaje que pueda imaginarse, de animales y personas pasados a cuchillo o acribillados de balas. Les miré y vi que esa tragedia era la suya. Me habían traído allí para que tomara nota, nada más. Ningún médico puede curar cadáveres. Los había en todas las habitaciones de todas las casas, mujeres, niños, viejos. «¿Y los hombres jóvenes?», pregunté. «Nosotros», contestó el jefe sin quitarse el turbante de la cabeza. Le miré a los ojos para tratar de entender qué podía sentir con más intensidad, odio o dolor. A veces es muy difícil elegir.

Me llevó de casa en casa. Le pedí permiso para que me dejara hacer anotaciones; se sabe que cuando el cerebro llega a saturarse, se inmuniza cerrando sus ventanas al exterior, y yo necesitaba tener los ojos bien abiertos. Aquello había sido una salvajada y las salvajadas se pagan. Da igual quiénes hayan sido los culpables, repito, se pagan. O este mundo es una mierda, o se pagan. Le pregunté por qué y se encogió de hombros. «¿Sabe quiénes han sido?», añadí. «Es la munición que utiliza el ejército», fue su respuesta, y después añadió: «No sería la primera vez».

El olor resultaba nauseabundo incluso con la boca y la nariz bien tapadas, pero los cuerpos todavía eran reconocibles. Estábamos a veintiocho de enero. Calculé que debía de haber ocurrido unos tres o cuatro días atrás, como mucho una semana. Las aves carroñeras se ensañaron con unas pocas personas, las que habían logrado salir por la puerta que daba acceso a los pozos de índigo para morir extramuros, en total cuatro mujeres y un viejo. El resto de los muertos parecían muñecos rotos de guiñol, pálidos y quietos.

De una de las casas, me ordenó sacar un guadamandil de cuero que tenía dentro cuatro cuadernos, a veces escritos con caracteres tifinagh, otras en francés y la mayoría en árabe. Recuerdo el nombre de la autora a la perfección: Nadia Ag Khorer. La muchacha estaba tendida en el suelo boca abajo, con la bala en el costado derecho a la altura de la parte alta del pulmón. Parecía como si en el último momento hubiera querido hacer algo con aquellos papeles, dejar un mensaje, sentirse más segura, mandarnos una seña, ¡quién sabe! Junto a la pared, había una especie de viola intacta que no me llevé yo sino él. Dejamos todo lo demás tal y como estaba.

Podría describir mucho más, de hecho aún lo tengo en la cabeza, pero me han recomendado que anote sólo aquellos detalles que puedan ser útiles para la investigación. Si más adelante quieren que añada el resto, estoy a sus órdenes.

Me voy a detener en lo que vi en casa del jefe por dos razones, una de índole personal y otra porque allí había datos. Empezaré por lo segundo. Lo más revelador estaba en una de las habitaciones del fondo. Había un baúl grande, una mesa y encima una máquina de escribir antigua, de los años cincuenta; junto a ella, vi una cartera de color rosa demasiado estridente para un lugar como ese y un estante con libros construido de manera simple a base de piedras y maderas. Él abrió el baúl con una llave de plata que llevaba en algún sitio. Dentro guardaba puñales, navajas, espadas…, y tres Kalashnikov en buen estado.

Si los expertos dicen que los Kalashnikov de aquel arcón mataron a los soldados negros, no tengo más remedio que aceptar que fue así, pero ¿con qué brazos? Se lo pregunté a él, directamente. «No sé», contestó y lo repitió varias veces con voz de eco. Soy consciente de que todas las hipótesis parecen apuntar en la misma dirección, pero hay por ahí unos ingleses nada sospechosos que…, en fin, ya se verá.

En la cartera color rosa rabioso había muchos dibujos de una tal Legazal El Murr. Según dijo mi pobre anfitrión, era la muchacha de tez más blanca de las dos que yacían juntas en el patio al pie de la escalera, algo alejadas de los caballos y los halcones sin vida. El hombre recogió también todo ese material que había en la habitación y me lo entregó. Ahora está en poder de ustedes.

Ya he manifestado que tengo un interés muy personal en este suceso. Bien, se trata de la otra joven muerta que había en ese patio, la que tenía una niña en brazos. No existe posibilidad alguna de confusión: era la mía, mi chica beduina. Oí cómo él decía con voz rota, «se llamaba Leila». Sentí que me la estaba quitando. Sabía de ella mucho más que yo.

Si me preguntan qué cara tenía aquel hombre, no sabría decirles: en todo momento permaneció con el turbante puesto. Ahora bien, sus ojos sí los recuerdo. Habló lo justo, tan poco que ni siquiera me atreví a indagar qué hacía mi muchacha en su casa. Sólo le hice una pregunta más: «¿Hubo supervivientes?». Fue el único instante en que percibí en él cierta emoción positiva. No contestó como a mí me hubiera gustado. Sólo dijo: «Loado sea Alá, hubo».

Un muchacho negro me llevó de vuelta a Ciudad Anónima. Todos los demás se quedaron allí, enterrando por fin a sus muertos.

Transcripción del testimonio de los señores Conrad Bristol

Edward Conrad: El dieciocho de octubre, a media mañana, ya habíamos vuelto a Ciudad Anónima. Sí, le hablo otra vez del día en que vimos desde el aire un ejército de hormigas rojas. Dawud se fue a revisar la avioneta y nosotros dimos un paseo por el mercado. El hombre ese estaba allí, se lo juro. Lo mismo que el resto de su caravana.

Amelia Conrad: Y la víspera por la tarde también, Ed, recuerdo incluso que Dawud se paró un momento para hablar con él. Acabábamos de llegar.

Edward Conrad: Así es, el día diecisiete también le vimos en Ciudad Anónima. No hay confusión posible, por muy tapado que estuviera. Son sus ojos, ¿sabe usted? Nos habíamos cruzado con él muchas veces. Y nadie puede estar en dos sitios a la vez.

Amelia Conrad: Pregunten a Dawud, pregunten. Se conocían bien, les vimos juntos unas cuantas veces. Hacía transportes para las minas; al menos eso nos dijo Dawud...

Edward Conrad: Era él, seguro. Además, resulta difícil de olvidar un hombre alto, vestido de azul de arriba abajo, comprando un traje de odalisca egipcia.

Amelia Conrad: Ya le dijimos que son muy poco prácticos. Seguro que ustedes los mongoles no actúan de un modo tan ilógico.

Edward Conrad: Se lo repito una y mil veces, todo eso sucedió entre el diecisiete y el dieciocho de octubre. Por mucho que insistan, no vamos a cambiar nuestra declaración, ni Dawud la suya, ¡faltaría más! Fíjese, hasta lo tengo escrito. Que no, que no me equivoco. Seguro.

Amelia Conrad: Segurísimo. Y Ed tiene toda la razón también en el otro punto: nadie puede estar en dos sitios a la vez.

Del cuaderno de viajes de Victoria Söerensen
Sahara Tours
27 de febrero

Durante las dos semanas que hemos estado lejos de Ciudad Anónima, el lugar se ha transformado. La zona del zoco donde días atrás se comerciaba con camellos viejos y trastos inservibles ahora está ocupada por una enorme tienda blanca. En su interior se ha habilitado una gran sala. La preside el símbolo de la vela encendida rodeada por un alambre de púas de Amnistía Internacional. Hay cascos azules por todas partes. Se trata, información telegráfica de una señora francesa mejor informada, de un macrojuicio con el que se pretende depurar responsabilidades por una matanza horrorosa ocurrida hace un año. Las patrullas de soldados han desaparecido; oigo por distintos corrillos que no volverán hasta que esto se acabe. La expectación es enorme. Cox no se lo va a creer.

El juez es un tipo raro, un mongol de verdad vestido de negro con cara redonda, ojos achinados, gafas de concha, pelo negrísimo y bastante mal genio. Asisto como público a la primera sesión sentada en el suelo. La orden es que las personas mayores tengan prioridad y que los niños se queden al final. Yo estoy en la zona intermedia.

El señor de Mongolia preside la mesa en la que se sientan también un secretario rubio que podría ser sueco, un fiscal de color café y cinco letrados. Entre ellos cubren casi todas las razas del planeta. Me entero en este momento de que no se celebra la vista de una causa, sino de dos, que por lo visto están relacionadas. El juez se muestra preocupado: el parte meteorológico de la zona anuncia una tormenta de arena. Teme que haya que detener el juicio antes de que se termine y que las autoridades no le permitan reanudarlo. Por eso insiste tanto en que todo esté bien organizado y grita silencio cada vez que se oye el más ligero murmullo.

Coloca a los acusados en las primeras filas. En los bancos de la derecha se sientan los hombres de un pueblo para mí desconocido llamado Mahabarat Zidu. Todos, sin excepción. Entre ellos, pide que se sitúe también alguien a quien él llama «el único testigo» y exige a los letrados que tengan tacto. Dice que «por razones obvias». No lo entiendo, a ver si más adelante me entero. Lee sus nombres: «Hassan Ag Bauchid, Moussa Ag Bikraa…».

Cuando termina la lista de los «Ag» se dirige a las sillas de la derecha: están vacías. No hay ningún acusado de la otra causa en el banquillo. Sólo escucho un nombre, «teniente Basij». El juez dice que sería bueno tener un testimonio gráfico de ese he-

cho y a continuación pregunta si hay un fotógrafo. No necesito sacar mi cámara: se presentan tres voluntarios. Luego ordena que busquen a los aguadores. El calor es tremendo. El mongol grita cuando un beduino intenta entrar en la «sala» con su par de borricos. Los enfados de su señoría son antológicos, ni siquiera se libran los letrados. Y nadie se atreve a protestar.

A veces se pone filosófico. Se queja de que la mayoría de las personas crean en un Dios Misericordioso, cuando él preferiría uno justiciero; de ese modo, añade, los mortales no tendrían que ir poniendo parches. «¡Vaya oficio el mío! —dice—, enmendar los errores de Dios.» Mira a un médico viejo con pinta de pícaro que hay en la zona de los testigos, justo detrás de la de los acusados, y añade: «Más o menos, como el suyo, doctor; también le ha tocado a usted una buena papeleta».

El señor de Mongolia quiere saber si las declaraciones juradas están en poder del tribunal, y el secretario contesta que sí. En primer lugar se dirige otra vez al médico, ahora con voz autoritaria: «Señor de Médicos sin Fronteras, deje aquí lo suyo». Son fotocopias, dice, los originales están bajo la tutela del tribunal. Advierte que ha tachado, por razones obvias, algunas palabras malsonantes del doctor sin que, a su juicio, se vea alterado el valor testimonial del texto. De todos modos, añade, si es necesario, los abogados pueden consultar el manuscrito original del doctor. Pregunta de forma retórica si hay algún inconveniente y todos niegan con la cabeza. Sólo el médico parece incómodo, hasta yo me doy cuenta. El mongol lo nota también y se apresura a tranquilizarle diciendo que se va a pasar por alto lo estrictamente personal.

A continuación llega el turno de una casa de alquiler de avionetas, Air Ícaro. El piloto está en la sala, se llama Dawud Ag Hassanein. El juez se le queda mirando de forma inquisitiva y hace unos cuantos juicios de valor que me sorprenden. Dice que el piloto vale más por lo que calla que por lo que ha contado, que los oasis están llenos de rumores y que el tribunal tiene la obligación de conocer las dos vertientes de la verdad. Tampoco lo entiendo. Luego pregunta si han llegado a los letrados las declaraciones de los ingleses. La respuesta de la mesa es una afirmación global con la cabeza. El mongol sonríe. Comenta que al secretario y a él les ha costado recorrer medio mundo para tenerlas y que ambos conocen el aeropuerto de Bristol al dedillo.

Pide los dibujos de una tal Legazal El Murr y el secretario saca un sobre marrón de tamaño DIN A3. Juraría que El Murr es un apellido raro por estas tierras. Después se interesa por los diarios de otra mujer, Nadia Ag Khorer; el secretario está de nuevo al quite con otro sobre más pequeño pero más abultado. Por último, dice que quiere tener sobre la mesa los documentos del puesto de Immara que, por lo visto, envió al tribunal un remitente anónimo. Las copias, por supuesto. Un tercer sobre marrón emerge de la cartera del secretario. El juez se dirige al público: «Sea quien sea el donante, muchas gracias, son pruebas valiosísimas. Si alguien puede aportar algo más, que lo diga. Sirve todo, notas privadas, apuntes, lo que tengan, aunque les parezca nimio, este tribunal hará una selección».

Se oye un murmullo y entran tres personas, dos mujeres y un hombre con el distintivo de Naciones Unidas. El juez les recri-